KB271870

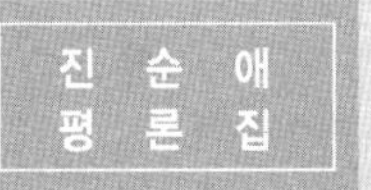

문학의 법고와 창신

저자 진순애

성균관대학교 독어독문학과 및 동대학원 국어국문학과에서 석·박사학위 취득
『문학사상』에서 1994년 평론가로 등단
현재 성균관대학교 강사

주요 저서로는『전쟁과 시와 평화』,『전쟁과 인문학』,『한국 현대시와 모더니티』,
『한국 현대시와 정체성』,『현대시의 자연과 모더니티』가 있고, 평론집으로는『시
의 자유 전복의 자유』,『비평의 시선』,『시와 거울』,『아니무스를 위한 변명』이
있다.

역락비평신서 23

문학의 법고와 창신

저　자 진순애

인　쇄 2012년 2월 20일
발　행 2012년 2월 29일

펴낸곳 도서출판 역락
등　록 1999년 4월 19일 제303-2002-000014호
펴낸이 이대현
편　집 박선주
디자인 이홍주

주소 서울시 서초구 반포4동 577-25 문창빌딩 2층
전화 02-3409-2058(영업부), 2060(편집부)
팩시밀리 02-3409-2059
e-mail youkrack@hanmail.net

값 22,000원
ISBN 978-89-5556-966-7　93810
잘못된 책은 바꿔 드립니다.

문학의 법고와 창신

진 순 애

역락

책머리에

박지원은 "옛것을 배우는 사람은 형식에 빠지는 것이 병이고, 새것을 만들어 내는 사람은 법도가 없는 것이 탈이다. 만약에 옛것을 배우더라도 변통성이 있고, 새것을 만들어 내더라도 근거가 있다면 지금의 글이 옛날의 글과 마찬가지일 것"이라고 하여 글짓기를 위한 법고창신의 원리를 설파했다. 박지원의 법고창신의 원리를 서양의 패러디 시학에 버금가는 혹은 그를 확장하며 능가하는 동양의 패러디 정신으로 이름할 수도 있다. 서양의 패러디가 계승의 정신보다는 주로 비틀기 원리로써 차용된 텍스트의 희화화에 목적이 있다면, 법고창신은 계승의 정신에 따라서 차용을 넘은 변용으로 창신에 보다 무게중심이 있다.

"하늘과 땅이 아무리 오래되었다고 하지만 끊임없이 새로운 것으로 존재하고, 해와 달이 아무리 오래되었다고 하지만 빛은 날마다 새로운 것이다. 이 세상에 문헌이 아무리 많이 나와도 내용은 각각 다르다. 그렇기 때문에 날짐승, 길짐승, 물속에서 사는 짐승, 뛰는 짐승 중에는 아직 알려지지 않은 것이 있을 것이며, 산천초목에는 반드시 신비스러운 구석이 있을 것이며, 썩은 흙에서 지초가 돋으며, 썩은 풀에서 반딧불이 생긴다. 예법을 따지는 데도 의견이 다르며, 음악을 설명하는 데도 의논이 맞지 않는다. 글이라고 해서 할 말이 다 쓰인 것 아니요, 그림이라고 해서 있는 뜻이 다 표시된 것이 아니니, 이 사람은 보고 이렇다고 하고 저 사람은 저렇다고 한다.”는 박지원의 말에서는 날마다 달마다 동일하게 뜨고 지는 해와 달도 날마다 달마다 새로운 모습으로 뜨고 진다는 사실을 새삼 확인한다. 창신의 원리로 작용하는 법고는 화석이 된 법고가 아니라 영원한 현재의 법이자 근원의 법인 것이다.

그러면서도 새로움이란 ‘해와 달과 빛과 날짐승과 길짐승과 산천초목’이 날마다 달마다 새로운 것이 사실인 까닭에 있겠으나 보다는 변용의 주체인 인간의 날마다 달마다 새로워지는 존재성에 있다고 보는 것이 더 타당할 것이다. 인간은 날마다 달마다 새롭게 변용하는 주체이면서 하나밖에 없는 하늘의 해를 보고 개개인마다 다르게 해석하는 독자적이고 창조적인 주체인 까닭이다.

이렇듯 우주와 자연이 창신을 위한 법고의 근원적 원리이듯 법고란 과거의 법이 아니라 현재진행형으로 동시대의 법이다. 최초의 인류가 아닌 현대의 우리는 누구도 법고에서 자유로울 수 없는 전통적 존재이자 우주의 원리를 따르는 자연계의 일원인 것이다. 그러나 근대와 함께 자연적 존재이기를 거부하고 문명적 존재이기를 추구하면서 건설한 첨단문명 시대에 시도 첨단적 새로움에 방법적으로 동조한다. 첨단시대 시의 방법적 동조에 법고 또한 첨단의 기저로 작용한다는 사실은 문명적 인간의 아이러니이다. 법고가 초월적이며 절대적이라는 사실에 대한 역설적 아이러니인 것이다.

변하면서 변하지 않는 우주와 자연의 원리 속에서 법고창신을 향한 시인의 상상력과 시의 상상, 시학과 미학적 진단으로 다섯 번째 평론집을 발간한다.

1993년 겨울 평론 신인상을 수상한 이래 지속적인 관심과 배려를 보내주신 『문학사상』의 임홍빈 회장님, 김재홍 선생님, 강우식 선생님, 조건상 선생님, 교내외 선생님들, 여러 문예지의 주간 및 발행하시는 선생님들, 문단의 어르신들, 그리고 흔쾌히 출판을 맡아주신 '역락'의 이대현 사장님과 수고하신 분들께 깊이 감사드린다.

2012년 새해 벽두에

진 순 애

차례

주관주의와 해체주의

—이준규 외

문학은 문학의 이름으로

　격랑의 역사적 사건에 따라 그 추이를 함께해 왔던 20세기 한국문학사의 전개가 21세기를 맞이하여 탈이데올로기적이거나 탈주체적인 흐름으로 당대의 역사성이나 문학의 시대성을 발현하면서 하나의 주류를 형성하고 있다. 무엇보다도 '내용과 형식 논쟁', '순수와 참여 논쟁'으로 구획된 한국의 20세기 문학사는, 특히 시문학사는 이제 21세기에 이르러 탈주체적인 해체주의와 전통적인 주관주의의 양대 산맥으로 문학의 동시대성을 가름한다. 이를 '형식의 참여' 혹은 '순수의 참여'로 귀결된 21세기 한국시문학이라고 하겠다. '문학의 정치화', '정치의 문학화'라는 문학과 정치의 관계, 곧 문학과 이데올로기의 관계에서 자유로울 수 없었던 20세기 한국문학사가 '문학은 문학의 이름으로'라는 기치 아래 있음을 2011년도 한국 시의 얼굴들이 '해체주의와 주관주의’로 극명히 대변한다.

해체주의는 주관주의에 대립하면서도 양자의 뿌리는 같다. ‘형식 혹은 순수’로써 양자의 뿌리는 동일한 것이다. 시는 근본적으로 주관성의 장르인지라 주관주의가 최근에야 등장한 시일 리는 만무하나, 주관주의가 오히려 ‘낯설면서도 신선하게’ 부상하는 까닭은 최초의 인류로부터 가장 멀리 있는 현대인의 아이러니한 존재성에 있을 것이다. 전위적 새로움이 무엇보다도 우선하는 해체주의가 전위적이기보다는 오히려 낡고 친숙한 얼굴로 다가오는 것도 이와 같은 현대인의 아이러니한 존재성을 반증한다. 오래된 주관주의에서 일탈한 해체주의가 역설적이게도 전위적 새로움이 탈색된 것으로 보이는 것은 현실의 습득물로써 해체시인 까닭이자 전위적 정서가 현대인의 일상이 된 까닭에 있는 것이다. 그러나 ‘낡고 친숙한’ 해체주의는 단지 시간의 추이 속에서 형성된 상대적인 귀결이나 현대의 현실이란 점을 넘어 2011년도 여러 문예지에 발표된 작품의 경향에서도 비롯된다. 다수의 해체주의가 보다 많은 문예지들을 차지하고 있어서 얼핏 낯설어 보이나 낯설지 않다. 해체시를 혹은 해체시에 가까운 시를 쓰는 시인들이 더 다수라는 사실로써도 해체주의는 일상이 된 현대의 전위적 정서를 대변하고 있다.

뿐만 아니라 한 시인의 작품에서도 주관주의와 해체주의가 동시에 나타나는데, 이는 주관주의와 해체주의가 각각의 특징을 지탱하면서도 서로가 닮아가고 있음을 반증한다. 서로의 영향관계에서 자유롭지 못한 주관주의와 해체주의라는 2011년도 시의 조류는 2011년도만의 풍경이 아니라 세계 탈냉전 조류와 함께하며 21세기 벽두부터 혹은 20세기 말부터 한국 시단을 좌우해오고 있었던 것이다. 문학은 동시대적이며 특히 시는 사회를 비롯한 외부세계와의 관계 속에서 형성된 시인의 내면세계가 어떠한 방식으로든 투영되므로, 시가 그 시인의 자화상일 뿐만 아니라 현대인의 초상 또한 은유한다는 것을 주관주의와 해체주의를 오가는 2011년도 시가 보여준다. 자아와 분열 사이를 오가는 현대인의 초상을 현대의 시가 일괄하는 것이다.

낡고 친숙한 해체주의

그가 머리를 좌우로 흔들며 걸어간다. 그가 공을 들고 걸어간다. 그가 발을 끌고 걸어간다. 바람이 분다. 그가 봉투를 들고 걸어간다. 그가 낚싯대를 들고 걸어간다. 그가 물통을 들고 걸어간다. 그가 나침반을 들고 걸어간다. 그가 포충망을 들고 걸어간다. 그가 개를 들고 걸어간다. 그가 주전자를 들고 걸어간다. 그가 황조롱이를 들고 걸어간다. 그가 메기를 들고 걸어간다. 그가 광대를 들고 걸어간다. 그가 촛불을 들고 걸어간다. 그가 변기를 들고 걸어간다. (…중략…) 그가 그의 추억을 들고 걸어간다. 그가 그의 상상을 들고 걸어간다. 그가 그의 후회를 들고 걸어간다. 그가 그의 처참을 들고 걸어간다. 그가 그의 실험을 들고 걸어간다. 그가 그의 울음을 들고 걸어간다. 그가 그의 웃음을 들고 걸어간다. 그가 걸어간다. 그가 걸어간다. 그가 걸어간다. 그가 걸어간다. 그가 걸어간다. 그가 걸어간다. 그들은 같은 곳을 향해 걸어가고 있다. 해가 뜬다.

이준규, 「그가 걸어간다」 일부

일찍이 '13인의아해가도로로질주한' 이래 주관주의는 극명히 해체되었다. 한국 시에서 해체주의의 근간이 여기에 있기 때문에 '그가 머리를 좌우로 흔들며, 개를 들고, 광대를 들고, 변기를 들고 걸어가거나'

하는 해체된 풍경은 '13인의아해가도로로질주' 하면서, '제1의아해가무섭다고', '제2의아해도무섭다고', '제13의아해도무섭다고' 하는 해체된 풍경에 시간을 곱하여 비교하면 친숙도가 여러 배 우위에 있다. '그가 촛불을 들고, 변기를 들고, 책을 들고, 틀니를 들고, 요강을 들고, 울고 있는 여자를 지나치며, 몸을 웅크리고 손바닥을 보여주는 자를 바라보며 걸어가는' 것은 오래된 근대인의 어깨 위에서 포스트현대를 바라보는 곧 타자가 된 현대인에게 낡고 친숙하다.

'걸어가는 그들'은 무의식적일지라도 '뜨는 해'를 맞는 방향으로 걷고 있어서, '그중에1인의아해가무서워하는아해라도좋다'거나, '13인의아해가도로로질주하지아니하여도좋다'고 하며 방향 없는 방향으로 질주하는 '아해들'보다는 분열이 차단된다. 주관주의와 해체주의, 질서와 무질서, 의식과 무의식, 외부세계와 자아, 밖의 자아와 안의 자아, 고정된 은유의 기호와 부유하는 환유의 기표 등이 겹쳐지면서 완벽한 해체를 저지한다. 완전한 분열에 침잠하지 않고 분열을 견지하며 건너려는 주체의 주관이 무의식적으로 작용하여 '뜨는 해'를 맞는 데 이른 것이다. 전위성이 탈색하는 것은 누적된 해체주의의 당연하면서도 아이러니한 귀결이거나 무의식적으로 주관이 개입한 귀결이거나이다.

오랜만에 바라보는 하늘의 하늘빛이 참 곱다. 순간, (검색한) 르네 마그리트의 화집 속의 하늘빛이 바라보던 하늘에 겹쳐진다. 순간, 내 눈에 다크서클이 생긴다. 나는 (검색한다) 뭉크의 화집 속의 한 행인이 되어 카르멜 수녀원으로 가는 한낮의 산책로에 서 있다. 그 행인이 (검색한다) 내 한낮의 산책로를 「칼 요한 거리의 저녁」으로 물들이고 있다. 순간, 그 행인 안에 있던 그림자 하나가 (검색한다) 「절규」의 대머리 사내가 되어 비명을 지른다. 순간, 「칼 요한 거리의 저녁」이 굴곡으로 꿈틀

대고 그 행인은 (검색한다) 「불안」의 한 행인이 되어 다시 서 있다.

여 정, 「하늘도 무심하시지」 일부

주로 '(검색한다)와 (클릭한다)'가 "오랜만에 바라보는 하늘의 하늘빛이 참 곱다."고 하는 산책자의 주관주의적 진행과 시의 주관주의적 진행을 방해하며 시를 해체한다. 해체의 주범이 '검색(검색)과 클릭(클릭)'에 있다. '검색과 클릭'이 방해하여 생긴 '나와 그림자' 간의 싸움에 하늘은 개입할 수 없으므로, '나'를 잃고 '그림자'로 탈주체가 된 '나와 그림자' 간의 싸움 아닌 싸움에서 '하늘은 무심할' 수밖에 없다. "내 한낮의 산책로를 「칼 요한 거리의 저녁」으로 물들이고 있다. 순간, 그 행인 안에 있던 그림자 하나가 (검색한다) 「절규」의 대머리 사내가 되어 비명을 지른다."고 분열된 자아가 절규해도 '하늘도 무심한' 무심한 현실에서 불안은 지속되고 불안한 주체 뒤로 '나'는 상실한다.

아이러니하게도 해결의 방법은 '검색이나 클릭'에 있으므로 처음부터 해결은 닫혀있는 셈이다. 그러나 '오랜만에 바라보는 하늘의 하늘빛이 참 고운 날 집으로 돌아간다.'는 무의식적 행위 속에 '무심한 하늘'일지라도 한 가닥의 희망을 하늘에 두고 있어서 해결방법이 전혀 없는 것은 아닌 셈이다. '뜨는 해'를 맞이하며 '걸어가는 그들'처럼 "(검색한다) 르네 마그리트의 「잘못된 거울」의 눈을 가진 내가 무심해진 하늘을 밟고 (클릭한다) 집으로 돌아간다."고 전위적 긴장력은 낯익은 현실의 습득물로 탈색되고 무의식적으로 안주에 이른다. 안주는 전위성이 탈색된 대가인 것이다.

신선하고 낯선 주관주의

> 햇살이라면 남해 이동 앵강만의 것쯤은 되어야 하리
> 보들보들한 해의 살이, 유들유들한 해의 살이,
> 바다에 닿아서는 손톱으로 퉁기면 땡그랑 소리가 날 것처럼 팽팽해
> 지고
> 미끈한 너럭바위처럼 윤나고 반짝이고
> 뻘밭은 뻘밭대로 첫애 갓 낳은 젊은 여자의 젖가슴인 양 탱탱해서
> 바람만 스쳐도 후욱 젖내를 풍기고
>
> 건들면 따닥딱 보릿대 부러지는 소리를 낼 것만 같은 유월의 앵강만
> 햇살이,
> 넓디넓은 뻘밭에 엉켜 자잘한 구멍을 하도나 드나들어서
> 땀에 젖은 듯 윤기가 반지르르한 뻘밭은 세상 끝을 보았다는 듯 드러
> 눕고
> 먼 바다에 나갔던 배가 돌아오는 저물녘이면
> 이물 고물 뻘에 묻힐 듯 철퍼덕거리는 남해 앵강만

이대흠, 「앵강만 햇살」 일부

햇살이 "바다에 닿아서는 손톱으로 퉁기면 땡그랑 소리가 날 것처럼 팽팽해지고/미끈한 너럭바위처럼 윤나고 반짝이며" 살아있어서 시가 살아있고 이대흠의 주관주의가 온건하다. 유월에 남해 이동 앵강만에 가서야 살아있는 햇살을 만날 일이겠으나 이대흠의 온건한 주관주의가 날라 온 '앵강만 햇살'이 잃어버려 낯설고 잊어버려 낯선 근원의 시간을 되찾고 되돌려주면서 신선하고도 장엄하게 환기시킨다. 앵강만 햇살이 장엄해서 이대흠의 주관주의가 온건할 수도, 이대흠의 주관주의가 견고해서 앵강만 햇살이 장엄하게 포착됐을 수도 있어서 어느 쪽이

먼저라고 할 수는 없다.

　그러나 햇살이라고 모든 햇살이 "건들면 따닥딱 보릿대 부러지는 소리를 낼 것만 같은 유월의 앵강만 햇살"처럼, "뻘밭에 온몸 들었다 땀 뚝뚝 흘리며 다시 부시는 유월 앵강만 햇살"처럼 신선한 환기력으로 살아있지는 않을 것이므로, 앵강만 햇살이 장엄해서 이대흠의 주관주의가 견고하다고 볼 일이다. 빌딩숲 뒷골목에 잠시 머물다 가거나 온종일 웅크렸다 펴보지도 못한 채 떠나는 서울의 유월이나 칠월 어느 날의 죽은 햇살은 남해 이동 앵강만 유월의 장엄한 햇살과는 진정 다른 것이다. 해체가 오래된 서울 하늘 아래서 장엄한 햇살을 만날 수는 없는 까닭에 앵강만 햇살이 장엄조차 넘어 낯설면서도 신선해 보이는 일이다.

　"누님의 치맛살 곁에 앉아/누님의 슬픔을 나누지 못하는 심심한 때는,/골목을 빠져나와 바닷가에 서자.//비로소 가슴 울렁이고/눈에 눈물 어리어/차라리 저 달빛 받아 반짝이는 밤바다의 질정할 수 없는/괴로운 꽃비늘을 닮아야 하리./천하에 많은 할 말이, 천상의 많은 별들의 반짝임처럼/바다의 밤물결되어 찬란해야 하리./아니 아파야 아파야 하리." (박재삼, 「밤바다에서」 일부)라는 박재삼의 순연한 가락조차 되찾아 온 「앵강만 햇살」은 오래전에 잃어버리고 잊어버린 근원의 아름다움을 되살아나게 하는 장엄한 힘으로 작용한다.

> 눈물이 샘솟는 집에서 둥싯 떠오른 내 몸이
> 때 묻은 밀랍인형처럼 노을 속을 둥둥 흘러다니던 저녁이었지
> 하염없이 들판을 떠돌다
> 군침 흘리듯 맑은 물이 흘러넘치는

> 큰 연못에 이르렀는데
>
> 때마침 한 소년이 그 연못가에 쪼그리고 앉아 울고 있었어 자세히 보니
> 얼마 전 그곳에 빠져 죽은 친구였어
> 나는 그가 연신 눈가를 훔치며 우는 모습을
> 한참 동안 지켜보았는데
> 죽어서 맘 놓고 우는 그 울음소리는 마치 즐거운 음악놀이 같았지
>
> 이덕규, 「저녁의 익사체」 일부

이덕규의 기억이 가져온 「저녁의 익사체」는 같은 저물녘의 햇살일지라도 장엄한 앵강만의 햇살과는 달리, '쓸쓸한 노래로 들판 가득 흘러넘치는 저녁녘 연못 속의 슬픈 햇살'이다. 「울음이 타는 가을강」처럼 '울음이 타는 저녁녘의 연못' 풍경이 이덕규의 영혼을 이끌고 기억을 환기시켜서 어제와 오늘을 하나로 살아있게 한다. 쓸쓸하나 아름다우며 신선하고도 비장한 저녁녘의 햇살이 이덕규의 기억을 환기시키며 신선한 풍경으로 재생한 것이다. 멀리 떠나 오래도록 잊어버린 고향의 햇살이 낯선 듯 신선하게 이덕규의 주관주의 속에서 환생하여 '닦아도 닦아도 지워지지 않는 노래'가 되어 들판 가득 흘러넘치는 비장미를 낳는다.

주관주의는 첨단 문명 뒤에 묻혀버린 장엄한 우주의 풍경을 신선하게 되찾아오고 되돌려놓는 근원의 힘임을 '앵강만의 햇살'에서, '울음이 타는 저녁녘의 연못 풍경'에서 새삼 확인한다. 주관주의의 가장 오래된 의인화는 우주 공동체 삶의 비유이고 인간이 자연이었고 자연이라는 근원을 길어오는 힘인 것이다.

그리고 풍자

풍자는 해체적 양식이다. 해체된 사회가 풍자를 낳는 까닭이다. 풍자를 자기풍자와 사회풍자로 나눌 때 한국문학사에서 대표적인 자기풍자가는 이 상이다. 그의 해체주의가 2011년도 해체주의의 전위성을 압도하는 까닭도 자기풍자가 주요인이다. 그렇다고 모든 해체주의가 풍자를 낳지는 않으나, 양자의 공통항이 해체된 현실의 습득에 있고 웃지 못 할 웃음이 내재되어 있다는 점에서 양자는 양성구유와 같다. "그가 변기를 들고 걸어가고, 틀니를 들고 걸어가는"(이준규) 풍경은 웃기는 풍경이다. "(검색한다) 르네 마그리트의 「잘못된 거울」의 눈을 가진 내가 무심해진 하늘을 밟고 (클릭한다) 집으로 돌아간다."(여 정)는 해체도 웃기는 풍경이다. 이때의 웃음은 불행한 웃음이고 왜곡된 웃음이다.

풍자가 반드시 해체주의에 닿지 않듯이 다음의 풍자는 해체주의와 다르나, 그러면서도 해체된 현실에서 비롯됐다는 점에서 해체주의와 무관하지 않다. 폭로가 목적이거나 공격이 목적인 풍자는 폭로에서 멈출 때 소극적인 풍자가 생산되고, 직접적으로 공격할 때의 풍자는 보다 날카롭다. 낡고 친숙한 해체주의처럼 다수의 소극적 풍자와 공격적 풍자가 2011년도 시의 풍경인 점도 해체가 사회적으로 시대적으로 만연했음을 반증한다.

집집마다 넝쿨장미는 피고 저녁이 오는데 비명소리 깻잎은 여전히 푸르고 골목길 계단참에 쌓인 빈 병들은 종일 휘파람을 불고 저녁이 오는데 무당벌레는 띄엄띄엄 진딧물을 잡아먹는 중이고 살뜰한 저녁이 오고 있는데 먼촌 누나는 공단 치마에 흠뻑 빠져 내내 거울만 보고 (…중략…) 돌계단이 통째로 뜯겨 나가고 서까래가 내려앉고 자전거가 내던

져지고 전축이 부서지고 세숫대야가 구겨지고 그치지 않는 비명 소리 저녁이 오고 있는데 장독들이 깨지고 그림일기장이 너풀너풀 날아다니고 겨울 이불이 뜯겨지고 추리닝이 벗겨지고 런닝구가 째지고 비명 소리가 틀어막히고 저녁이 오고 있는데 저녁이 오고 있는데 살 타는 냄새 살이 타는 냄새 살이 타오르는 소리, 비명 소리, 비명 소리, 비명 소리, 저녁이 오고 있는데 저녁이 오고 있는데 저녁은 오지 않고 이제 영영 오지 않고 비명 소리면 비명 소리만

채상우, 「우리 동네」 일부

「우리 동네」는 번화한 도시도 아니고 농업을 주업으로 하는 농촌마을도 아니며 '골목길 계단참에는 빈 병들이 쌓여있고, 아랫동네에 칼 갈러 갔던 칼장수가 신기료장수와 동네 초입 평상에 앉아 도란도란 막걸리 마시고, 막걸리 상이 엎어지고' 하는 마을로, 평화는 깨지고 남루한 삶이 지배하는 쓸쓸한 마을이다. 신생 읍마을이 아니라 태곳적에 잡은 터에 지금도 삶을 지탱하고 있다는 데 비애가 배가된다.

저녁이 와도 남루한 마을의 시간은 잠들 줄 몰라 '저녁은 오지 않고' '비명소리'만 지속된다고 '우리 동네'의 불행을 적나라하게 폭로하여 풍자를 야기한다. 첨단문명이 지배하는 21세기의 마을풍경이라고는 가늠하기 어려운 낯선 태곳적 풍경과 누적된 문명의 대비된 시간이 야기한 아이러니로 인해 폭로성은 강렬하다. 그러나 해체된 풍경을 비명소리로 '들려주기'만 하는 까닭에 소극적 풍자에서 멈춘다.

408호 꼬부랑노파별은 오 년째 연락조차 없는 떠돌이별 아들 땜에 기초 수급권 박탈은 물론 두 달 기한 퇴거처분 통보까지 덤처럼 받았다. 초신성 폭발이란 늙은 별의 장렬한 최후를 일컫는다는 뉴스가 흐르는 밤이었다. 결코 이천만 광년이나 떨어진 은하의 일만은 아니었다. 1309

호 우울증아저씨별은 석 달 전 폭발은커녕 한순간 소리조차 없이 명멸
하는 별똥별로 스러져갔다. 재개발이며 재건축 따윈 그저 먼 이웃 은하
의 애기였다.

엄원태, 「별마을아파트」 일부

「별마을아파트」도 남루한 시간이 지배하는 마을 풍경이란 점에서 「우
리 동네」와 다를 바 없으나, 「별마을아파트」는 낯선 태곳적 마을과 같
은 「우리 동네」와는 달리 문명의 시간을 거스르진 않는다. 임대아파트
인 별마을아파트에도 408호가 있고 첨단 시설이 장착된 아파트에도
408호는 있다.

그러나 별마을임대아파트 408호는 '꼬부랑노파별이 떠돌이별 아들
땜에 기초 수급권 박탈은 물론 두 달 기한 퇴거처분 통보까지 덤처럼
받았다'는 점에서 풍자가 생산된다. '저녁이 와도 비명소리가 그치지
않는' 「우리 동네」처럼 「별마을아파트」도 '뭇별이 총총한 밤'의 뭇별
처럼 '부부별 아래윗집별 아이별 어른별들'의 전쟁으로 '자가발광'을
그치지 않는 불행한 마을이다. 별마을아파트의 별들은 별이 총총히 빛
나는 밤에도 싸움으로 자가발광하는 별이 된다는 패러독스가 풍자를
낳는다. 그러나 해체된 풍경을 역설적으로 '보여주고'만 있어서 소극적
풍자에서 멈추며 비애가 심화된다.

이 새벽
이 얼음처럼 푸르스름 맑고
시커먼 하늘을 직박구리 한 마리
고래헤엄 하듯
까가가각 찢어지는 高音으로

포물선을 그리며 순간
공중에 정지되어
순간 추락하는 듯

마치
이 새벽의 空中이
深海나 되는 양
發光 오징어처럼 그렇게
쭉쭉

그런 飛行法으로
마치 누가 직박구리를 탄환으로
大砲를 쏜 듯
총으로 쏜 듯

(···중략···)

우산 쓰고
콩을 심지 않는 게
좋겠다고도 생각했다 오늘은

가령
후쿠시마 原電 및 그 以前
미국 쓰리마일, 체르노빌 원전 사태를
전후해서 생겨난
원전 반대론자들의 主張 역시

가령
쇼펜하우어의 독서無用論처럼

그 原電 투하 前부터
밀물처럼 서서히
밀려오게 되니까 생긴
그 反應이며
自覺이며
現象이라고 생각하니

이 順하고 怯먹은 눈의/人類들

김영승, 「비가 멈춰」 일부

「비가 멈춰」는 「우리 동네」나 「별마을아파트」의 소극적 풍자와 달리 적극적 주체가 개입하여 공격적인 풍자를 생산한다. "잡아먹거나/먹을 걸 달래거나//여하튼/그러다가 슬피 울거나/웃는//그런/怪物들이었구나!//하는/健全한 생각을//나는 잠깐/해 보았던 것이다.//그러니/걱정 말라."고 직접적으로 청자를 향한 명령어조와 자조와 함께 역설적 공격이 심화되면서 시니컬한 풍자가 날을 세운다. '건전하지 않은 괴물들'이 난무하는 해체된 현실에 공격을 가하는 것이다.

'후쿠시마 原電, 미국 쓰리마일, 체르노빌 원전 사태'처럼 방사능으로 인한 생태계의 파괴현상은 어제오늘 일이 아니나 세상은 그와 같은 일이 바로 오늘에야 최초로 일어난 것처럼 '반응하고 자각하는 현상의 順하고 怯먹은 눈의 人類들'이라고 패러독스한 공격이 날카로운 풍자를 낳는다. '인류의 세계화'는 파괴되는 생태계에서 먼저 이루어지고 있으며 한국인의 삶은 더 이상 한국 안에서만의 삶이 아니라는 폭로와 함께 첨단 문명이 야기한 해체된 현실을 공격한다.

원래의 길

주관주의와 해체주의는 양대 산맥으로 한국 근대시의 길을 좌우해왔던 셈이다. 양자는 각각의 길을 걸으면서도 영향관계 속에서 2011년도 한국 시단을 대변하는 얼굴로 첨예하게 자리한다. 여기에다 한국의 근현대사 속에서 때때마다 때맞춰 등장했던 풍자처럼 다수의 풍자시가 등장한 것도 2011년도 시의 특징적 모습이다. 풍자는 '문학의 이름으로' 참여하는 문학의 보다 '적극적인' 사회발현이다. 근원적으로 사회적 양식인 풍자이듯 해체된 현실 앞에서 풍자는 당대의 문제를 보다 적나라하게 각인시킨다.

인간은 '천지인삼재'의 기둥이며 하늘과 땅 사이에서 양자를 잇는 존재인 까닭에 우주 공동체적 삶을 지향해야 하는 인류 보편적 가치를 이렇듯 주관주의와 해체주의와 풍자가 새롭게 환기시키고 있다. 무엇보다도 초유의 일이 행해지는 첨단적 일상과 함께 전위성을 상실한 해체주의보다 오히려 오래된 주관주의가 신선하고 낯선 얼굴로 다가오는 아이러니한 현상에서 '원래' 인간의 길과 우주의 길이 하나였음을 역설적으로 확인한다.

표현주의의 고독한 위반의 진실

―박찬일 외

왜 표현주의인가

한국문학사에서 표현주의에 대한 논거를 찾아보기는 쉽지 않다. 제반 근대 문예사조가 동시다발적으로 수용된 1920년대의 사조론에도 표현주의는 등장하지 않는다. 그것은 표현주의가 문학보다는 회화에서 먼저 시작된 까닭도 있겠고, 표현주의가 하나의 특색으로 규정하기에는 그 문화적 특성이 다양하며 그중에서도 모더니티를 가장 잘 대변하는 사조이기 때문일 것이다. 표현주의는 모더니티로 대변되는 근현대 제반 사조의 특색들을 총괄적으로 아우르고 있어서 낭만주의와도 무관하지 않고, 이미지즘, 자연주의, 상징주의, 모더니즘, 포스트모더니즘, 아방가르드와도 무관하지 않다. 표현주의는 현재 진행형의 사조이자 현대문화를 가장 잘 대변하는 특색으로 모더니티의 다른 이름이나 다름없는 것이다.

때문에 한국 현대시에서 표현주의적 특색을 논하는 일은 그다지 새로운 작업이 아닐 수도 있으나, 오히려 새로운 관점으로 한국 현대시를 접하는 계기도 된다. 문학사가 낭만주의로 규정한 시에서 표현주의적 특색을 찾을 수 있으며, 이미지즘으로, 상징주의로, 모더니즘으로 규정한 시에서도, 포스트모더니즘으로, 아방가르드로 규정한 시에서도 표현주의를 논할 수 있기 때문에 표현주의는 특정 문예사조로 규정된 작품을 새롭게 열어놓는 가장 첨단적인 사조인 셈이다.

표현주의는 '사회의 몰인정한 틀과 무자비한 도회지에 희생된 인간에 쏟는 관심과 표현을 보다 힘찬 것으로 하기 위해 인습적 방법을 파괴하는 강렬한 주관성'에서 비롯된 것이기 때문이며, '의미있는 질서의 반영이 아니라 시인이 느끼는 피해와 부조화의 감각을 표현하고, 새로운 에너지, 새로운 전투성을 향하여 전진'하는 전위이기 때문이다. '꿈을 꿀 권리, 본능적 자유에의 권리, 자동화된 체제와 정신의 질곡을 가져오는 제약에 맞서 항거할 권리, 표현하고 창조할 권리' 등으로 정의되는 표현주의는 인생에 대한 적극적인 태도를 위반의 태도로써 발현한다. 비록 극도의 주관성에 빠져서 자기탐닉의 위험에 빠져 극단으로 치우치는 경향은 불가피한 부산물일지라도 오히려 그와 같은 극단에서 극명한 모더니티가 발현된다는 점을 외면할 수 없으며, 거기에 은닉된 진실을 놓치는 것은 현대문화에 대한 진단을 놓치는 일과 같다. 이처럼 표현주의는 현대문화의 중심이며, 이는 또 현대의 어느 시점에서나 표현주의가 재론되어야 하는 까닭이자 재론되어야만 하는 당위에 속한다.

표현주의 시는 주로 고독한 현대인의 자아를, 일탈한 자연을, 우울한 도시를, 그리고 꿈이 빛나는 어둠을 표현한다. 한국 현대시사에서 이와

같은 표현주의의 계보학과 함께 그 특색을 논하기 위해서는 30년대 이
상 시에서 출발해야 할 것이다. 이 상 시는 모더니즘으로도, 포스트모
더니즘으로도, 아방가르드로도 읽히기 때문이며, 그의 시가 한국 현대
시에서 표현주의적 특색, 곧 모더니티를 가장 잘 담보한 채 현대문학
내지는 현대문화의 중심에 있기 때문이다. 현대는 개인이 현실을 대변
하는 중심 코드이며 이에 따라 자아, 주관성, 내면의 필연성 등이 현실
의 전면에 부상하여 '지금이곳에 대한 위기의식'을 표현하는 기제로 작
용하는 동시에 전통에 거슬러 새로운 것, 이상스러운 것을 그리워하는
충동 및 격정과 불안을 표현하는 기제로 작용하는 시대이다. 이는 구원
을 찾아서 깊은 어둠 속으로 비명을 지르는 표현주의의 위반의 태도이
며, '새로운 비전, 새로운 현실, 새로운 인간, 반권위주의, 정도를 넘어
선 허세에 대한 반작용이자 해방과 소생을 필요로 하는 주관성의 강조'
이다. 현대의 과학문명주의와 자본주의의 쇠사슬로부터는 물론이고 인
생 자체로부터 자신을 해방시키고자 투쟁하는 인간의 영혼에 대한 관
심이자 가득한 자의식의 발현이다.

고독하고 이상스런 자아 — 이 상

벌판 한복판에 꽃나무 하나가 있소. 근처에는 꽃나무가 하나도 없소.
꽃나무는 제가 생각하는 꽃나무를 열심히 생각하는 것처럼 열심히 꽃을
피워 가지고 섰소. 꽃나무는 제가 생각하는 꽃나무에게 갈 수 없소. 나
는 막 달아났소. 한 꽃나무를 위하여 그러는 것처럼 나는 참 그런 이상
스러운 흉내를 내었소

이 상, 「꽃나무」 전문

흔히 '벌판 한복판에 꽃나무'가 '하나'만 있기보다는 다수의 꽃나무가 함께 있으나, 시는 '근처에는 꽃나무가 하나도 없다'고 하므로, '벌판 한복판에 꽃나무 하나'만이 있는 것으로 받아들일 일이다. 전통적으로 꽃나무는 벌판 한복판에 있는 것이 아니라 울타리 곁이나 집안에 있는 것으로 묘사되어온 관계로 '벌판 한복판에 있는 꽃나무 하나'는 상상의 세계에서도 일반적으로도 찾아보기 드물다. 그러나 이 상은 '벌판 한복판에 꽃나무 하나가 있다'고 선언하여 판에 박히고 일반적이며 전통에 익숙한 독자의 시선을 새로운 해방의 세계로 열어놓는다.

또한 벌판 한복판에 있거나 아니거나 꽃나무는 현대에서 그다지 새로운 상상력의 대상일 수 없으나 이 상은 이와 같은 구태의연한 대상인 꽃나무를 '새삼스러운' 꽃나무로 부각시키고 있어서 이상스런 의구심을 부추긴다. 이 상의 '새삼스럽고 이상스런' 꽃나무는 전통적 관념이 투여된 일반적인 꽃나무가 아니라서 전통적이고 일반적인 관념을 위반한다. '꽃나무인 자아'는 개인적이자 극도의 주관적인 절대 은유로 표현되어 '새삼스럽고 이상스러운 흉내'를 내는 위반의 꽃나무로 탄생한다. 이때 '제가 생각하는 꽃나무에게 갈 수 없는 벌판 한복판의 꽃나무 하나'는 '한 꽃나무를 위하여 그러는 것처럼 막 달아나는 자아'와 병치은유의 관계에 있다. 거기에는 '벌판 한복판'으로 은유된 자아의 고독한 위기의식과 불안이 은닉되어 있으며 그곳으로부터의 해방과 소생을 향한 무의식적 진실 또한 은닉되어 있다.

　거울속에는소리가없소.
　저렇게까지조용한세상은참없을것이오.

거울속에도내게귀가있소
내말을못알아듣는딱한귀가두개나있소

거울속의나는왼손잡이오.
내악수를받을줄모르는-악수를모르는왼손잡이오.

거울때문에나는거울속의나를만져보지를못하는구려만
거울아니었던들내가어찌거울속의나를만나보기만이라도했겠소.

나는지금거울을안가졌소만거울속에는늘거울속의내가있소
잘은모르지만외로된사업에골몰할게요.

거울속의나는참나와는반대요만
또꽤닮았소.
나는거울속의나를근심하고진찰할수없으니퍽섭섭하오.

이 상, 「거울」 전문

'이상스런' 꽃나무와 마찬가지로 거울을 빼놓고도 이 상 시를 논할 수 없다. 한국현대시사에서 거울은 이 상으로부터 탄생하였고 '새삼스럽고 이상스런 꽃나무'와 마찬가지로 이 상 시의 절대은유 형성에 기여한다. 거울은 '나'에 대한 주관적이며 개인적인 절대은유이자 '안의 나와 밖의 나의 경계'에 있으면서 경계에 있는 자아를 은유한다. 거울로 인해 '안의 나'와 '밖의 나'는 분리되나 거울로 인해 '밖의 나'는 '안의 나'를, 그리고 '안의 나'가 '밖의 나'를 만나볼 수도 있다. 거울은 차단된 안과 밖을 열어주면서 차단된 자아는 '안의 나와 밖의 나'로 차단되었음도 알게 하는, 곧 이중적이자 역설의 원리에 기반한 매개체이다. '안과 밖의 나'로 분리된 자아를 알게 되어 현재의 위기의식과 불안을 역설적으로 확인하게 되는 일일지라도, 그것은 인간의 불안한 영혼에 대한 이상스럽고 위반적인 방법으로의 관심이자 고독한 자의식 가득한 표현이라는 점에서 가장 첨단적인 모더니티의 발현이며 해방을 향한 위반의 비명이다. 때문에 이 상 시는 1930년대 한국 현대시의 모더니티 구현에 국한되지 않고 현재 진행형의 한국 현대시이자 진행형의 전위시인 것이다.

고독하고 환각적인 도시 – 김종삼

　어둠한 저녁녘 지난 해에의 蛇足투성이를 알아내이는 夜市의 기럭지
는 움직이는
斜線.
이 가파로운 畵幅이 遼遠하다가는 말아버리었다.
間或
賣店 같은 것들의 親舊인 燈불의 沿岸이 줄기차 있기도 하였다.

아직은 原色으로 돌아가기 위하여 勞苦의 幻覺을 잃고난 다음.

김종삼, 「原色」 전문

　자연을 배반한 현대의 도시는 자연을 배반한 현대인을 닮아서 적막하고 고독하다. 더욱이 전쟁조차 지나간 도시는 적막과 고독조차 넘어서 불안하고 절망적이며 환각조차 생산한다. 환각은 새로운 비전이자 새로운 현실이며 새로운 인간상을 꿈꾸는 시인의 주관성의 발현이고 해방과 소생의 은유이며 위기의식의 은유이다. 적막하고 고독하며 불안하고 환각적인 도시 위로 솟은 태양도 도시 위에 내려앉은 햇살도

적막하고 고독하며 불안하고 환각적이다. 도시를 감싼 자연조차 고독에 빠진 것이다. 물론 김종삼의 위의 시가 이와 같은 도시의 이미지를 표현한 것으로 볼 수도 있고 아닐 수도 있으나 환각을 위기의식에서 발현된 시인의 주관성으로 볼 때 김종삼의 도시는 고독하고 환각적이다. 시인의 관념이 차단된 이미지는 구체적인 대상을 포착하기 어렵게 하며 언어로만 혹은 감각의 이미지로만 살아있다.

"야시의 기럭지는 움직이는 사선"이라는 표현에 야시의 움직임을 제시할 뿐, 여기에 김종삼의 어떤 관념도 투여되어 있지 않다. "매점 같은 것들의 친구인 등불의 연안이 줄기차 있기도 하였다"도 "야시의 기럭지는 움직이는 사선"처럼 '매점의 기럭지는 움직이는 등불의 사선'과 은유관계에 있다. 「원색」은 원색을 표현한 것이기보다는 원색에 이르기 전 시점인 "원색으로 돌아가기 위하여 노고의 환각을 잃고난 다음"에 이른 지점을 표현하고 있다. 원색의 밤에 이르기 위한 직전인 저녁녘의 움직임이 원색의 지점보다 더 고독하고 환각적인 도시의 불안을 은유한다. 자연이 거세된 도시의 저녁녘은 '매점의 등불이 빛나는 고독한 밤'을 항해하고, 이와 같은 도시의 일상은 환각적인 위반의 시선에 포착되어 고독한 진실에 깊게 관여한다. 거기에서 김종삼의 관념은 차갑게 배제된다.

새로 도배한
삼칸초옥 한칸 房에 묵고 있었다
時計가 없었다
人力거가 잘 다니지 않았다.

하루는
도드라진 電車길 옆으로 챠리 챠플린 氏와
羅雲奎 氏의 마라돈이 다가오고 있었다.
金素月氏도 나와서 求景하고 있었다.

며칠뒤
누가 찾아 왔다고 했다
나가본즉 앉은방이 좁은
굴뚝길밖에 없었다.

김종삼, 「往十里」 전문

　삼간초옥이 있던 시절 서울의 왕십리는 김종삼, 찰리 채플린, 나운규, 김소월 등을 비롯한 예술가의 고독한 일상과 함께 더불어 고독하다. 왕십리가 고독해서 예술가들이 고독하고 예술가들이 고독해서 왕십리가 고독하다. 찰리 채플린, 나운규, 김소월은 환각상태로 존재해서 왕십리의 삼간초옥, 시계도 없는 한 칸 방에 사는 김종삼도 환각적이다. 찰리 채플린, 나운규, 김소월을 닮은 새로운 비전, 새로운 현실, 새로운 인간을 향한 김종삼의 해방은 환각상태에서 가능할 뿐이므로 고독하지 않을 수 없다. 김종삼이 고독해서 찰리 채플린이 나운규가 김소월이 고독하고 왕십리가 고독하다. 삶의 진실은 고독한 예술가의 내면 깊숙이 은닉된 채 해산의 날을 기다리듯 고독한 왕십리를 환각적으로 배회한다. "누가 찾아 왔다고 해서 나가본즉 앉은방이 좁은 굴뚝길밖에 없는" 왕십리에서 할 수 있는 일이란 이상스럽고 환각적인 배회뿐인 까닭이다. 환각의 이미지가 관념의 이미지를 압도하면서 자아의 우울과 고독과 불안과 위기의식에 더불어 고독한 도시에서의 탈출을 위반적으로 은유한다.

고독하고 장엄한 죽음 – 박찬일

소나무는 누가 가까이 오는 것을 싫어하는데도 사람들은 자꾸 다가가
만진다 배로 차고 등으로 찬다 싫어한다는 걸 알릴 방법은 죽음뿐이다
높은 바위 위에 뿌리내린 소나무들도 독하다

박찬일, 「죽은 소나무」 전문

박찬일의 죽음과 삶은, 그리고 소나무의 죽음과 삶은 고독하다. 그것
은 저항을 목적한 죽음이므로 그러하다. 그러나 "싫어한다는 걸 알릴
방법은 죽음뿐"이라서, 곧 저항할 방법이 오직 죽음뿐이라서 그것은
절대적으로 고독한 죽음이면서도 장엄한 삶의 단면 또한 위반적으로
산출한다. 저항은 살기 위한 저항이어야 할 것이나 저항을 알릴 방법을
위해 죽음을 택한 것은 고독 중에서도 고독한 절대적 고독이자 죽음이
므로 저항의 죽음은 장엄한 해방의 연장선상에 있다.

한편 이와 달리 '높은 바위 위에 뿌리내린 소나무들은 고독하면서도
독하다', '높은 바위 위에 뿌리내린' 까닭에 그 소나무들은 '싫어하는데
도 사람들이 자꾸 다가가 만지거나 배로 차고 등으로 차는 일'은 없을
것이므로 죽음으로 저항할 필요는 없는 소나무다. '높은 바위 위에 뿌
리내린 소나무들'의 저항과 해방은 죽음을 선택한 소나무와 달리, 죽음
에 있는 것이 아니라 삶을 향한 독한 선택에 있다. 고독과 독한 소나무
의 차이이자 삶과 죽음의 차이이다. 그러나 그 차이는 양성구유와 같은
관계에 있다. 독한 것과 고독한 것은 두 개의 노로 젓는 한 척의 돛단

배와 같은 것이다. 때문에 박찬일의 고독을 은유한 소나무가 고독하고, 소나무의 저항이 고독하고 장엄해서 박찬일의 삶이 고독하고 그의 죽음이 장엄하다. 박찬일의 고독한 자의식과 장엄한 해방의 저항을 소나무의 저항이 은유하면서도 한편으로는 죽음을 넘어서는 독한 삶으로의 저항이 동반되고 있어서 해방과 소생의 방향은 이원적이자 대립적이며 또한 하나다. 삶과 죽음을 아우르는 폭 넓은 상상의 진폭이 고독한 죽음을 장엄한 삶에 연계시키고 있다. 혹은 장엄한 죽음을 고독한 삶에 연계시키고 있다.

> 나는 거대한 바다 앞에 서 있네
> 거기에는 수억만 마리의 고기가 서 있네
> 신은 날 보고 그것을 전부 건져내라고 하네
> 하나하나, 하나하나.
> 그것도 시간을 얼마 안 주고 말이네
>
> 나는 한 마리 한 마리 건져내고 있네
> 당장 바다에 뛰어들 수 있지만
> 있는 시간만큼 건져내다가
> 죽기로 했네

박찬일, 「바다를 두고」－序詩, 전문

'거대한 바다, 수억만 마리의 고기, 수억만 마리의 고기를 전부 건져내라고 하는 신의 명령, 당장 바다에 뛰어들 수도 있는 자의식'이 고독하나 장엄하며 역동적인 세계를 생산한다. 활력주의와 관계한 표현주의이다. '주의'라는 말이 난무한다면, 단지 '역동적'이라고만 할 수도 있다. 그러나 그 역동성은 죽음과 함께하고 있어서 장엄하고 비장하다.

더욱이 "있는 시간만큼 건져내다가 죽기로 했다"는 맹세는 고독한 죽음 뒤에 장엄한 삶의 진실, 해방의 진실을 은폐시키고 있다. 맹세가 장엄해서 삶이 장엄하고 시가 비장하다. 니체의 초인처럼 바다 앞의 초인은 장엄한 삶을 죽음이라는 위반의 해방으로 역동적으로 산출한다.

거대한 바다 앞에 서 있는 것과 같은 인간의 삶은 당장 그 거대한 바다에 뛰어들 수도 있는 해방의 죽음을 동반한 채 항해한다. 이처럼 인간의 삶은 죽음이라는 위반의 상상력으로 그 장엄성의 표현이 가능하다. '시간을 얼마 주지도 않고 수억만 마리의 고기를 하나하나 건져내라고 하는' 신의 명령에 따른 인간의 삶은 '당장 바다에 뛰어들 수도 있지'만 참고 또 참으며 '있는 시간만큼 한 마리 한 마리 건져내다가 죽어야만' 하는 주어진 길을 고독하나 장엄하게 행진한다. 박찬일의 장엄한 죽음 혹은 장엄한 삶은 위반적으로 해방한다. 그것은 죽음으로 삶을 사는 혹은 삶으로 죽음을 대신하는 고독하고 위반적인 해방이다.

고독하고 배덕한 빵-박상순

훔친 구두를 신고
훔친 가방을 메고
소풍을 갔다

발등에 족쇄 같은 고리가 달린
여자아이의 구두를 신고
어수선한 닭집 옆
주렁주렁 매달린
시장바구니 하나를 훔쳐

　　소풍을 갔다

　　풀밭 위에 앉아서 도시락을 먹었다
　　선생님은 구두를 먹고
　　아이들은 내 찢어진 반바지와 바구니를
　　김밥처럼 먹으며

　　내게 말했다
　　구두에게 말했다
　　바구니에게 말했다

　　—너, 집에 가!

박상순, 「빵공장으로 통하는 철도로부터 6년 뒤」 전문

　　시는 '빵공장으로 통하는 철도로부터 6년 뒤'에 무슨 일이 생겼을까? 또 '그 일은 철도에서 생겼을까 혹은 빵공장에서 생겼을까, 아니면 빵공장과 빵공장으로 통하는 철도로부터 멀리 떨어진 데서 생겼을까'라는 의문 속으로 유인한다. '훔친 구두를 신고 훔친 가방을 메고 훔친 시장바구니를 들고 소풍을 갔다'고 하니 '빵공장으로 통하는 철도로부터 6년 뒤에 도둑이 되었다'로 읽을 수 있다. 얼핏 장 주네가 떠오른다. 시는 장 주네에 관한 일화에서 시작된 것인지도 모를 일이다. 세상이 거부하고 세상을 배반하고 배덕으로 진실을 살고자 한 장 주네의 삶처럼 소풍을 가기 위해 훔쳤거나 소풍 이전에 이미 구두를, 가방을 훔쳤을 수도 있는 배덕행위, 악덕행위를 해방의 모티프로 취한 시는 전위적으로 반전통적이고 반질서적이어서 역설적이게도 활력적이고 역동적이다.

　　'빵공장으로 통하는 철도로부터 6년 뒤'에 훔친 것들을 신고 메고

들고 소풍을 갔으나, "선생님은 구두를 먹고/아이들은 내 찢어진 반바지와 바구니를/김밥처럼 먹으며//내게 말했다/구두에게 말했다/바구니에게 말했다//—너, 집에 가!"라고. 세상은 '나'를 거부하고 '나'를 배반하며 '내'게 배덕행위를 일삼게 하였다. 그래서 '나'는 배덕행위로 세상을 걸어가고 그렇게 걸어가는 배덕행위의 언어가 낳은 시는 배덕을 배척하는 전통적 인식에 위배되어 오히려 활력과 역동성을 낳는다. 배덕행위가 당당한 위반의 시학으로 시의 얼굴을 장식하면서 시는 최첨단적인 전위를 낳고 있는 것이다. 고독한 배덕자가 걸은 길 위에서 탄생한 시의 위반은 해방의 진실을 은닉시킨 채 그 깊이의 가늠을 차단하며 박상순의 관념도 비전도 차단한다.

여섯 명의 아이들이 있었다
나는 일곱번째 아이로
그리고 첫번째 사내아이로
초대되었다

첫번째 여자아이가 장롱 속에서
기다란 빵을 꺼냈다
두번째 여자아이가 나를 일으켜 세웠다
세번째 여자아이가 물을 떠 왔다
네번째 여자아이가 나의 머리를 빗겼다
다섯번째 여자아이가 창문을 닫았다
여섯번째 여자아이가 나를 쏘아보며 말했다

— 빵 먹어

나는 기다란 빵을 먹으며

> 피를 나누는 맹세를 했다
>
> 그리고 다음 날
> 기다란 빵 두 개를 품에 넣고
> 도망을 쳤다

박상순, 「빵공장으로 통하는 철도로부터 2년 뒤」 전문

'빵공장으로 통하는 철도로부터 6년 뒤'가 아니라 '빵공장으로 통하는 철도로부터 2년 뒤'에 이미 '나는 기다란 빵을 먹으며 피를 나누는 맹세를 했고 다음 날 기다란 빵 두 개를 품에 넣고 도망'을 친 바 있다. 이미 4년 전에 기다란 빵 두 개를 훔쳤으니 4년 뒤에 구두와 가방과 시장바구니를 훔친다고 해서 이상한 일은 아닐 것이다. 삶은 혹은 정체성은 흔히 습관 위에서 형성되므로 그러하다.

세상의 배반에서 시작된 세상에 대한 배덕인지 세상에 대한 배덕에서 시작된 세상의 배반인지 배덕행위를 자행한 출발점은 불확실할 수밖에 없다고 하는 것도 반질서적인 위반의 태도이겠으나 배덕행위가 빚은 악의 미학이 첨단적 모더니티라는 것은 분명하다. '빵공장으로 통하는 철도로부터 2년 뒤나 6년 뒤'에 일어난 일은 훔치고 훔쳐가고 하는 배덕의 이중주로 악의 미학을 낳는 데 작용한다. 배반하고 배반당하는 배덕행위는 선을 향한 미학의 전통에 충격을 가하는 전위적인 위반으로 악의 미학을 산출한다. 그러나 거기에는 고독한 영혼이 은닉되어 있으므로 고독한 빵에 담긴 소생의 진실까지 외면할 수는 없는 일이다. 그것은 선과 악의 이중주, 질서와 해체의 이중주, 전통과 모더니티의 이중주, 위장된 포즈와 은닉된 진실의 이중주 속에서 위반으로 기울인

표현주의 시의 고독한 길인 까닭이다.

표현주의는 이렇듯 지금여기 진행중인 중심 사조이며 현대문화를 대변하며 첨단으로 살아있는 전위이다. 예술가마다의 개인적이고 개성적인 표현 모티프가 무엇이며 태도가 어떠한가의 차이일 뿐, 비록 그것이 새삼스럽고 환각적이며 장엄하고 배덕행위에 취한 예술가의 이상스런 위반 행위일지라도 불안한 자유를 건너는 예술가의 꿈꾸는 고독조차 외면할 수는 없다. 위선의 이면이 악이라면 위악의 이면은 선이듯이 표면보다는 은닉된 이면에서 개인, 주관성, 내면의 필연성에 따른 표현주의의 고독한 영혼의 진실, 위반의 진실을 만날 일이다. 위악으로 발현된 악의 미학이 모더니티의 전위적 진면목일 수 있으므로 그러하다.

반시의 운명

―박상순 외

반시의 역사

'반시'가 시문학의 키워드로 한국시사에 등장한 것은 김수영에 의해서지만, 이에 앞서 반시는 시의 해체를 넘어서 그만의 장르적 특성으로 한국시사의 한 계보를 형성해왔다. 해체의 다른 말을 실험이나 변화라고 보면, 문학사는 해체의 역사이고, 시의 해체는, 특히 근대에 이르러 모든 시는 과거에 비해 현격한 해체의 경과를 겪는다. 소월 시도 시조의 정형율을 해체한 해체시에 속하며, 산문시인 만해 시도 운문인 시의 근본적 위상에서 변화한 해체시에 해당한다.

이렇듯 반시의 한 속성이 시의 해체성이라는 측면에서는 반시도 해체시 계열이다. 물론 문학사에서는 장르로서 반시보다는 주로 해체시라고 일컫는다(김준오, 『문학사와 장르』; 진순애, 「1980년대 해체시의 실천적 지평」, 『전쟁과 인문학』). 그러나 반시의 해체성은 그 양상이 혁명적이거나 전위적이라는 이유로 완만한 해체를 넘어선 파괴에 가깝다. 반시는 혁명으로 인한 인류사의 현격한 전환과 같이 혁명적이거나 전위적으로 파괴된 시의 위상을 반증한다. 곧 파괴력의 미학인 반시의 특성은 그만의 역사 속에서 혁명과 전위적 위상이 정해지며 운명 또한 그러하다.

한국시사에서 최초의 반시는 이 상 시에 있듯이 이 상 시의 파괴력은 해체로 명명되기를 강력히 거부한다. 이 상 시는 시의 기본적 구성요소인 리듬과 이미지를 비롯하여 띄어쓰기조차 무시하고 있어서 이와 같은 그의 시에서 근원적인 시의 색채를 찾기는 어렵다. 이 상 시는 표상부재의 태도이며 독자와의 소통을 통째로 외면한 소통부재의 태도로, 그 결과는 감동부재로 이어진다. 일반적인 독자가 감동을 받는 것은 '일반적으로 시란 무엇인가'의 범주 내에서 이루어지는 일인 까닭이다.

이 상의 뒤를 이은 반시의 계보는 이승훈의 시에서 쉽사리 찾을 수 있으며, 이 상과 이승훈의 시로써 한국시사의 반시의 한 축을, 그리고 다른 축을 김수영과 황지우의 시에서 찾을 수 있다. 이 상과 이승훈의 반시는 '탈반영의 반영'을, 김수영과 황지우의 반시는 '반영의 반영'을 특징으로 한다. 이 상과 이승훈의 탈반영의 반영은 주로 자아 분열에 있고, 김수영과 황지우의 반영의 반영은 사회 분열에 있다. 물론 개인과 사회가 무관한 관계에 있는 것이 아니므로, 분열한 개인의 출현도 그 원인은 분열한 사회 혹은 시대에 있으므로, 양자는 양성구유처럼 불가분의 관계에 있는 것이다.

이와 같은 수직적인 반시의 흐름은 1990년대 이후에는 수평적으로 일반화되고 있으며 그중에서도 대표성을 박상순·함기석·김언·황병승·이수명·김행숙·이근화 등의 시에서 찾을 수 있다. 특히 박상순의 시는 이 상과 이승훈의 계보나 김수영과 황지우의 계보처럼 어느한 축만을 잇고 있지 않는 것이 특징이다. 그러면서도 표현상으로는 탈반영의 반영이 지배적이다. 박상순의 시는 때로는 자아 분열에 때로는사회 분열에 그 근원을 둔 첨예한 표현주의 시로써 한국시사에서 그의시가 차지하는 위상 및 반시의 위상을 대변한다.

그러나 이와 같은 반시의 역사적이며 시문학사적 위상 속에서도 반시의 운명은 그 위상과 비례관계에 있어 보이지 않는다. 반시의 파괴력의 위상은 아이러니하게도 반시의 운명이 단명할 수밖에 없음을 반증한다. 전위나 혁명의 위상이 순간의 위력으로 큰 반향을 일으키듯 반시의 운명 역시 순간의 위력으로 그 위상이 가늠된다. 반시의 역사는 탈지속적으로 지속하면서 시문학사의 한 축을 전위적으로 형성하는 데그 운명의 위상이 있는 것이다.

탈반영의 반영 — 이 상과 이승훈

13의兒孩가道路로疾走하오.
(길은막다른골목이適當하오.)

第1의兒孩가무섭다고그리오.
第2의兒孩가무섭다고그리오.
第3의兒孩가무섭다고그리오.
第4의兒孩가무섭다고그리오.
第5의兒孩가무섭다고그리오.

이 상, 「詩第一號」 일부

자아 분열을 탈반영적으로 반영하는 이 상 시는 서정시가 중축을 이룬 한국시사에서 돌출적으로 반시의 미학을 첨예하게 드러낸다. 무엇보다도 「詩第一號」라는 탈대상적인 시의 제목이 이를 반증하며, '제1의 兒孩부터 제13의 兒孩까지 무섭다'고 한다는 두려움의 의식 또한 그러하다. '13의아해가도로로질주'하는 상황을 전달하는 자아는 주체에서 객체적 전달자로 분열한 자아이다. 세상 혹은 세계에서 분열한 자아에 의해 시도 폭력적으로 분열한다.

> 사나이의 팔이 달아나고 한 마리의 흰 닭이 구 구 구 잃어버린 목을 좇아 달린다. 오 나를 부르는 깊은 命令의 겨울 지하실에선 더욱 진지하기 위하여 등불을 켜놓고 우린 생각의 따스한 닭들을 키운다. 닭들을 키운다. 새벽마다 쓰라리게 정신의 땅을 판다. 완강한 시간의 사슬이 끊어진 새벽 문지방에서 소리들은 피를 흘린다. 그리고 그것은 하아얀 액체로 변하더니 이윽고 목이 없는 한 마리 흰 닭이 되어 저렇게 많은 아침 햇빛 속을 뒤우뚱거리며 뛰기 시작한다.
>
> 이승훈, 「事物A」 전문

이승훈 시의 자아 분열은 파괴적으로 일탈한 사물이 은유한다. '사나이의 팔이 달아나고 한 마리의 흰 닭이 구 구 구 잃어버린 목을 좇아 달리는' 광경은 시에 대한 폭력이자 횡포이며 질서의 삶에 대한 탈반영에서 비롯된다. 분열한 자아가 시와 사물에 폭력을 가하는지, 폭력당한 사물이 자아를 분열에 이르게 한 것인지의 순위구별은 별도로 해도 질서의 삶에서 일탈한 혹은 질서의 삶에 가해진 횡포와 폭력이 파괴력의 미학을 은유한다는 사실은 분명하다.

반영의 반영 – 김수영과 황지우

기진맥진하여서 술을 마시고
기진맥진하여서 주정을 하고
기진맥진하여서 여관을 차저 들어갔다
옛날같이 낮선 방이 그리 무섭지도 않고
더러운 침구가 마음을 괴롭히지도 않는데
義齒를 빼어서 물에 담거놓고 들어 누우니
마치 내가 臨終하는 곳이 이러할 것이니 하는 생각이 불현듯이 든다
옆에 누은 친구가 내가 이를 뺀 얼골이 어린 아해 갔다고 간간대소하
며 좋아한다

김수영, 「未熟한 盜賊」 일부

김수영의 위 시는 현진건의 「술 권하는 사회」와 김수영이 처한 술 권하는 당시를 패러디하였는데, '기진맥진하여서 술을 마시고, 기진맥진하여서 주정을 하고, 기진맥진하여서 여관을 차저 들어갔다'는 진술은 화자가 술 마시게 된 이유를 외부에 있음을 의도한 비판적 역설이다. '더러운 침구가 마음을 괴롭히지도 않는 여관방'에서 '내가 임종하는 곳이 이러할 것임'을 연상하고 있는 화자의 아이러니한 자의식은 삶을 괴롭히는 가난을, 가난한 사회를, 그래서 분열한 사회를 풍자적으로 반영한다. 자조적이면서도 자학적인 심리를 놓칠 수 없는 김수영의 시는 술 권하는 사회의 반영에서 멈추지 않고 반영의 반영으로 패러디된 것이다.

이제 김형사와 나는 격의 없이 이야기를 나누는 사이가 되었다. 아내도 처음처럼 놀라거나 경계하지 않고 커피를 타오고, 우리 아이 장난감

까지 사들고 들어오는 김형사에게 어떤 '인간적인 것'을 확인한다. 그는 늙으신 어머님께도 깍듯이 인사한다. 그 인간적인 것 때문일까. 그와 나는 좀처럼 정치적인 이야기는 하지 않는다. 다만 '제 1 공화국'에서 '최불암씨 연기'가 좋았다고는 말한 적이 있다.

황지우, 「인간적인, 너무나 인간적인 김형사에게」 일부

외적으로는 '인간적인 적'을 강조하는 황지우의 위 시도 '비인간적인 상황'을 은폐하면서 오히려 '비인간적인 상황'을 풍자하기 위해 '비인간적인 일상'을 패러디한다. '인간적인 것'이란 '가족적인 것' 혹은 '격의 없이 이야기를 나누는 사이'라는 사실을 위해 역설적으로 형사가 등장한 아이러니한 일상을 패러디한 것이다.

반영의 반영은 탈반영의 반영과 같은 전위적 반시의 미학과는 거리가 있어서 '반시적'인 상태에서 절반쯤은 엉거주춤하게 반시 역사의 한 축을 차지한다. 시의 해체성에 보다 가까이 있는 반영의 반영이다. 그러면서도 김수영과 황지우의 차이를 보면, 반시의 기치를 내걸었던 만큼 김수영의 시가 황지우에 비해서 보다 자아분열이 우선한 반시의 미학에 가깝다.

불행한 자유 – 박상순

현대인은 자유로우나 불행한 타자이다. 분열한 자아로 소외된 타자는 현대인이 누리는 자유의 대가이자 그 이면이다. 때문에 타자가 된 현대인은 잃어버린 자아를 찾아 자유로우나 고독하게 유랑한다. 그것은 타자로서의 불행한 자유인 것이다. 이때의 시는 표상부재로 일탈하

기, 질서부정으로 일탈하기, 소통부재의 언어유희 등 첨예한 표현주의
로 특화된다. 박상순 시의 화자는 바로 이와 같은 타자의 불행한 자유
를 맘껏 누리는 까닭에 그의 시에는 기호 '나'가 지배적이나 '나'는 타
자로서 '나'일뿐이다. '나'는 도처에 있으면서도 실체는 부재중이다.

감동은 인간에게 무의식적으로 각인된 이미지의 세계에 포착될 때
이루어진다. 비록 현대인이 근원의 세계에서 분리하고 분열했을지라도
집단적 무의식은 현대인을 근원에 이르게 하는 출구이므로, 무의식에
각인된 근원의 이미지로써 불안정한 심리상태는 안정을 회복한다. 그
러나 박상순의 시는 독자에게 이와 같은 감동과 친숙을 불허한다. 대상
들은 파괴되고 사물은 정체불명으로 떠돌며 부유하므로, 그의 시는 독
자와의 소통을 차단한 채 혹은 소통이 차단된 채 불행한 자유의 환유
로써 타자인 '나'를 기호화할 뿐이다.

첫째 시집 『6은 나무 7은 돌고래』에서

저 녀석이 어젯밤 계단 위에서
소설가 B의 막내딸을 밀쳤습니다
B의 막내딸이 넘어지며
경찰관 A의 둘째 딸이 넘어지고
계단 위에 서 있던
A, B, C의 딸들이
다리가 부러지고 목뼈가 부러지고
코뼈가 주저앉았습니다

(…중략…)

> 어머니가 생선 장수 C를 바라보며
> 경찰관 A에게 말했다
> 내 아들은 아닙니다
> 생선 장수 C가 말했다
> 내 아들은 아닙니다
> 소설가 B가 말했다
> 내 아들도 아닙니다
> 경찰관 A가 나를 향해 말했다
> 나의 아들 또한 너는 아니다

박상순, 「사랑받지 못하는 너희들에게」 일부

박상순의 시를 읽고 있으면 불행하다는 생각이 스멀스멀 스며든다. '사랑받지 못하는'의 '못하는'처럼 그의 시는 대부분 부정적인 언어가 주도하여 독자도 부정적으로 불행에 이르게 한다. '깨지고 부서지고 뿌리째 뽑히고 나뒹구는' 무질서하고 불행하며 부정적인 언어들뿐인 것이다. 야스퍼스가 '불행은 비극과 달리 모든 사람에게 폐가 되는 무거운 짐'이라고 하듯이 불행한 박상순 시의 독자 또한 불행이라는 무거운 짐에서 자유로울 수 없게 된다.

「사랑받지 못하는 너희들에게」는 '사랑받지 못하는 너희들'이 처한 상황을 보여주고 있는데, 그 상황은 '넘어지고, 밀치고, 부러지고, 주저앉고' 하는 싸움의 상황에서 '아니다'로 부인되는 상황에 이른다. '나'는 어머니의 아들도 아니고, 생선 장수 C의 아들도 아니고, 소설가 B의 아들도 아니며, 경찰관 A의 아들도 아니다. 어머니의 아들도 아닌 '나'이므로 '나'는 소속부재의 타자이며, 부정의 언어들은 소속부재인 '나'의 환유적 파편들이다. 소속이 없으니 약속 또한 없거나, 있어도 지킬 이유는 없다. 화자는 지킬 이유나 지킬 필요 없는 약속에 대해서 항의하고 있으며, 그 까닭은 사랑받지 못하는 데 있다. 사랑받지 못하므로, '나'는 인정받지도 못한다. '나'는 도처에 있으나 소속 있는 '나'는 없으므로, '나'는 자유로우나 그 자유는 불행한 자유다.

> 나는 내 몸속에 갇혀 있다. 내 몸속에서 나는 하루도 빠짐없이 나의 우상과 만난다. 나의 偶像은 나를 만날 때마다 자신의 모습을 바꾸어 왔다. 때로는 철길 위에 뒤집혀 바둥거리는 두터운 각질의 벌레로, 자신의 눈물방울을 두 손에 받쳐 든 소년으로, 잠든 아버지의 허리를 도끼로 잘라내 개들에게 먹이기 위한 비밀의 음모를 꿈꾸는 눈 뒤집힌 청년으로, 또 어느 날은 담요로 만든 거대한 모자로 자신의 얼굴을 감춘 채, 어두운 골목을 향해 휘청거리며 사라지는 늙은 원숭이의 뒷모습으로, 내 앞에 나타났다.

박상순, 「나는 더럽게 존재한다」 일부

'더럽게 존재하는 나'는 '내 몸속에 갇혀 있는 나'이며, 그러한 '나의 우상'을 "철길 위에 뒤집혀 바둥거리는 두터운 각질의 벌레로, 자신의 눈물방울을 두 손에 받쳐 든 소년으로, 잠든 아버지의 허리를 도끼로 잘라내 개들에게 먹이기 위한 비밀의 음모를 꿈꾸는 눈 뒤집힌 청년으로, 또 어느 날은 담요로 만든 거대한 모자로 자신의 얼굴을 감춘 채, 어두운 골목을 향해 휘청거리며 사라지는 늙은 원숭이의 뒷모습"이라는 불행한 환유적 자화상으로 묘사한다. 우상을 꿈꾸는 자유는 '나'의 자유이나 그것은 소외되고 분열한 타자로서의 불행한 자유인 것이다. '있는 것들'은 부정되고 부인되고 뒤집히고 깨졌거나 은폐되었고, '있어야 할 것들'은 부재중이다. '내 몸속에 갇혀서 만든 나의 우상'이므

로 '나' 또한 '내가 만든 그 우상의 모습'과 다르지 않다. 기호는 있으
나 그 실체는 부재중이므로, 실체는 기호로써 존재할 뿐이다.

> 오늘도 내 꿈속엔 수천 개의 조약돌
> 미루나무 밑둥치를 싣고 오는 자전거
> 파묻은 도기
> 푸른 잎에 가려진 얼굴
> 구멍 난 풍경 속의 규칙들만 보이고
>
> 어디에도 내가 없는
> 내 꿈속에도 내가 없는
> 나의 꿈

박상순, 「내가 없는 나의 꿈」 일부

그러므로 '나'의 꿈에는 '내가 없고', 있는 것이라고는 "수천 개의
조약돌/미루나무 밑둥치를 싣고 오는 자전거/파묻은 도기/푸른 잎에 가
려진 얼굴/구멍 난 풍경 속의 규칙들만" 환유적으로 분사한다. '어디에
도 나'는 없으므로, '내 꿈속에도 내가 없는' 것은 자명하다. 꿈속에서
나마 합일할 수 있는 분열한 자아와도 결별한 '나'는 지속적으로 부유
해야 하는 타자일 뿐이다.

> 나는 오직 나만을 사랑했다. 나를 닮은 모든 것을 잘라 냈다. 나의 누
> 이, 나의 형제, 나의 어린 아버지, 나를 닮은 증명사진, 내 양말, 나의 장
> 갑, 모든 것을 잘라 냈다. 나는 거대한 가위였다. 톱날이 달린…… 그래
> 서 나는 웅덩이가 되었다…… 울고 있는 나의 누이, 외눈박이 내 형제,
> 풍선을 든 나의 어린 아버지, 나의 거울, 나의 문, 내 하늘과 붉은 구름.
> 내 곁의 모든 것을 웅덩이에 처넣었다. 가위도 처넣었다. 웅덩이 속에.

박상순, 「나는 오직 나만을 사랑했다 1」 일부

불행한 까닭은 '나는 오직 나만을 사랑했고, 나를 닮은 모든 것을 잘라 낸' 데 있다고 한다. '나의 누이, 나의 형제, 나의 어린 아버지, 나를 닮은 증명사진, 내 양말, 나의 장갑, 모든 것을 잘라 냈으므로', '나는 거대한 가위'가 되었고 다음으로 '웅덩이'가 된다는 환유이다. 그 결과 '나는 오직 웅덩이만을 사랑한다.' "네가 나에게로 다가와, 내 크고 검은 눈동자 속에 주사바늘을 꽂기 전까지"는 '오직 나만을 사랑하는 거대한 웅덩이인 나'였던 것이다.

거대한 웅덩이이자 오직 나만을 사랑하는 불행한 '나'를 터트리는 것은 '네가 내 눈동자에 주사바늘을 꽂을 때'에야 이루어진다는 폭력의 언술은 불행한 자유를 탈반영적으로 반영한다.

첫 번째는 나
2는 자동차
3은 늑대, 4는 잠수함
5는 악어, 6은 나무, 7은 돌고래
8은 비행기
9는 코뿔소, 열 번째는 전화기

첫 번째의 내가
열 번째를 들고 반복해서 말한다
2는 자동차, 3은 늑대

박상순, 「6은 나무 7은 돌고래, 열 번째는 전화기」 일부

'오직 나만을 사랑하는 나'는 언제나 '첫 번째'이고, '2, 3, 4,…'들은 첫 번째의 다음이면 무엇이건 무방하다. 반복은 '내가 첫 번째'라는 사실이며 '나는 오직 나만을 사랑한다'는 사실이 불변하면, 그 나머지는

모두 무방한 일인 것이다. 그러나 반복되는 '나'는 불행한 '나'의 지속이며 지속되는 불행한 '나'의 환유이다.

둘째 시집『마라나, 포르노 만화의 여주인공』에서

> 누군가 내 짐들을 자꾸
> 공원 잔디밭에 옮겨놓아요
>
> 내가 잠든 사이에
> 나마저 그곳에다 옮겨놓아요
>
> 박상순, 「붉은 체크무늬의 외투를 뒤집어쓴 태양」 전문

'나'는 '내'가 아니라 '짐'이라는 물체로 환유된다. 잠든 '나'는 그리고 잠든 인간은 물체와 다르지 않다. 잠은 무의식이자 죽음이고 의식보다 정직한 세계이므로, 의식의 세상에서 무의식의 실체는 타자로 남는다.

> 돌이 울고 있었다
> 울고 있는 돌을 먹었다
>
> 돌을 먹은 나는
> 펭귄이 되었다
>
> 배가 너무 무거워
> 바닥에 쓰러졌다
>
> 뱃속에서 돌이 울고 있었다.
>
> 박상순, 「돌이 울고 있었다」 전문

‘나는 돌을 먹은 펭귄’이기도 하다. 그래서 ‘내’가 우는 것이 아니라 ‘뱃속의 돌이 운다’. ‘나’는 울지 않으나, ‘내 뱃속’의 돌은 울기도 한다. 불행한 자유의 시는 불행한 ‘나’에 의해 환유적으로 지속된다.

> 마라나; 없음
> 나; 없음
>
> 꽃길; 없음
> 나; 없음
>
> 박상순, 「마라나; 포르노 만화의 여주인공 [4]」 전문

‘마라나’는 포르노 만화의 여주인공이고, ‘마라나’는 없고 ‘나’도 없다. ‘마라나’가 없어서 ‘나’도 없고 ‘꽃길’도 없다. 없는 것들만 모여 있어서 있던 ‘마라나와 나와 꽃길’이 없어진다. 있는 것보다는 없는 것의 힘이 더 우세하다는 역설이며, 행복보다는 불행의 힘이 더 우세해서 불행한 ‘나’로 인해 있는 것들도 없어지는 불행의 행렬이 이어진다는 역설이다.

> 머리에 바퀴를 달고
> 나는
> 언덕 아래로 끝없이
>
> 굴러가고 있었다
>
> 박상순, 「불 꺼진 창」 전문

‘머리에 바퀴를 달고 굴러가는 나’의 모습은 물구나무 선 채 굴러가

는, 곧 불행하게 굴러가는 자유인의 초상이다. 뒤집힌 상태란 불 꺼진 창과 같이 보이는 것은 아무것도 없거나, 있어도 보이지 않은 불행한 상태인 것이다. 그러므로 '나'는 지속적으로 부재중이다.

> 내 신발이 저절로 걸어나가
> 들판을 끌고
> 먹구름을 쥐고
> 미루나무 허리에 기름을 넣고
> 주유소에서
>
> 나에게

박상순, 「나에게」 전문

'나'는 없으므로, '내 신발'이 '저절로 걸어나가고, 들판을 끌며, 먹구름을 쥐고, 미루나무 허리에 기름을 넣는다.' 그러고 나서 '내 신발'은 '나에게'로 돌아오나, 그럼에도 '나'는 없다. '내 신발'은 '나'의 환유일 뿐인 것이다.

> 나는 시간을 만든다. 허리를 만들고 앞가슴을 만들고, 머리를 만든다. 나는 그녀를 만들었다. 진흙으로 뭉쳐진 그녀를 다 만든 뒤 두 손을 털며 문 밖으로 나온다. 그녀는 흙반죽 어지러이 흩어진 작업대 위에서 쉬임없이 허둥댄다.

박상순, 「나는 시간을 만든다」 일부

'나'만을 사랑하던 '나'는 드디어 창조주가 된다. '시간을 만들고, 허리를 만들고 앞가슴을 만들고, 머리를 만들고, 그녀도 만들었다'. 창조

주가 된 '나'는 자유롭다. '내'가 '나'조차 만들 수 있으므로, 창조주가
된 '나'의 자유는 불행한 자유와는 다르다. 그러나 그 자유는 상상력
속의 자유이므로, 상상력 속의 자유로운 자유는 상상력 밖의 불행한
'나'의 자유를 환유적으로 강조한다.

셋째 시집 『Love Adagio』에서

　　이제 나는 유리병, 동 파이프, 고무 벌레, 붉은 벽돌, 거미줄, 안개, 비
상구, 접시, 세탁소, 푸른 항구, 불난 집, 가방, 끈 떨어진 꾸러미, 자동
차, 사라진 구름, 발, 발, 발, 밤, 밤, 밤.

박상순, 「빨리 걷다」 전문

　　이제 '나는 유리병, 동 파이프, 고무 벌레, 붉은 벽돌……'들과 같은
여러 개의 사물로 분열한다. 보다 자유롭기 위한 불행한 방편으로 '유
리병'이며 '동 파이프'이고 '고무 벌레'이며 '붉은 벽돌'이라는 환유적
기호이다. 실체로서 '나'는 여전히 부재중이다.

　　텅 빈 버스가 굴러왔다

　　새가 내렸다
　　고양이가 내렸다
　　오토바이를 탄 피자 배달원이 내렸고
　　15톤 트럭이 흙먼지를 날리며
　　버스에서 내렸다

　　텅 빈 버스가 내 손바닥 안으로 굴러왔다

나도 내렸다
울고 있던 내 돌들도 모두 내렸다

박상순, 「이 가을의 한순간」 일부

이제 부재중인 '나'는 가을의 한 순간에 머물기도 한다. 그러나 여전히 '나'는 울지 않고, '내 안의 내 돌들'이 울고 '내 돌들'이 버스에서 내린다. 그럼에도 가을은 눈물과 여행의 계절임을 시사하고 있어서 혹은 눈물과 여행이 있는 가을이어서, 곧 '있는 것'이 있는 계절이어서 부재중인 '나'를 '가을에 존재하는 나'로 확인하게도 한다. 그러나 그것은 '이 가을의 한 순간'으로 존재할 뿐이라서 불행한 자유는 지속된다.

태양은 나를 쏘았다
나는 쓰러졌다

구름이 건너가고
바람이 건너가고

숲이 건너가고
강이 건너가고

나는 차에 실려
바다로 갔다

해는 나를 쏘았다
나는 쓰러졌다

땅이 물러나고
벽이 물러나고

가로수가 물러서고
흐르던 전파가 물러서고

나는 차에 실려/바다로 갔다

박상순, 「죽은 동물을 태운 잠수함처럼」 일부

'가을의 한 순간에 존재하는 나'처럼 이제 '있는 것'들이 있다. '태양 구름 바람 숲 강 바다 땅 가로수'와 같은 친숙하고 근원적인 것들이 '내'가 있어야 할 곳도 알게 한다. 비록 '죽은 동물을 태운 잠수함처럼' '차에 실려 바다로 가는 나'라는 환유기호일지라도 그것은 친숙한 것들과 함께 있는 '나'라서 '쓰러져도' 쓰러져 없어지는 것이 아니라 '소생하는 나'로 다가온다.

최근작에서

목화밭이 있었다―한 사람이 있었다
목화밭이 있었다―내가 있었다
한 사람이 있었다―무릎이 깨진 백색의 소년이 거기 있었다

목화밭 지나서 소년은 가고
무릎이 깨진 백색의 소년은 가고
너는 아직도 목화밭에 있구나
너는 아직도 남아 있구나

> 목화밭이 있었다—두 사람이 있었다
> 목화밭이 있었다—내가 있었다
> 우리들이 있었다—머리에 솜털을 단 백색의 소년들이 있었다
>
> 박상순, 「목화밭 지나서 소년은 가고」 일부

2005년도 현대문학상 수상작 중 한 편인 위 시에서 '나'는 지금은 없고 과거에는 있었다. '목화밭이 있었고, 내가 있었다'이거나 혹은 '목화밭이 있었으므로', '내가 있을 수 있었다'일 수 있으나 '목화밭이 있었으므로, 내가 있었다'가 더 타당할 것이다. 목화와 융합한 소년이 있는 추억의 풍경은 불행한 자유인을 친숙하게 각인된 이미지의 세계로 유인한다. 그것은 '흰' 목화밭이 환기하는, 그리고 지금 여기에서 아주 멀리 있는 유년이라는 과거가 무의식적으로 돌출되어 환기시킨 목가적 풍경에 있다. '나'는 지금은 없어도 과거에는 '목화밭을 지나는 소년'으로 있었으므로, '나는 아직도 목화밭에 남아있는 소년이라는 너'로 환기된다. 그러나 목화밭을 지나는 소년은 '너'이고 지금의 '나'는 그때의 소년은 아니므로, 불행은 지속된다. 단지 불행 속에도 목가적 풍경이 있어서 불행한 자유는 '불행한 짐'을 잠시 내려놓는다.

> 내 소원은 죽은 토끼, 죽은 토끼는 녹슨 총, 녹슨 총은 편지지, 편지지는 꽃무늬, 꽃무늬는 손톱, 손톱은 두 번째 죽은 토끼, 두 번째 죽은 토끼는 두 번째 녹슨 탱크, 녹슨 탱크는 나비, 누군가의 가슴에 앉은 두 마리 나비. 나비는 가로등, 가로등은 눈 덮인 산, 산은 술잔 속에 빠진 별, 별은 주유소, 주유소는 나의 고독, 고독은 네가 준 보석, 보석은 수없이 부서지는 나, 나는 끝없이 불어나는 너, 너는 내 소원. 내 소원은 죽은 토끼.
>
> 박상순, 「내 소원은 죽은 토끼」 전문

　　그러나 지금 여기 ‘나’의 소원은 여전히 ‘죽은 토끼’와 같은 파괴되고 부서지고 깨지고 하는 부정적인 것들이라는 불행 속에 있다. ‘죽은 토끼는 녹슨 총’이고, ‘녹슨 총은 편지지’고, ‘편지지는 꽃무늬’고, ‘꽃무늬는 손톱’, ‘손톱은 두 번째 죽은 토끼……’로 무질서하게 환유하는 사물들의 나열이 끝내는 “고독은 네가 준 보석, 보석은 수없이 부서지는 나, 나는 끝없이 불어나는 너, 너는 내 소원. 내 소원은 죽은 토끼”처럼 ‘죽은 토끼’로 귀착된다. ‘나는 수없이 그리고 끝없이 부서지는 너’이므로, ‘나’는 여전히 부재중이며 타자로 부유한다.

불안한 행보

　　저것이 상자인지 사체 보관함인지
　　저것이 욕조인지 유골 항아리인지
　　저것이 변기인지 우체통인지 난 모른다
　　새로 나온 고양이 전용 세탁기인지
　　새로 나온 신사용 거들인지 난 모른다
　　어쨌든 누군가
　　난 석기함을 입는다 말하면 이것은 옷이 된다
　　난 석기함을 읽는다 말하면 이것은 책이 된다

함기석, 「석기함」 일부

　　그가 사라지고 공기만 남았을 때
　　그렇게 말하던 그가 사라지고 공기만 남았다고 했을 때
　　나는 그 자리에서 대꾸를 하지 못했다

　　그가 사라지고 그가 남는 버릇은 여전하여
　　대꾸를 못하는 내 버릇도 여전하여 참을 만은 하였다

그는 수치심 때문에 사라졌다 아니면 분노 때문에?

김 언, 「없는 사람과의 이별」 일부

호주머니를 잃어서 오늘 밤은 모두 슬프다
광장으로 이어지는 계단은 모두 서른두 개
나는 나의 아름다운 두 귀를 어디에 두었나
유리병 속에 갇힌 말벌의 리듬으로 입 맞추던 시간들을.
오른손이 왼쪽 겨드랑이를 긁는다 애정도 없이
계단 속에 갇힌 시체는 모두 서른두 구
나는 나의 뾰족한 두 눈을 어디에 두었나
호수를 들어올리던 뿔의 날들이여.

황병승, 「검은 바지의 밤」 일부

창이 덜컹 열렸다.
한꺼번에 사람들이 왔다.
모두들 움직이지 않고 나를 바라보았다.
그들의 검은 눈동자
그들의 검은 숲 위로
흰 달이 뜨고 있었다
흰 달이 그 숲에 불을 붙였다.
나는 나의 한쪽 눈을 빼서 그들에게 던졌다.
그리고
그들의 긴 대열에 합류했다.

이수명, 「살인자들」 전문

작아지기 시작할 때가지만 작아지려고 해요. 나는 작은 사람, 더 작
은 사람, 개, 고양이, 한 개의 손가락, 성냥개비,

나는 한 방향을 고집스럽게 바라봤어요 찡그린 표정은 내 모든 주름

에 스며 있어요. 인상적인 것, 빛, 고통.

　처음으로 숨을 쉰 이후로 계속해서 숨을 쉬게 됐어요. 아아, 시작은
그런 것이죠. 시작은 시작을 잊어버리고 마지막은 마지막을 모르고 엄
마, 하고 첫 발음으로 불러봤댔자 소용없어요. 아버지라면 오 마이 갓!

김행숙, 「더 작은 사람」 일부

　나의 팔과 다리는 끝까지 나의 것이었으면 한다
수족관에서 물고기들이 쉬지 않고 헤엄을 치니까
탄력을 잃은 고무공이 나의 발끝으로 흐르더니까

　나의 코는 한결같이 두 개의 구멍
집시마다 동그란 것이 네모난 것이 담겨져 왔다
나는 빠른 속도로 자라났다

　외계인은 컵을 들어 올리고 숟가락을 구부리다가
동시에 모든 것을 멈춘다
외계에서는 이러한 단절이 아름답다

이근화, 「우리들은 자란다」 일부

　함기석은 '나는 모른다'로, 김언은 '나는 대꾸를 못했다'로, 황병승은
'나는 나를 어디에 두었나'로, 이수명은 '나는 나의 한쪽 눈을 빼 던졌
다'로, 김행숙은 '나는 개, 고양이, 성냥개비들'로, 이근화는 '나의 팔과
다리는 나의 것이 아니다'로 잃어버린 '나'에 대해 혹은 부재중인 '나'
를 찾아 떠도는 불안한 행보를 지속한다. 알고 있는 것, 알 수 있는 것,
알아야 하는 것과 같이 남아서 지속해야 하는 것이 무엇인지 알아야
하는 '나'는 여전히 부재중이다. 불행한 자유의 불안한 행보가 수평적

인 관계망을 형성한 지금 반시는 폭력적인 현대성의 불안한 파편들로
부유한다.

오래된 현대의 반시는 그리고 운명은?

혁명적이고 전위적이며 탈지속적으로 지속되던 반시의 위상은 이제
한국시단의 수평적인 궤를 차지하고 있어서 역설적이게도 그동안 매우
특별하게 한국시문학사를 수놓았던 특별한 전위성을 상실하고 있다.
오래된 현대가 탈지속적인 반시의 지속성을 지속적이고 수평적인 행보
로 바꿔놓은 까닭이다. 탈지속적으로 지속한 이 상과 이승훈 그리고 90
년대 시인들 간의 수직적 거리에 있는 반시는 유사성보다는 차이성이
현격했다.

그러나 박상순을 비롯한 90년대 이후 시인들 간의 수평적인 관계망
은 그들 간의 차이성보다는 유사성이 우세하여서 아이러닉하게도 다성
성의 목소리보다는 단일한 유사성으로 뭉쳐있다. 이는 지금이 전위적
인 반시의 위상이 상실된 시대임을 반증한다. 오래된 현대는 반시를 더
이상 전위에 머물게 하지 않는 것이다. 한편으로 이와 같은 양상은 금
속성의 횡포가 난무하는 현대성과 궤를 같이 하는 반시가 횡포와 폭력
이 소실되는 지점에서 소실될 운명인 것처럼 전위적 반시를 위하여 불
행한 현대가 지속될 필요는 없음을 반증하는 것으로도 보인다.

때문에 지금 여기에서 반시의 위상과 같은 반시적 위상은 오히려 절
창과 절제의 미학에 있어 보인다. 지금은 다시 절제의 사랑을 절창하고
잃어버린 꿈을 찾아 완성하며 불행한 자유가 회복되어야만 하는 불행

한 시대인 까닭이다. 반시가 폭력적 현대성 속에서 그 위상과 의의를 점했듯이 절창과 절제의 미학이 지금 여기에서는 그러할 것이다. 그것은 '흰 목화밭 곁에 소년으로 있었던 나'에 대한 환기로써 '불행한 자유의 불행한 짐'을 부분적으로 내려놓는 것과 같은 일이다.

위반의 위력

—손진은 외

시는 위반한다. 무엇에 대하여, 무엇을 위해, 그리고 무엇으로 위반하는가? 시의 노정이자 인간의 궁극적 길인 자유를 위해 무차별적인 장치로써 제도를 위반하고 질서를 위반하며 세상을 위반한다. 위반으로 경직된 세상의 벽을 허물고 닫힌 마음의 문을 연다. 그러므로 시의 위반은 인간의 위반과 달리 한량없다. 한량없는 위반이 자유를 불러오는 시의 힘이기 때문에 그러하며, 위반의 자유 속에서 시는 위반의 지평을 끝없이 확장한다. 시의 위반이 이룩한 열린 문으로 온전한 영혼이 은밀히 내방하고, 인간의 상투적 삶이 '알몸의 생'이 되어 새로워진다.

오르한 파묵이 『내 이름은 빨강』에서 그림을 '이성의 침묵'이며 '응시의 음악'이라고 한 대목이 있다. 이때 '이성의 침묵'이란 '이성의 칼' 혹은 '언어의 칼을 휘두르는 시'와 '언어의 칼을 감춘 시'에 대한 은유로도 들린다. '언어의 칼을 휘두르는 시'와 '언어의 칼을 감춘 시', 그리고 '언어를 왜곡시킨 시'와 '언어조차 침묵하게 한 시'와의 사이에는 '있음(존재)'과 '없음(부재)' 사이만큼의 사이가 있어 보인다. 그러나 '이성의 침묵'인 그림이 아니라 '시의 세계에서 침묵'은 부재로 존재하므로, 결국 존재와 부재 사이에는 사이가 없는 셈이다. 이성의 언어 혹은 왜곡된 언어가 이끄는 위반의 장치는 부재하는 것의 존재성을 위해서 존재한다는 역설로 존재하고, 그 뒤에서 시는 은밀히 침묵의 권리를 완성한다. 시의 위반은 침묵의 완성을 향한 시의 의도된 권리이며 주로 왜곡된 언어의 전략적 작용이 낳는 역설적 힘이다.

> 내가 지쳤다는 사실을
> 자책한다
> 나태와 안일 그 피부병을
> 자책한다
> 이다지 감미로운
> 시간 죽이기를 자책한다
>
> 미지근한 온도
> 희석된 긴장
> 절망보다도 무개성한 허탈을
> 자책한다
>
> 달력엔
> 자책의 날짜들만 잇달아
> 숙달 외길을 알리는
> 자책 취미를
> 자책한다
>
> 많지 않은 세월에
> 자책과 노느라고
> 나의 밤낮이 바쁘다

하여 바쁘게
자책한다

김남조, 「자책과 놀며」 전문

　언어는 "내가 지쳤다는 사실을 자책"하여 '내가 나를 위반하게' 하며 '나태한 나의 삶'을 자책하게 한다. '자책'이 시의 위반이자 시의 역설적 힘이다. 그러므로 나의 "희석된 긴장, 무개성한 허탈을 자책하게" 한 시는 급기야 '나를 밤낮없이 자책과 노느라 바쁘도록' 몰아간다. '자책과 노느라 바쁘다'는 역설적 자책이 있어서 시는 위반을 낳고 위반의 지평을 확장한다. 결국 역설적 자책은 '시가 시인을 자책하게 한다'는 시의 견인력에 대한 위반의 힘인 셈이다. 이때 시는 위반의 장치 뒤에 숨은 부재의 완성을 위하여 역설로써 존재한다.

　거기에는 "감미로운 시간 죽이기"에 뒤따라서 온전한 영혼이 시의 권리가 되어 되돌아오고, 견고한 마음이 흔들리면서 시의 완성을 향해 가는 호흡이 다져진다. '숙달된 외길'에서 이루어진 시인의 '역설적 자책'이 이끄는 새로움이자 환기력이며 시의 의도된 권리인 것이다. 역설적 자책의 위반 뒤에서 자연인 김남조는 시인의 길, 시의 완성을 위해 새롭게 단장한다.

이제 시도 때도 없이 그녀 선글라스를 찾는다
바람 날벌레에도 자주 껌벅이는 등이라면
갑자기 흐려진 연못이 얼굴에 다정하게 얹혀산다는 말
잘 익은 헤드라이트는 처음 보는 창문 앞에서도
치켜뜨고 비추고 직진한다
눈 속에서 얼음이 얼고

> 눈 속에서 구름이 놀고 바람 불고
> 눈 속에서 불이 붙는다
> 등 푸른 불씨로 다른 창 두드리지 못하는 눈이란
> 화살 맞아 떨어지는 꿩의 육체 같아서
> 그 창의 주인 눈알을 연민으로 씻어주느라
> 격랑이 흘러나오는 것이다 보라
> 검은 글라스 안에서 그녀 망촛대 꺾어대고
> 팽팽한 피부 어쩌고 큰소리치고 흥흥거리지만
> 갈아끼울 수도 없는 저 알전구 이제 여린 빗방울도 뚫지 못한다
> 내 눈에서 댕댕 종소리가 울리는 것도 바로 그때!
> 짐승이 사라진 눈에게 앞날은 없는 것
> 떠넘길 것도 없는 죽처럼 식어버린 생이 내 옆에 있다

손진은, 「겉늙은 헤드라이트」 전문

시는 '자책'이라고 기호화하지 않으나, 시인은 자학하고 시의 위반은 자학적 자책으로 실행된다. 자연인 손진은의 자학적 자책이 있어서 시의 자책도 있고 시의 위반의 장치도 열린다. "짐승이 사라진 눈에게 앞날은 없는 것"이라는 자학적 위반의 자책도, "떠넘길 것도 없는 죽처럼 식어버린 생이 내 옆에 있다"는 자학적 위반의 자책도, '알몸의 생'을 견인하는 역설로 작용한다. "눈에서 댕댕 종소리가 울리는 바로 그때" 발산된 손진은의 자학적 자책이 역설적 위반의 힘으로 작용하고 있다. 시의 의도된 권리를 행사하는 자학적 자책이자 역설적 위반이다.

'짐승이 사라진 눈에게 앞날은 없는 것'이라는 자책은 역설적이게도 오히려 '앞날'을 열어 보이는 위반의 힘으로 작용하고, '내 옆에 있는 식어버린 생'이라는 자학적 자책도 '식지 않는 내 앞의 생'을 환기하는 위반의 힘으로 작용한다. 시의 위반을 이끄는 역설적 자책, 곧 의도된

권리 뒤에서 시는 오히려 '눈에서 울리는 종소리'의 완성을 꾀하고 침묵의 권리를 꿈꾼다.

<blockquote>

오후가 되어도 나는 일어나지 못하고
이불 속에서 뒤척인다 눈을 감고
아무 것도 먹고 싶지 않은 날
어둠이 다가와 나를 흔들 때까지
씻지 않은 밥그릇과
썩어가는 음식물이 잔뜩 쌓인
냄새나는 방에 전화벨이 울린다
귀신처럼
나를 부르는 사람들
아무 것도 하지 않고 다만,
흐느낄 수 있는 기쁨을 주신 밤이여
가라앉는 유리창이여
나를 바라보라
오후가 되어도 일어나지 않는 나를,
오오 누가 나에게 밤을 선물하였나
썩은 내 꾸역꾸역 피어오르는 방에서
어둠에 질질 끌려다니는 영혼으로 하여금
공책 위에 이런 詩나 쓸 수 있도록

</blockquote>

김성규, 「오후가 되어도 나는 일어나지 못하고」 전문

무차별적인 시의 위반이 있어서 "씻지 않은 밥그릇과/썩어가는 음식물이 잔뜩 쌓인" 방에서 "어둠에 질질 끌려다니는 영혼으로 하여금 시"나 쓸 수 있도록 한다는 김성규의 '어둡고 자폐적인 자책'도 살아날 수 있다. 시의 위반은 "아무 것도 하지 않고 다만,/흐느낄 수 있는 기쁨을 주는 시인의 이율배반적 밤"이 가능하게도 하는 힘인 것이다. 시의 위반은 "오후가 되어도 일어나지 않는 김성규"의 질서의 위반을 실행하게도 하는 힘이자, 역설적으로 '일어나게' 하여 '시인이 되게도' 하는 힘이다.

김성규가 '시를 쓰게도 하는 힘'은 '밤, 자폐' 등 '어둠'과 같은 자폐적 시간의 현장에 있고, 자폐적 시간의 현장에서 자학적 노정은 '어둠에 질질 끌려다니는 영혼으로 하여금' '완성된 영혼'이 되도록 이끄는 힘으로 작용한다. 그것은 자유의 노정을 향해 왜곡된 장치로 꿈꾸는 자폐적인 자학이자 위반이다. 침묵의 완성은 자폐적인 위반인 '공책 위의 시' 뒤에서 이루어진다.

종아리를 문지르며 물이 차있는 방 밖으로 나가본다 멀리 가고 있던 햇빛이 물에 비치고 있다 흰 옷 입은 오래된 사람들이 발소리 내며 가고 있다 나무들은 조용하고 바람은 골목 바닥으로 미끄러져 내려오고 어제 가던 길을 간다 늙어가는 사람들이 보인다

부슬비가 내리고 천둥치는 저녁 돌멩이 밭에 앉아 돌멩아 돌멩아 부른다 여기가 어느 날의 골목이니 어제는 왜 어둡지 않았니 나는 계속 열이 나서 바깥 잠을 자며 내 안부를 네게 묻는다 옆집과 내 집을 지나가는 게 걸음 슬픔을 오늘도 본다 그가 탄 버스가 떠나가고 가수는 머리카락 곧추 서는 노래를 하고 밤벌레도 깊어서 새롭게 소름 돋는 노래 달게 달게 불러댄다

초저녁부터 나는 차갑고 희미하다 저기 벚나무 밑 진흙 가라앉은 웅덩이에 불빛 가늘게 흔들리고 있다 이 저녁 지나서 먼 골목 웅덩이에 내 모습 비쳐 누가 보고 있을지 모른다 내 다리를 감던 꿈속의 구렁이가 갈라진 혀로 물에 비친 나를 헝클어 버릴지 모른다 조금 더 희미해

지자 차가워지자 그렇게 지옥에도 가고 그대에게도 갈란다

이태선, 「내 슬픈 전설의 496페이지」 전문

이태선은 '전설의 주체'이고, 이태선의 '전설은 슬프고', 그 '슬픈 전설의 496페이지'는 지상의 언어로는 해독이 안 되는 전설의 언어로 가득 차 있다. 지상의 언어로는 해독이 안 되는 전설의 언어가 위반이고, 그 전설의 주체가 지금·여기 지상의 이태선이라는 사실이 또한 시의 위반이다. 지상의 언어로는 "흰 옷 입은 오래된 사람들이 발소리 내며 가고 있는" 곳이 어디인지 알 수 없으며, 왜 가는지도 알 수 없다. 그것은 지상의 언어를 위반한 '전설의 언어'로만 알 수 있다.

"골목 바닥으로 미끄러져 내려오는 바람이 어제 가던 길을 가는 것"을 볼 수 있는 것도 위반의 시선으로 볼 수 있고, "내 안부를 네게 묻는" 뒤집어진 시선도 위반의 시선 속에서 가능하며, "먼 골목 웅덩이에 비친 내 모습 내가 볼 수 있는 것"도 그러하다. 더욱이 "그렇게 지옥에도 가고 그대에게도 가는 길"이야말로 시의 위반이 누리는 자유이다. 지상의 길로 갈 수 없는 길을 시는 위반의 길로 갈 수 있다. 시는 지상의 언어를 전설의 언어로 위반하여 지상에 부재중인 모든 것을 존재하게 하며 상투적인 삶도 '알몸의 생'으로 역전시키는 것이다.

깨진 기왓장을 주워 주머니에 넣으면, 그 속에서 비닐에 덮여 자고 있는 여인을 볼 수 있다. 콧대와 턱이 뿌연 비닐과 뒤엉켜, 툭 건드리면 바삭 부서질 것 같다. 팔딱팔딱, 손가락 사이로 심장 소리가 뛰어 올랐다. 모든 소리들이 긴 줄에 매달려 그네를 탔다. 녹색의 밤. 신발을 잃어버리고 울었던 밤. 나는 단지, 일생을 꿈꾸었을 뿐인데. 쨍, 소리에 놀라보니 사방에 깨진 파편들이 반짝였다. 깜박깜박, 수많은 눈동자가 길을

물었다. 그네는 삐걱거리며 보랏빛 옷만 남겼다. 깊은 숲길에 안개가 뿌
옇고, 여인은 안개를 덮었다. 주머니를 만지작거리면 천년을 건너온 어
떤 눈동자에 손을 베인다. 스윽.

이재훈, 「동경 銅鏡」 전문

"주머니를 만지작거리면 천년을 건너온 어떤 눈동자에 손을 베인다"
는 일탈된 시선이 무질서한 위반을 생산한다. "신발을 잃어버리고 울
었던 밤. 단지 일생을 꿈꾸었을 뿐인데. 챙, 소리에 놀라 보니 사방에
깨진 파편들"은 깨져버린 일생의 꿈이고, 잃어버린 신발의 영상이다.
잃어버린 신발은 잃어버린 일생의 꿈을 은유하고, 그것은 기억 속에 살
아있는 영혼의 결정체이며 시의 위반을 이끄는 기억의 언어이다. 무의
식은 상처받은 기억을 저장하고 있는 침묵의 샘이며, 침묵의 샘에서 길
어 올린 기억이 이재훈의 거울로 작용하고, 상투적인 일상을 '알몸의
생'으로 견인한다. 이재훈의 상처받은 기억은 시의 해체라는 위반으로
돌아와 온전한 영혼의 거울을 환기시키는 힘으로 작용한다.

> 미루나무 그늘에 평상을 펼쳐 자다가 잠을 깨면
> 구름은 실안개와 여우비를 데려오거나
> 검은 날개의 까치들을 몰고와서 황혼 꿈에 젖은 나를 불렀다
> 내가 어린 시인이었음을 까마득히 모르고 있던 그 시절에,
> 백겸아 백겸아
> 미루나무 궁전에서 왕거미처럼 내려온 아버지가 불렀다
> 깜짝 놀라 책가방을 노새 짐처럼 메고 고삐에 매여 학교감옥에 갔다
>
> 국가와 민족 윤리와 사명 같은 큰 바위 얼굴 이야기가
> 책의 동굴에서 외눈 거인처럼 쳐다보았다

현실은 안개 쐐기풀을 피웠고 시간은 피 소름을 감은 뱀으로 기어왔다
나는 껍질아래 거북이거나 고치 속의 누에처럼 숨어서 공부를 했다
사회지식이 바벨탑처럼 올라가 구름을 찌를 듯 삼엄했을 때
나는 컴퓨터를 가지고
장부의 숫자나비들이 모두 걸리는 큰 거미줄 프로그램을 만들었다
내 목숨이 고치에 갇힌 번데기처럼 자본감옥에 누워있었다

미루나무야 미루나무야 옛 이야기를 들려주렴
龜旨歌를 불렀던 가야국 백성처럼 심장이 불의 노래를 토했다
눈물이 얼음시간을 녹여 미루나무 기억을 불러냈다
푸른 잎들이 피를 토한 단풍처럼 검은 뿌리로 떨어지기 시작했다
나는 연기를 토해 지식과 자본의 감시프로그램을 모두 지웠다
내 몸이 유리처럼 투명해졌고
내 혼이 밤의 숲으로 가는 올빼미처럼 미루나무 꿈속으로 날아갔다

김백겸, 「미루나무 꿈속으로」 전문

"내 혼이 밤의 숲으로 가는 올빼미처럼 미루나무 꿈속으로 날아간 것"을 알 수 있는 일이란 질서의 시간의 흐름을 위반한 시의 노정에서 가능하다. '내 혼이 날아간 미루나무 꿈속'에는 "실안개와 여우비를 데려오거나, 검은 날개의 까치들을 몰고와서 황혼 꿈에 젖은 나를 부르는 구름"이 있고, 그곳으로 갈 수 있기란 질서의 시간을 거스르는 '기억'의 위반으로 가능하다. 온전한 영혼이 머물던 곳에서 멀어진 시간 위에서 "심장이 불의 노래를 토할 때" 김백겸의 시는 질서의 시간의 흐름을 위반하며 '얼음시간을 녹이고 미루나무 기억을 불러낸다.' 시의 위반으로 돌아온 '미루나무 기억'이 '몸이 유리처럼 투명해져서 혼을 미루나무 꿈속으로 날아가게' 하는 힘으로 작용한다. 부재중인 '알몸의

생'은 미루나무의 기억 속에서 완성된다.

　　　나는 구름을 경작하였다
　　　나는 강물을 경작하였다
　　　나는 바다를 경작하였다

　　　누군들 태양을 향해 가고 싶지 않겠는가
　　　해를 등지고 저의 그림자를 경작하는 자의
　　　뒷모습은 환하면서 외롭고
　　　자신을 사랑하는 자의 앞섶은 그리하여 어두운데

　　　나는 저녁을 경작하였다

윤성학, 「평범경작생」 전문

'구름을 경작하고, 강물을 경작하고, 바다를 경작하고, 저녁을 경작하는 나'는 지상에 존재하지 않고 '알몸의 생'을 위해 지상을 탈출한 시의 위반 속에 존재한다. 시의 위반을 위해 혹은 시의 위반으로 지상을 탈출하는 일은 '뒷모습은 환하면서 외롭고, 그리하여 앞섶은 어두운 나'를 낳는 일이다. 윤성학의 시적 위반은 "해를 등지고 그림자를 경작하는 자의 뒷모습"처럼 '환하면서 외로운 뒷모습'과 같다. 구름이 되어 '구름을 경작하는 나'와, 강물이 되어 '강물을 경작하는 나', 바다가 되어 '바다를 경작하는 나'는 시의 위반에서 가능한 시인의 자화상이다. 그러므로 '저녁을 경작하는 시'는 세상의 질서, 지상의 질서, 이성의 질서를 위반하면서 침묵을 완성한다.

이렇듯 저녁에 완성되는 시의 침묵처럼 침묵의 완성을 향하여 혹은 알몸의 생을 위하여 시는 위반의 지평을 확장한다. 역설적 자책으로,

자학적 자책으로, 자폐적 자책으로, 전설의 언어로, 무의식의 언어로, 미루나무의 알몸으로, 살아있는 기억의 언어로, 저녁을 경작하는 시인의 자화상으로 시는 위반의 지평을 확장한다. 그것은 완성을 향해 가는, 그리고 인간의 자유의 노정을 위한 시의 의도된 권리이자 위반의 항거이다.

권리와 주소

―김영석 외

시의 권리

인간은 권리는 인간만이 주장하는 것으로 간주하나 시도 시의 권리를 주장한다. 그렇다면 시는 시의 권리를 왜 주장하며, 어떤 방식으로 주장하는가? 주장하는 이유에 있어서는 무엇보다도 시가 시의 권리를 잃어버렸기 때문이라는 전제가 가능하다. 권리를 주장하는 시의 방식에 있어서는 인간이 인간의 권리를 주장하는 방식과 같을 수도, 아닐 수도 있을 것이다. 그리고 시가 권리를 주장하는 것은 주장하지 않으면 주어지지 않기 때문인가 등의 질문 속에서 시의 권리는 어떠하며, 어떤 방식으로 주장하는가를 찾아가보자.

인간의 어떤 권리가 인간이 주장하기 이전에는 주어지지 않는 것이라면, 인간인 우리는 우리의 권리를 주장하기 위하여, 그리고 주장하기 전에 먼저 '권력'이라는 말을 떠올릴 수 있다. 주로 권력 앞에서 우리는 우리의 권리를 주장하기 때문이다. '남을 지배하여 강제로 복종시키는 힘'인 권력 중에서도 "이성적인 권력은 일상의 문화와 언어에 침투해 은밀히 행사하는 지배법칙"이라고 푸코는 지적한다. 곧 권력은 인간인 우리의 권리를 차압하는 힘인 것이다. 인간이 권력 앞에서 인간의 권리를 차압당하듯이 시도 권력 앞에서 시의 권리를 차압당한다. 그러므로 시도 인간처럼 권력 앞에서 시의 권리를 주장한다.

그러나 인간이 권력 앞에서 인간의 권리를 주장하면서 인간의 이익을 찾는 것과는 달리, 시는 시의 권리를 주장하여 시의 이익을 찾는 것이 아니라, '인간인 우리를 자유롭게 한다.' 또한 '시의 권리'는 인간처럼 주장하여 찾는 권리가 아니라 '침묵으로 완성되는' 권리라는 점에서 인간의 주장하는 권리와 다르다. 침묵으로 완성되는 시 혹은 시의 권리는 우리를 계시의 세계로 유인하며, 내부의 우주로 유인하여 인간인 우리를 자유롭게 한다. 시는 일종의 계시이기 때문이며, "시인의 목소리가 아니라 무의식적인 예지의 순간에 모든 자아를 포함하는 더 오래되고 더 현명한 어떤 자아가 시인을 통하여 말하는 음성"(존 홀 휠록)이기 때문이다. 이때 시는 개인의 목소리를 넘어서 인류의 목소리로 존재하며 시의 권리를 완성한다.

> 아주 먼 옛날에
> 무엇인가 잃어버린 것이 있다
> 내내 살아오면서
> 문득문득 그리워지는
> 무엇인가 잃어버린 것이 있다
> 잃어버린 것이 남긴 그 빈 곳에
> 산도 있고 바다도 있고

낯선 도시도 수많은 책도 있지만
날 저물도록 안타까이 헤매어도
여전히 어디나 빈 곳이 있다
고향에서 또 아득히 고향이 그립듯이
무엇인가 잃어버린 것이 있다

오늘은 그 빈 곳에
마른 길섶의 풀줄기 하나가
빈 열매 껍질을 단 채
바람에 흔들리며 버석거린다.

김영석, 「잃어버린 것」 전문

‘잃어버린 것’은 ‘문득문득 그리워지는 것’이고, 찾아 헤매어도 찾아지거나 채워지지 않은 채 언제나 ‘빈 곳’으로 존재한다. 잃어버렸기 때문에 그리워지는 것이며 비어있는 것이다. 잃지 않았으면 그리워하지도 않을 것이고, 채워져 있다면 찾아 헤매지도 않을 것이라는 아이러니한 상황이 ‘잃어버린’ 시의 권리를 찾아가게 한다. 완성되어야 할 시의 권리는 ‘잃어버렸기’ 때문에 찾아야하는 아이러니한 상황이 야기한 이율배반적 논리 속에서 완성되는 것이다.

김영석의 「잃어버린 것」은 "고향에서 또 아득히 고향이 그립듯이", 고향은 더 이상 그리던 고향이 아니라는 사실을 ‘고향’의 침묵의 소리로 들려준다. ‘그리던 고향’은 침묵의 예지가 되어서 ‘잃어버린 고향’을 찾는 시인에게 은밀히 속삭이면서 고향의 권리이자 시의 권리를 주장하게 한다. 근대의 시공에서 잃어버리고 차압된 장소인 ‘고향은’ 근대인의 무의식이 되어서 근대인의 노스탤지어(nostalgia)의 노래를 지배하고 있다. 타국에서는 애국심을 상징하는 공간으로, 타향에서는 애향심을 상징하는 공간으로 자리한 차압된 고향의 노래는 '침묵'의 권리로써 탈근대성을 확장하며 근대인의 자유의 노정을 환기시킨다. 여기에 시가 침묵으로 시의 권리를 주장하는 이유가 있다.

둘이 앉아 있었네
해 설핏한 가을날 벤치.
남몰래 중년을 훌쩍 넘겨버린 두 사람,
그들의 무릎 위에 볕 한 조각씩 환했네.
머리 위 노란 은행잎들
각기 제 곡선 그으며 떨어지고
한 곡선은 그들의 발치에 닿았네.
발밑에선 파리한 풀잎 몇
모양보다는 눈짓으로 흔들리고 있었네.
'헤어지지 말아야 했지요'
'이빨로 이를 씹게 되더라도'
'하필 그때 눈보라'
'걷히자 바로 딴 세상'
그들은 서로 쳐다보지 않고
짧게 짧게 말을 주고받았네.
말마디들 몇 차례 더 오가고
마디풀 마디 같은 한 세상이 갔다가 왔네.
그리고 갔네.

황동규, 「해바라기」 전문

'중년을 넘겨서 재회한 연인' 앞에 환하게 남은 것은 '무릎 위의 볕 한 조각'뿐인 '빈 곳'이다. '해 설핏한 가을날의 볕 한 조각'이 그들의 전부이고, '볕 한 조각'으로 '비어있는' 중년의 연인의 풍경은 침묵 그 자체이다. 가을날의 볕 한 조각으로 남은 혹은 가을날의 볕 한 조각으로 '비어있는' 중년의 연인은 '침묵으로 완성'된다. '침묵으로 완성되기까지의 사이'는 "마디풀 마디 같은 한 세상이 갔다가 온" 사이이며, 그 사이에 서로는 서로를 '해바라기'하면서 마침내 침묵에 이르게 된 것이다.

연인의 사랑은 '마디풀 마디 같은 한 세상이 갔다가 온 사이' 속으로 흘러버렸고, 남은 것, 그것은 '완성으로' 남은 침묵이다. 그것은 '헤어지지 말아야 했다'고 말하는 예지가 된 침묵이다. '사랑'은 '무릎 위의 볕 한 조각'으로 남아 '해바라기의 연인'을 침묵으로 '비어있게' 하며, 시의 권리를 완성하게 한다. 시간의 억압 속에서 잃어버린 사랑은 침묵으로 돌아와 잃어버린 사랑을 완성하며 시간 초월의 힘으로 작용한다.

> 우는 게 天職이었다.
> 뱁새는
> 앵보다.
>
> 군불로 덥힌 아랫목에 시린 뼈들을 눕히고
> 낮잠 한숨 자고 일어났을 때
> 뱁새는 오리나무 위에서
> 어두워진다고
> 어두워진다고
> 운다.

장석주, 「朴龍來」 전문

'박용래'의 시는 침묵의 시다. 침묵으로 사색한다기보다는 침묵 속에서 눈물로써 시의 권리를 완성한다. "우는 게 천직"이라는 장석주의 말이 박용래 시인이 생시에 늘 울었다는 의미인지, 그의 시적 이미지가 그러하다는 의미인지는 불분명하나, 박용래의 시는 침묵의 눈물로 완성된 시다. "눈보라 휘돌아간 밤/얼룩진 壁에/한참이나/맷돌 가는 소리/高山植物처럼/늙으신 어머니가 돌리시던/오리 오리/맷돌 가는 소리."(박용래, 「雪夜」 전문)처럼 침묵의 설야는 맷돌 가는 소리로 지속되고 어머니의 침묵으로 지속된다. 지속되는 침묵 속에서 눈물이 천직처럼 흐르는 것이 완성된 '박용래' 시다.

맷돌 가는 어머니에 대한 추억이 박용래 시의 예지가 되듯이 침묵하는 박용래와 박용래의 침묵의 시가 장석주 시의 예지가 되어서 시의 권리를 완성한다. 박용래의 눈물은 잃어버린 원형을 찾아가는 자의 노스탤지어의 눈물이며, 그것은 장석주 시의 침묵을 완성시키는 예지이다. 노스탤지어의 눈물 속에서 차압된 원형을 찾아가던 박용래의 침묵이 이제 장석주의 자유의 노정을 확장시키는 시의 예지로 작용한다.

> 한때 아름다운 꽃이었으나
> 많은 시간 가슴이 다친 나무로 살았다
> 지금은 성긴 눈발
>
> 몸이 이렇게 가벼워지기까지
> 칠십일 년이라는 시간이 걸렸다
>
> 한 삽도 안 되는 뼛가루를 만드는 데
> 이렇게 긴 시간이 필요하다니
>
> 지루했을 것이다

묵은 밭 억새가 울면서
동네를 지나는 고압선이 고압으로 울면서
산을 넘어가고 있다.

공광규, 「산골」 전문

광야에서 목 놓아 소리치던 인간은 깊은 산을 넘어가서야 침묵한다.
인간은 '칠십일 년'이라는 광야의 시간 속에서 "가슴이 다친 나무로"
살다가 더 이상 가벼워질 수도 없을 만큼 가벼워진 몸으로 산을 넘어
가 영원한 침묵에 든다. '지루했던' 칠십일 년의 세월이 산을 넘어갈
때 "묵은 밭 억새가 울고", "동네를 지나는 고압선이 고압으로 울어
도", '산을 넘어가는 침묵'은 시가 되어 영원한 권리를 완성한다. 시가
되어 '산을 넘어가는 침묵'은 광야의 시인에게 예지가 되고, 계시의 권
리를 완성하게 한다. 죽음은 어떠한 이성의 권력도 범접할 수 없는 궁
극적인 초월의 세계이자 완성된 세계인 것이다.

열여섯 꽃도곤 고운 나이에
사방 산이 가로막는 첩첩 산골로 시집 와서
땅에 코 박듯 육십여 년을 쪼그리고 앉아
거친 밭일로 평생을 보낸
왕산 대기리 청송 심씨 할머니.
산비탈 가팔라 숨이 턱에 차면
막걸리 한 사발로 노을이 되고
깊이 고랑진 얼굴 주름에 슬픔 고이면
아라리 한 곡조로 퍼내면서
벌써 칠팔 년은 되었을까
먼저 세상 떠나 보낸
지아비 없는 외로움을 잘도 이겨낸

> 대관령 산자락 청송 심씨 할머니.
> 그래도 아들 딸 반듯하게 키워 출가시키고
> 어쩌다 무너질 듯 낡은 집에
> 누구라도 찾아오면 없는 살림 뒤적거려
> 콩이며 감자며 옥수수를 챙겨주는
> 저 청송 심씨 할머니의 텅 빈 넉넉함을
> 맑은 날 밤하늘에도 별이 내려오지 않는
> 대처大處에 사는 사람들이 알까 몰라.

박호영, 「왕산 대기리 할머니는」 전문

밤하늘에 별이 산다는 것을 '대처'사람은 모르나 '왕산 대기리 청송 심씨 할머니'는 안다는 사실은 대처 사람은 시를 모르나 '왕산 대기리 청송 심씨 할머니'는 시를 아는 것과 같다. 그것은 대처의 밤하늘에는 별이 살지 않으나 왕산 대기리의 밤하늘에는 별이 살기 때문이거나, 반대로 대처의 밤하늘에도 별이 살고 있으나 대처 사람들이 그것을 보지 못하기 때문일 것이다. 그것은 또 '큰 사람이 산다는 대처'에는 사람이 없고, '사람이 살지 않는다는 왕산 대기리'에는 '청송 심씨 할머니'가 살고 있기 때문이리라. 그래도 왕산 대기리의 청송 심씨 할머니가 별을 보고 시를 안다는 사실만은 확실하다.

왕산 대기리 청송 심씨 할머니는 낮이면 '아라리'로 친구하고, 밤이면 별과 친구하며 '침묵으로' 산다. 박호영은 왕산 대기리 청송 심씨 할머니의 '아라리'를 노래하고, '심씨 할머니'는 별을 노래한다. 별이 된 왕산 대기리 청송 심씨 할머니가 시인에게 별을 알려주며 별을 노래한다. '왕산 대기리'는 원래 침묵으로 완성된 세계이기 때문이다. 별빛의 침묵으로 완성된 세계는 대처의 해체된 상처를 포용하는 원형의 세계이다.

　　흘러간 노래에는
　　아이스케키와 소빵 냄새 고소하고
　　황해와 허장강이 말을 탄 채 서로 총질하고 있다
　　새나라 자동차, 국민교육헌장, 이승복, 맹호부대가 들어있고, 사라호
태풍이 불고, 트위스트 킴이 60년대 속도로 돌아가고 있다

　　젓가락 장단에 맞추던 노래에는
　　소침장수 딸 정님이가 있고 약방 집 미선이, 대서빵 집 옥경이 면서
기 아들 수남이가 있고
　　염산에도 황산에도 차마 녹을 수 없는
　　조약돌 같은 얼굴로 웃고 있고

　　흘러간 노래에는
　　저마다 흘러가지 않는 고향이 있다
　　나훈아같이 잘도 꺾으며 불러 제끼던
　　까까머리 친구들이 있다
　　배호가 동방신기를 누르는
　　청도소리사에 가면
　　김정구도 현인도 김정호도
　　여전히 죽지 않고 살아있다

　　흘러간 노래에는
　　흘러간 모든 것들이
　　떠도는 내가 잃어버린 모든 것들이
　　시간에 부식되지 않고 석류알처럼 박혀있다

최서림, 「아이스케키와 소빵」 전문

　"흘러간 노래에는 아이스케키와 소빵 냄새 고소하고, 염산에도 황산에도 차마 녹을 수 없는 조약돌 같은 얼굴들이 웃고 있고, 저마다 흘러가지 않는 고향이 있다."고 최서림은 흘러가지 않는 고향을 노래한다. 또한 "흘러간 노래에는/흘러간 모든 것들이/떠도는 내가 잃어버린 모든 것들이/시간에 부식되지 않고 석류알처럼 박혀있다"고 흘러가버리지 않은 흘러간 것을 노래한다.

　'나'는 '모든 것을 잃어버렸어도' '흘러간 모든 것들'은 흘러가버리지 않고 '석류알'처럼 박혀있어서 '잃어버렸던' 침묵은 잃어버린 것이 아닌 것이다. '아이스케키와 소빵'은 침묵의 예지가 되어서 '잃어버린 아이스케키와 소빵'을 찾는 시인에게로 돌아와 시의 권리를 완성하게 한다. 의식의 세계에서는 차압되고 흘러갔으나 시인의 무의식 속에서 살아있는 고향이 예지가 되어 돌아온 것이다.

모처럼 동네가 흥청거렸다
중국집 미동각도 찬새미 송어횟집도 동창회다 뭐다
밀려드는 주문에 일손이 달렸다
고작해야 경운기나 일톤 트럭이 서있던 길목마다
미끈한 자가용들이 줄을 지어 들어섰고
아이들이 청년들이 떼를 지어 몰려다니며 들썩거렸다

잔치는 짧다 울긋불긋
단풍 같은 고향을 매달고 사람들은 떠나갔다
마을길은 텅 비어 해는 더 바짝 짧아지고
밤새 환하던 집들은 벌써 깜깜해졌다
늙은이들의 두런거리는 소리와 개 짖는 소리 잔기침소리 너머
꼬부랑 꼬부랑 고로롱 고로롱 풀벌레소리

홀로 남아 등 굽은 가로등이 노안처럼 침침하다

박남준, 「추석 무렵」 전문

침묵의 마을을 깬 잔치는 짧았고, 잔치가 지나간 "마을길은 텅 비어 해는 더 바짝 짧아지고, 밤새 환하던 집들도 깜깜해지고", 다시 마을은 침묵에 들었다. 마을은 '홀로 남아 등 굽은 가로등'처럼 침침한 불빛으로 '버림받은' 침묵에 든 것이다. 침침한 불빛으로 남은 버림받은 침묵은 역설적으로 예지의 침묵을 환기시킨다. 침묵으로 존재하던 시공은 짧은 잔치로 인해 완성된 세계를 잃어버렸으므로, 깨어져서 버림받은 침묵이 다시 완성과 예지의 순간을 향한 역설로 작용한다. '짧은 잔치가 끝나고, 단풍 같은 고향을 매달고 사람들은 떠나가고, 마을길은 텅 비어 해는 더 바짝 짧아지고, 밤새 환하던 집들은 벌써 깜깜해졌어도' 이제 다시 돌아온 침묵은 버림받은 침묵을 넘어서 원형의 침묵에 든 것이다. 고향은 원래가 단풍 같았으므로, 짧은 잔치가 끝난 단풍 같은 고향은 다시 원형의 침묵으로 회복되어야 하기 때문이다.

이렇듯 시는 권력 혹은 이성적 권력 앞에서 잃어버리고 차압된 것을 찾아가는 시인의 길을 안내하며, 예지의 순간에 이르러 인간인 우리를 계시의 세계로, 내부의 우주로 유인한다. 여기에 침묵으로 완성된 시의 권리이자 시의 힘이 존재한다. 근대의 공간에서 잃어버리고 차압된 장소인 고향이자 우리들의 무의식에 대한 환기력으로서의 시의 권리이자 시의 힘이다. 곧 시의 침묵의 권리가 환기시키는 탈근대성의 지평이자 자유의 노정이며 보편적인 인류의 목소리이다. 이를 위해 시는 침묵의 권리로 항거한다.

시의 주소

　　도서관 책이 한 끼 분 연료였던 시절이 있었다. 마룻바닥을 뜯어 지
피는 불. 유리창이 혼자서 얼어터지던 때 어디선가 고무 타는 냄새가
났다. 사람이 없는 도시에 배고픔처럼 바람이 불었다.

　　바람은 비어 있는 건물 그늘에 무더기로 떨어졌다. 천장이 없는, 구
멍 뚫린 한 쪽 벽만으로 위태롭게 서 있는 벽돌 건물 발치에 쌓이던 가
루눈과 바람. 우리들은 덮개를 모르는 노출 속에서 잠들었다. 바람 소리
는 우리들 불행한 역사처럼 끊임없이 돌아다녔다.

　　우리는 바람을 잠재우려 애썼으나 허사였다. 낙엽 흩날리는 낯선 거
리에서 잃어버렸던 것은 우리들 젊음이 아니라 우리의 시대였다. 우리
들 출발은 벌써 상실이었다. 바람소리를 음악처럼 들으며 우리는 새로
운 시를 썼다.

허만하, 「바람의 이정표」―시인 전봉건을 생각하며, 전문

　　시의 주소는 시가 알려준다. 시의 주소는 왜 시를 쓰는가와 같기 때문
이다. 시를 쓰는 이유는 시인마다 다를 것이나, 또한 유사하기도 할 것이
며, 시의 주소도 시마다 다를 것이나, 또한 유사한 주소도 있다. 「바람의
이정표」에 따르면 허만하는 상실의 시대가 시를 쓰게 했다고, 시를 써
야하는 이유를 밝히는 시 쓰기를 하고 있다. 상실의 시대가 내포한 상
실한 것은 시만이 제외된 채 나머지는 모두 다 포함된 것으로 보인다.
밥도 상실했고 옷도, 집도, 도시도, 바람조차 상실했다. ‘음악처럼 들어
야 하는 바람’은 ‘불행한 역사’와 같은 바람이었으므로, 시 쓰기의 출
발은 희망의 바람조차 상실한 상실의 시’에 있었다. 불행한 역사가 시
의 주소이다.

이 외투가
왜 이렇게 크냐?
바람이 숭숭 지나간다
몸도 지나간다
바람에 뚫린
외투깃에 서너 개
흰 머리카락이 매달려 있다
떨어지지 않는다
매달려 있다

김영태, 「전주곡」—죽음·2, 전문

가까이 온 죽음이 김영태의 시 쓰기의 이유에 해당하는 것으로 보인다. 몸무게가 줄어서 삶도 줄어버려서 '커져버린 외투' 속으로 바람이 지나가고 몸도 지나간다고 한다. '서너 개의 흰 머리카락'이 외투깃에 죽음처럼 혹은 삶처럼, 아니면 삶이자 죽음처럼 매달려 있게 하는 것은 '가까이 온 죽음'이다. 외투깃에 매달린 흰 머리카락이 아직은 삶의 편에 서서 '죽음의 전주곡'을 알려주는 신호탄이 되고 있다. 가까이 온 죽음이 시의 주소이다.

낡은 칫솔 같은 목덜미가
싸락눈 맞은 들국화처럼 시들었다

수제비 국물인 양, 멀건, 요구르트를 들이붓던 청년
늙은이 발 오래 주무르다 목에 뚫린 구멍 들여다본다

구멍에서 흙비 냄새가 났다
오체투지, 때 묻은 생이 엎드려 있다

온기가 몸을 떠나기란 이토록 어렵구나, 늙은이
목에 뚫린 작은 구멍으로 긴 터널이 들여다보인다

질기고 끈끈한 숨이 청년과 늙은이와
기다리는 천사 사이에 황토 빛 강을 만들었다

아무도 모른다, 저렇게, 오래, 기다리는 천사까지도
강 건나, 터널 지나, 구멍 열리면

캄캄 절벽일지, 빛 부신 폭포일지
아무도 모른다, 저렇게, 오래, 기다리는 천사까지도

조창환, 「구멍」 전문

조창환의 「구멍」도 삶의 구멍이기보다는 죽음의 구멍을 은유한다. 가까이 와 있는 죽음이 「구멍」을 쓰게 한 이유이다. 아직은 '온기가 몸'을 채우고 있어서 확인할 수 없는 죽음의 구멍을 "캄캄 절벽일지, 빛 부신 폭포일지" 상상할 수 있다. 몸에서 온기가 떠나면 몸은 죽음으로 남고, 죽음은 절벽이기도 빛의 폭포이기도 하리라는 상상이다. '아직은' 혹은 '살아있는 한' 죽음에 대해서는 '아무도 모르므로' 삶은 지속중이고 시 쓰기도 지속적일 수 있다. 그래도 죽음에 대한 궁금증이 시를 쓰게 하므로, 구멍 같은 죽음이 시의 주소이다.

용렬,
사람이 변변하지 못하고 졸렬하다
졸렬,
서투르고 보잘것 없다

집착,
어떤 일에만 마음이 쏠려 있지 못하고 매달림
매달림,
무엇에 몸과 마음이 딸려 있거나 얽매이다

좀생이,
도량이 좁고 성질이 잘다
도량,
너그러운 마음과 깊은 생각

편애,
성질이 편벽하고 좁다
편벽,
(마음이) 한쪽으로 치우쳐 있다

마음,
사람의 몸에 깃들어서 지식 감정 의지 등의 정신활동을 하는 것 또는
그 바탕이 되는 영혼
영혼,
육체가 아니면서 육체에 깃들어 인간의 활동을 지배하며 죽어서도
육체를 떠나 존재하는 것으로 여겨지는 정신적 실체

인과,
원인과 결과

지구,
둥글다 돌고 돈다

하늘,

큰 구멍이다

이 모두 국어사전에 있다

김동평, 「국어사전에 있다」 전문

　　김동평이 시를 쓰는 이유는 '우리말 사랑'에 있다. 일제강점기에 일본어가 아니라 우리말로 시를 쓰는 일이 일본에 저항하는 하나의 실천이 되기도 했듯이, 타국에서의 조국사랑은 '우리말 실천'으로 대신하기도 할 것이다. 타국에서 쓰는 시는 상상력을 넘어서 우리말 뜻풀이가 곧 시와 다르지 않다는 김동평의 전언이다. "지구, 둥글다 돌고 돈다" 그리고 "하늘, 큰 구멍이다"라는 '국어사전'의 뜻풀이는 시와 다르지 않은 국어사전의 자연에 대한 해석이다. 나라사랑이 그리고 그리움이 시의 주소이다.

창밖의 칠엽수 교목 마른 가지에
까치 한 마리 앉아 까악 까악 우짓는다
무슨 기쁜 소식 있으려나
창을 열고 내다 본다
하늘이 우루루 달려오고
먼 산 함께 우줄우줄 다가선다
가슴에 쌓였던 먹구름 스르르
하늘로 날아가고 빈 자리에
바람 솔솔 이슬비인양 스며든다
지상의 삶이 눈물 나게 해맑은
한순간, 이것이 까치가 물어다 준
기쁨임을 알았다

홍윤숙, 「기쁨」 전문

"지상의 삶이 눈물 나게 해맑은 기쁜 소식"임을 가져온 까치 소리에 홍윤숙은 시를 쓴다. 아직은 '창을 열고 내다 보면, 하늘이 우루루 달려오고, 먼 산 함께 다가서는 지상의 삶'이 있어서 시를 쓴다. 세속의 삶이 아니라, 하늘이 있고 산이 있고 바람이 있고 까치소리가 있어서 지상의 삶이 기쁘고, 그와 같은 기쁨이 있어서 '기쁨'의 시를 쓸 수 있다. 자연의 순수가 시의 주소이다.

앞차 볼보가 부릉부릉 으르렁거린다
                뒷차 그랜저가 부릉부릉 으르렁거린다
왼쪽 검은 공무수행 무쏘가 부릉부릉 으르렁거리고,
그 뒤 37번 버스, 511번 버스가
        부릉부릉 부릉부릉 으르렁거린다

저기 세종로 쪽은 어느 함선들이냐
몇 십 층 보험사, 증권사, 간판과 유리창들
                왜 번쩍거리고 왜 으르렁거리고
태평로 앞 두 신문사는 어느 장수들이냐
깃발들과 깃발들, 왜 자꾸 흔들고 으르렁거리고
아니 경찰들은 어느 편 군사들이냐
호루라기 불어대며
        왜 또 저렇게 으르렁거리는가

빨간 신호등 둥!둥!둥!둥!에
저 난바다 가득 으르렁거리는 저 것들
저 놈들을! 적들을!
        노려보며 노려보며
브레이크 밟은 발로
돌격할까요,오,할까요오,오,

나도 으르렁거리는데

그래 이 때다!
저기 우리 이 순신 장군님

파란 신호등을 번쩍! 켜신다

둥!둥!둥!둥! 치신다

종로로 돌격,하,라,아!

박의상, 「광화문」 전문

광화문 네거리의 복잡하게 얽힌 차선과 차량과 신호등, 외제차와 국산차와 공무수행 공무원의 고급차, 그리고 곤봉 든 경찰과 경찰차와 증권사·보험사·신문사 건물들과 이순신장군의 동상과 전통을 자랑하는 광화문과 멀리로는 북악산, 청와대와 경복궁까지 과거와 현재를 아우르는 서울의 생활상을 집결해 놓은 광화문 풍경으로 인해 박의상은 시를 쓴다. 도시의 삶은 차도 위에서 흘러가고, 차도 위에서 신호등 바뀌기를 기다리며, 적을 마주하듯이 신호등을 응시해야 하는 삶이다. 파란 신호등이 켜지면 적진을 향하듯 '돌격'하고, 시도 쓸 수 있다. 광화문 네거리가 시의 주소이다.

남편이
나 먹으라고 사다 놓은
CANADIAN MOLSON 맥주 두 병

나 혼자 시인되어
그리운 사람들 접속하라고
꿈꾸라고 비워준 시간

낮에는 비록
칼날 세운 장사꾼으로 나 살지만
지금은 나 시인이어서
달팽이 껍질 밖으로 나와
가장 나다운 더듬이 세워
내 좋아하는 음악을 듣고
눈물에 젖은 시를 읊는다

삶이 나에게 지워준 무게
말 잘 듣는 아이처럼 등에 지고
왠지도 모르면서 고달팠던 삶
이 밤은 문득 나이고 싶어
눈물에 젖은 시를 읊는다

강미영, 「시인의 밤」—디아스포라의 눈17, 전문

낮에는 '칼날 세우고', 밤에는 '눈물에 젖어' 사는 삶이 있어서 강미영은 눈물에 젖은 시를 쓴다. 낮은 삶이고, 밤은 삶이 잠드는 시간이라서 밤에 시를 쓰게 되는 것인지도 모를 일이다. '삶이 지워준 무게를 등에 지고 고달팠던 삶'이 있어서 시를 쓰기도 하고, 문득 '나'를 되돌아 보고 싶어서, 밤이면 눈물에 젖은 시를 쓰기도 한다. 시는 '나'를 찾아가는 길이다. '나'를 찾아가는 길이 시의 주소이다.

달에 뛰어들었다는 말은 들었어도 해에 뛰어들었다는 말은 듣도 보도 못했다 이번 정동진 가서 내가 그 일 저질렀다 정초 새벽, 떠오르는 해를 가슴으로 팽팽하게 받다가 뒤로 물러선다는 것이 바다로 끌려들고 말았다 앞으로 당겨지었다 당겨지다! 놀랐다 정동진 가서 정동正東으로 바다에 빠졌다 일출日出이 나를 당겼다 네가 처음 내게 왔을 때 눈이

부서 뒤로 물러선 줄 알았더니 일생—生 네 가슴으로 파고들고 있었음
과 같구나 정동正東이었다 그날 이후 아침마다 해가 뜨고 나 여기까지
왔음과 같구나

정진규, 「정동진 가서」 전문

정동진의 해맞이로 인해 정진규는 시를 쓴다. 해는 정동진에도, 제주
도에도, 남산에도, 우리집 마당에도 아침마다 뜬다. 그러나 우리집 마
당에 아침마다 떠오르는 해는 '나를 정동으로 바다에 빠지게' 하지는
않는다. 정동진에서 떠오르는 해이므로, 다시 정동진 바다에 빠지고 떠
오르기를 반복하면서 '정동진의 해'는 '나'를 '바다'에, '해'에 뛰어들
게도 한다. 뛰어들기도 전에 우리의 몸이 녹아버릴 것이므로, 하늘에
있는 해를 향해 뛰어들 수는 없는 일이다. 그러나 정동진의 일출은 우
리를 해에 뛰어들어 빠지게도 한다. 정동진의 일출이 정진규 시의 주소
이다.

내 마음은 지푸라기와 같다
내 마음은 돌 무더기와 같다
진분홍 꽃밭 없이
내 사랑은 겨우 지푸라기와 돌무더기의
문턱을 넘는다
아, 아직은 더 슬퍼할 때
홀로 슬퍼할 때

슬픔은 슬픔으로만 빛나도록

안수환, 「내 마음은」 전문

'이성'의 머리가 있어서 시가 있는 것이 아니라, '마음'의 감성이 있어서 시가 있다. 그러므로 안수환의 시는 마음이다. 그 마음은 슬픔으로만 빛나는 마음이므로, 시도 슬픔으로 빛이 난다. "아직은 더 슬퍼할 때"이고, 더욱이 "홀로 슬퍼할 때"이므로 시는 계속 슬픔으로 빛날 것으로 보인다. 슬픔으로 빛나는 감동보다 더 감동적인 시는 없을 것이므로 그러하다. 안수환 시의 주소는 슬픈 마음이다.

옷 벗은
산벗나무
가지 끝

목마른
이파리
하나

된바람에
파르르
떨고 있는데

남쪽 하늘
별빛

아직도
멀다

김수열, 「꿈」 전문

"아직도 남쪽 하늘 별빛"에 이르기가 멀다면, 남쪽 하늘 별빛에 이르기 위한 시의 길도 아직 멀 것이다. 김수열은 '아직도 먼' 남쪽 하늘

별빛에 이르려는 '꿈'을 위해 시를 쓴다. 그 꿈은 이루어질 것 같지 않
은 꿈으로 보이므로, 김수열의 시는 앞으로도 계속 지속될 것이다. 그
꿈은 '옷벗은 산벚나무의 목마른 꿈'이므로, 최소한 산벚나무가 옷을
입을 때까지는 시도 지속될 것이다. 꿈을 좇아 시를 쓰므로, 꿈이 김수
열 시의 주소이다.

비밀의 화원

―이성복 외

시는 비밀의 화원이다. 그러나 근대과학이 우주의 신비를 벗겨내듯 비밀의 화원인 시도 우주의 신비를 불러오고 풀어내면서 우주의 비밀을 벗겨내는 열쇠가 되기도 한다. 그러면서도 또 시는 과학과는 달리 우주의 비밀을 벗겨내면서 닫는다. 궁극적으로 시의 길은 비밀의 길에 있기 때문이며, 영원한 신비의 화원인 우주를 모방하는 시의 궁극적 길이므로 그러하다. 비밀의 화원인 시처럼 우주가 시에서나 과학에서나 (아직은?) 여전히 신비의 실체로 존재하기 때문이다. 그러므로 신비한 우주의 화원이자 인간(들)의 비밀의 화원인 시는 인간이 영원히 풀어야 할 혹은 풀 수 없는 삶과 우주의 수수께끼와 같으며, 우주와 인간, 인간과 인간, 인간과 사물, 사물과 사물 등을 궁극적인 관계로 묶어주는 실타래와 같다. 시가, 비밀의 시가 있어서 우주와 인간의 관계, 인간과 인간의 관계가 무한히 비밀스럽다고도 할 수 있다.

근원적으로는 신비한 우주가 있어서 시가 있고 과학이 있듯이 또한 시인의 비밀이 있어서 시는 탄생한다. 시인의 비밀은 시를 탄생하게 하는 밝혀지는 비밀이자 비밀의 화원으로 완성되는 비밀이다. 비밀의 화원에서 완성된 비밀은 해독되어야 하는 암호이기도 하다는 점에서 이율배반적이다. 그러나 비밀의 이율배반성이 시의 긴장력을 고양시키면서 우리를 비밀의 문으로 유인하는 시의 힘이기도 하다. 그것은 시인의 비밀에서 비롯된 비밀의 화원이므로 그러하며, 이율배반적인 우주 원리를 닮은 비밀의 화원이므로 그러하다. 시는 비밀로 항거하면서 완성에 이르는 것이다.

> 언젠가 그가 말했다, 어렵고 막막하던 시절
> 나무를 바라보는 것은 큰 위안이었다고
> (그것은 비정규직의 늦은 밤 무거운
> 가방으로 걸어 나오던 길 끝의 느티나무였을까)
>
> 그는 한 번도 우리 사이에
> 자신이 있다는 것을 내색하지 않았다
> 우연히 그를 보기 전에는 그가 있는 줄을 몰랐다
> (어두운 실내에서 문득 커튼을 걷으면
> 거기 한 그루 나무가 있듯이)
>
> 그는 누구에게도, 그 자신에게조차
> 짐이 되지 않았다
> (나무가 저를 구박하거나
> 제 옆의 다른 나무를 경멸하지 않듯이)
>
> 도저히 부탁하기 어려운 일을
> 부탁하러 갔을 때
> 그는 또 잔잔히 웃으며 말했다,
> 아니, 그건 제가 할 일이지요

어쩌면 그는 나무 이야기를 들려주러
우리에게 온 나무인지도 모른다
아니면, 나무 이야기를 들으러 갔다가 나무가 된 사람
(그것은 우리의 섣부른 짐작일 테지만
나무들 사이에는 공공연한 비밀)

이성복, 「기파랑을 기리는 노래1」―나무인간 강판권, 전문

이성복 시의 비밀은 '강판권의 비밀'이자 '나무의 비밀'에서 비롯된 비밀이다. 이성복의 개인적 비밀에서 비롯된 시의 비밀이 아니라 우주의 비밀이자 존재의 비밀에서 비롯된 비밀이다. 우주적 존재의 비밀을 상징하는 강판권은 '나무인간'이므로, '강판권의 비밀'이 '나무의 비밀'과 다르지 않다. 나무가 있어서 강판권이 '나무인간'이라는 비밀의 인간으로 생성하고 이성복의 비밀의 화원이 만개한다.

"어렵고 막막하던 시절 나무를 바라보는 것은 큰 위안이었던 강판권"이 "어두운 실내에서 문득 커튼을 걷으면 거기 한 그루 나무가 서 있듯이" 서 있는 존재라는 지시에서 '위안'이자 '빛'으로 있는 '나무인간'의 비밀을 밝힐 수 있으며, 이성복의 비밀의 화원을 열 수 있다. 강판권은 "나무 이야기를 들려주러 우리에게 온 나무인지도 모른다"는 '모른다'가 '나무인간'을 열면서 닫는 비밀의 열쇠로 작용한다. 또한 "나무 이야기를 들으러 갔다가 나무가 된 사람"이 강판권일 것이라는 '우리의 섣부른 짐작'이 '나무인간'을 열면서 닫는 비밀의 열쇠로 작용한다. '모른다'나 '섣부른 우리의 짐작'으로 여는 열쇠는 강판권을 '나무'로도 혹은 '인간'으로도 밝히는 이율배반적인 열쇠이다. 또한 '나무인간'과 마찬가지로 "나무들 사이에서는 공공연한 비밀"이라는 수사학

도 비밀의 화원을 여는 이율배반적인 열쇠로 작용한다.

궁극적으로는 신비한 우주처럼 강판권은 이성복의 비밀의 화원에서 세속을 탈출하며 '나무인간'으로 남는다. '나무인간'이 어떠한 인간인지 밝혀진 것도 같고 아닌 것도 같은 상태에서 이성복의 비밀의 화원은 지속될 것이다. 그것은 이율배반적인 열쇠로 인한 지속성이며, 이와 같은 이율배반적인 열쇠가 시의 긴장력을 고양시키며 우리를 유인하는 힘이기 때문이다. 그러므로 이율배반적인 비밀의 화원인 시는 지속될 것이고, 우리는 지속적으로 비밀의 문을 두드릴 것이다. 그것이 이성의 권력을 능가하는 시의 힘이기 때문이다.

> 담배 한 대 피우며
> 한 이십 년이 흘렀다
> 그동안 흐른 것은
> 태평양도 아니었고
> 대서양도 아니었다
>
> 다만 이십 년이라는 시간 속을
> 담배 한 대 길이의 시간 속을
> 새 한 마리가 폴짝 건너뛰었을 뿐이다
>
> (그래도 미래의 時間들은
> 銀가루처럼 쏟아져 내린다)

최승자, 「담배 한 대 피우며」 전문

최승자 시의 비밀은 '담배 한 대'에 있다. '담배 한 대'가 최승자 시를 탄생하게 한 비밀의 코드이자 그의 시를 열게도 하는 열쇠이다. 우주적 존재의 비밀에서 비롯된 이성복의 시와는 달리 최승자의 개인적 비밀이 담긴 '담배 한 대'가 최승자의 비밀의 화원을 짓게 한 비밀인 셈이다. "다만 이십 년이라는 시간 속을 담배 한 대 길이의 시간"으로 '폴짝 건너뛰어 온' 삶이 최승자의 삶의 시간이자 길이이며, 비밀의 시간이다.

  '이십 년'과 '담배 한 대의 길이'가 일치하는 은유의 수사학이 최승자의 비밀을 우주의 신비로 유인하는 이율배반적인 열쇠이며 시의 긴장력을 고양시킨다. '이십 년'의 시간이 '담배 한 대의 길이'와 어떻게 일치하는지는 최승자만이 아는 비밀이다. 그러나 그것은 우리의 20년과도 무관하지 않다. 우리의 20년도 담배 한 대의 길이와 같을 수 있으며, 우리의 삶도 20년의 시간을 담배 한 대의 길이로 '폴짝 건너뛰어 온' 시간일 수도 있으므로 그러하다. 우리는 모두 죽음을 향해 가는 우주적 시간의 존재이므로 그러하다. 그러므로 최승자의 20년은 해독된 시간이면서도 완벽하게 해독된 시간이 아니라는 점에서 이율배반적으로 지속적일 비밀의 시간이다. 비밀의 시간은 이성의 시간을 초월하는 시간인 것이다.

    그녀가 팔을 들어 나를 부를 때 나는 회고주의자가 된다* 반소매 안에 언뜻 비친 순筍은 내가 돌아갈 고향이다 그녀 팔이 만드는 점강법漸降法이란 이미 저 구릉의 일부인 것, 모르는 데서 자란 풀이 언덕을 타고 오르듯 한쪽 방향으로 쏠려간 가지런함은 내가 잠시 머리를 뉘었다는 뜻이다

    그녀가 나를 부르고 팔을 내릴 때 내 회고주의는 완성된다 그녀의 팔은 뜯어낸 마루 밑, 숨죽인 사금파리 같은 나를 숨긴다 나의 먼지는 대

괄호와 같은 것이어서 그릇의 내면은 빛난다 살의 일을 다 살에게 맡기
고 나면 창살에 머리를 박는 수인囚人처럼 심장은 갈빗대 안에서 두근
댈 것이다

권혁웅, 「손짓」 전문

권혁웅의 「손짓」은 권혁웅의 '손짓'에서 비롯된 비밀의 화원이 아니
라 '그녀의 손짓'에서 비롯된 비밀의 화원이다. 그녀의 손짓은 권혁웅
을 회고주의자로 만드는 권혁웅의 비밀이며, 권혁웅이 '돌아갈 고향'이
라는 비밀의 화원이다. 그녀의 손짓이 있어서 권혁웅이 회고주의자로
완성되는 것이란 그녀의 손짓이 권혁웅의 존재이유인 셈이다. 그녀의
손짓은 권혁웅의 존재이유라는 밝혀진 비밀이며, 권혁웅이 돌아갈 고
향이라는 밝혀진 비밀이다. 그녀의 손짓은 권혁웅의 실존적 비밀이자
권혁웅의 비밀의 화원을 열게 하는 열쇠인 셈이다.

그러나 권혁웅의 실존적 까닭인 그녀의 손짓이 돌아갈 고향이라는
보편적 기호 앞에서 그녀의 손짓은 권형웅의 실존을 넘어 우리들의 실
존으로 확장된다. 고향은 우리들 삶의 출발지이지만 동시에 우리가 돌
아가 영원한 안식을 취하는 곳이라는 점에서 개인적 공간을 초월한다.
고향은 권혁웅의 비밀의 화원을 보편성으로 완성하게 하는 코드이자
영원성으로 향하게 하는 열쇠이다. 이율배반적이면서 보편적인 비밀의
열쇠로 고향이며, 차압된 근대의 고향을 열게 하는 열쇠로 그녀의 손짓
이다.

구름이 풍선을 통과한다 그건 풍선이 구름을 조용히 마시는 일

하늘에 포르말린 흩어진다

저녁은 공중이 내려오는 일
내려온 공중은 가득 차 있는 수면을 바라보는 일
다른 선으로 빛이 떠내려가는 일
황혼으로 바람의 무덤들이 이장되고 있다 그 빛을 이장하는 문장의
일, 그건 내가 바꾸어 부르기로 한 일

죽은 다음에야 우리 이름을 바꾸어 불러본다 그건 구름이 허적허적
게워내고 있는 풍선 같은 거

김경주, 「풍선의 장례」 일부

'낯설다'는 것은 '비밀의 샘이 깊다'는 것과 유사하다. 그러나 '풍선의 장례'에서 우리는 터져버린 풍선을 연상하므로 '풍선의 장례'가 낯설지는 않다. 그러나 또 「풍선의 장례」의 비밀은 해명을 쉽게 허용하지 않는다. 우선 "구름이 풍선을 통과한다"는 것도 비밀스런 현상의 기호이며, "구름이 풍선을 통과한다는 것이 풍선이 구름을 조용히 마시는 일"이라는 것도 비밀스런 현상의 기호이다. 그러나 한편으로는 부풀어 오른 풍선을 연상할 때, 그 낯선 비밀은 친밀해진다. "저녁은 공중이 내려오는 일"이라는 데서는 보다 더 낯익은 시의 비밀을 만난다.

그러나 '풍선의 장례'를 통해 김경주가 근원적으로 밝히면서 감추고자 한 비밀의 말은 "죽은 다음에야 우리 이름을 바꾸어 볼러본다 그건 구름이 허적허적 게워내고 있는 풍선 같은 거"나, "죽은 다음에야 풍선을 비울 수 있는 육체"에 있어 보인다. '죽은 다음'과 '구름이 게워내고 있는 풍선'은 '풍선의 장례'를 의인화하므로 그러하다. 그러므로 김경주의 「풍선의 장례」의 비밀이 감추고 있는 미로도 찾아진 셈이나, 이

또한 완벽할 수 없다는 점에서 「풍선의 장례」의 비밀은 삶과 죽음, 이
상과 현실, 지상과 천상의 이중주를 연주하는 우리들 삶의 이율배반성
을 은유하는 것으로 확장된다. 시의 비밀을 닮은 삶의 노정은 그 무엇
으로도 완벽하게 열 수 없는 이율배반적인 노정인 것이다.

밤꽃향기가 가득한 유월, 집을 향하는 고속버스에 몸을 실었던 그 때,
나는 전역 중이었다 짧은 물방울 원피스 노란 슬리퍼를 신은 그녀가 내
옆에 앉았을 때 나는 음모의 냄새를 맡았다 애인으로 대해 달라던 그녀
가 내게 원한 건 자신을 찾는 이들의 눈을 피해 도망치게 해달라는 것
이었다 그녀는 지금 자신의 세계에서 탈영 중이었던 것이다 밤꽃 속으
로 버스는 달리고 나는 목적지에 도착할 때까지 내내 마른침을 삼켜야
했다 어디를 에돌다 왔는지 바람에 나풀거리는 그녀의 치마 속에선 푸
른 구름이 피어올랐다 볼 것 다 보아버린 텅 빈 동공이 허공에서 흔들
렸다 지금, 내게 맡겨졌던 한 생에서 전역하였듯 그녀도 전역중이었던
것이다 밤꽃 피면 떠오르는 그녀,

나는 밤마다 전역중이다

이태관, 「그때, 나는 전역중이었다」 전문

그녀의 '탈영'에서 출발한 이태관의 음모는 '밤마다의 전역'으로 그
녀를 향한 비밀의 화원을 짓는다. '밤꽃향기가 가득한 유월'에 탈영으
로 실행된 그녀의 음모가 이태관의 '전역의 밤'을 생성하게 한 밝혀진
비밀이자 비밀의 화원이 되게 한 근원이다. 그녀의 음모가 이태관의 음
모를 낳고 이태관의 비밀의 화원으로 자리잡힌 것이다.

그러므로 이태관의 비밀의 냄새는 그녀의 냄새를 은유하고 유월의
밤꽃향기를 은유한다. 몇 겹의 은유인 비밀의 두께가 비밀의 화원을 무

겁게도 하고, 그 무거움을 초월하게도 한다. 또한 가벼우면서도 무거운 비밀의 두께이자 은유의 두께가 시의 긴장력을 고양시킨다. 이태관의 비밀은 그를 가라앉게도 그리고 떠오르게도 하는 이율배반적 코드인 셈이다. 그 이율배반성은 이태관의 비밀을 넘어서 우리를 비밀의 화원으로 유인하는 이율배반성이다. 끝내 풀 수 없는 혹은 풀리지 않는 이율배반적인 삶의 비밀이자 시의 비밀이다.

잘려진 마디마디

꽉 찬 눈물샘 퍼다 나르는

향기로 뭉친 단단한 결계 하나

어금니에 품고 사는

내 안의 비구승

최춘희, 「석곡」 전문

‘석곡’은 최춘희의 비밀이자 시의 비밀이다. 최춘희의 개인적 비밀이 그의 시의 근원인 셈이다. 그런데 "어금니에 품고 사는//내 안의 비구승"이라는 낯선 비유가 해독의 접근을 다소 차단한다. "향기로 뭉친 단단 결계"이기도 하다는 ‘석곡’에 대한 추상적 비유는 비밀의 문을 더욱 더 조이면서, 최춘희의 비밀의 샘이 깊다는 사실을 은밀히 표방한다. 단지 ‘눈물샘’에 비유된 점으로 ‘석곡’이 최춘희의 슬픔의 샘이라는 것을 짐작할 수 있다. 그것은 삶의 ‘기쁨과 슬픔’ 중에서 ‘슬픔의 샘’으로 지어진 '비밀의 집'이라는 보편적인 비밀이자 추상적인 세계이다. 또한 슬픔이 힘이 되는 현대인의 비극적 비밀을 은유하는 「석곡」이다.

> 글자들이 쏟아진다
> 나는 유리창을 열어 손바닥에 글자를 받아
> 일기를 쓴다
>
> 한때
> 빗소리로 허기를 채우며
> 청춘의 꿈을 감춘 일기장 페이지마다 넘쳐나던
> 글자들의 흥건함을 잊을 수 없다
> 그때의 비가피가 아직도 아프게아프게 내리고 내려서
> 내 목소리에 전세 사는 풀벌레를 울게 하고
> 마음의 대지 위에 풀을 자라게 한다

안명옥, 「고독한 뼈」 일부

'안명옥은 왜 고독한가'라는 의문은 무의미한 의문일 것이다. 그것은 안명옥조차도 안다고 확신해도 알 수 없는 일이므로 그러하다. 그러므로 안명옥이 왜 고독한지는 몰라도, '안명옥의 고독한 뼈'가 있어서 그의 시가 비밀의 화원을 짓고 있다는 사실은 밝혀진 비밀이다. 그의 '고독한 뼈'는 "빗소리로 허기를 채우며/청춘의 꿈을 감춘 일기장 페이지마다 넘쳐나던/글자들의 흥건함"으로 형성된 화원이며, "그때의 비가피가 아직도 아프게아프게 내리고 내려서" 아직도 진행 중에 있는 비밀의 화원이다.

안명옥의 '고독한 뼈'는 우리 모두의 비밀로도 확장되는 '고독한 뼈'라는 점에서 현대성의 기표와도 무관하지 않다. 고독으로 생성된 안명옥의 '글자들'은 안명옥조차 '해독'하지 못하는 굳어진 암호이면서도 '내가 누구인지 아는 자가 누구인가'라는 현대인의 타자성을 은유하는 밝혀진 비밀과 같다. 때문에 안명옥의 고독한 비밀은 일상에서 진행 중인 우리들의 현대성을 닮아있는 것이다. 현대성을 은유하는 고독한 비밀이다.

> 겨울에는 불광동이, 여름에는 냉천동이 생각나듯
> 문경에 가면 괜히 기쁜 소식이 있을 것도 같고
> 추풍령은 항시 서릿바람과 낙엽의 늦가을 일 것만 같아
>
> 유안진, 「춘천은 가을도 봄이지」 일부

'춘천은 가을도 봄'이라는 언어의 비밀에서 출발한 유안진의 비밀의 화원은 우주의 비밀을 밝히면서 닫고 있다. '불광동'은 '불'과는 무관하고, '냉천동'은 '얼음'과는 무관하다. '추풍령'도 "서릿바람과 낙엽의 늦가을 일"이지만은 않다. 마찬가지로 '춘천은 가을도 봄'은 아니나, 시인은 "봄은 산 너머 남촌 아닌 춘천에서 오지/춘천은 살얼음 시냇물 몸 풀며 흘러/사철 봄이려니"라고 '춘천'의 비밀을 우주적 비밀의 화원으로 짓고 있다. 그것은 시인의 창의적 비밀이자 언어의 비밀이며 우주적 비밀로 확장되어 완성되는 영원한 비밀의 화원인 것이다. 언어의 비밀로 우주의 비밀을 밝히면서 닫는 은유의 수사학이 시의 긴장력을 견고하게 하면서 빛의 힘을 초월한다.

이처럼 시는 시인의 개인적 비밀의 샘에서, 우주적 비밀의 샘에서, 보편적 비밀의 샘에서, 언어의 비밀의 샘에서, 그리고 실존적 비밀의 샘에서 실타래처럼 풀려나와 시의 길을 형성하고 비밀의 화원을 완성

한다. 비밀의 화원으로 완성된 시의 비밀은 비밀의 문을 열면서도 닫는 이율배반적인 세계로 우리 앞에 존재한다. 이는 우주의 신비와 같이 순간의 해명을 초월하여 영원한 비밀의 실체로 존재하는 시의 궁극적인 존재성이자 빛의 힘을 초월하는 시의 힘이다. 시의 비밀은 시의 항거의 힘인 것이다.

가을의 서정

−홍윤숙 외

가을은 죽어버린 시가 소생하고 잃어버린 시가 찾아오는 계절이다. 가을은 깊어가는 고독 속에서 계절이 익고 사람이 익으며 시가 완성되는 시간이다. 가을은 "길은 한 줄기 구겨진 넥타이처럼 풀어져/일광의 폭포 속으로 사라지고/조그만 담배 연기를 내뿜으며/새로 두시의 급행차가 들을 달리고", "허공에 띄우는 돌팔매 하나/기울어진 풍경의 장막 저쪽에/고독한 반원을 긋고 잠기어 가면서"(김광균, 「秋日抒情」) 완성되는 이중성의 시간이다.

가을은 지난 여름이 얼마나 위대했나를 반추하게 하고 다가올 시련의 겨울에 대비하도록 깨우쳐주는 성찰의 시간이다. "Herr : es ist Zeit. Der Sommer war sehr groß./Leg deinen Schatten auf die Sonnenuhren,/ und auf den Fluren laß die Winde los.//(…중략…)//Wer jetzt kein Haus hat, baut sich keines mehr./Wer jetat allein ist, wird es lange bleiben,/wird wachen, lesen, lange Briefe schreiben/und wird in den Alleen hin und her/unruhig wandern, wenn die Blätter treiben."(Rilke, 「Herbsttag」)라

는 릴케의 「가을날」처럼 가을은 우리를 홀로 성찰하게 하면서 완성시키는 이중성의 시간이다.

김현승도 "가을에는/기도하게 하소서……/낙엽들이 지는 때를 기다려 내게 주신/겸허한 모국어로 나를 채우소서.//가을에는 사랑하게 하소서……//(…중략…)//가을에는/호올로 있게 하소서……/나의 영혼,/굽이치는 바다와/백합의 골짜기를 지나,/마른 나뭇가지 위에 다다른 까마귀같이."(「가을의 기도」)라고 이중성의 가을을 노래했다.

가을은 우리를 침묵의 세계로 유인하여 고요 속에서 기도하게 한다. 가을은 고요하고 성스러운 기도 속에서 죽어버린 시를 소생하게 하고 잃어버린 시가 다시 찾아오게 하는 서정의 시간이자 세속이 숨죽이는 시간이다. 가을은 우리를 세속의 무게에서 가볍게 하여 완성에 이르도록 유인하는 이중성의 시간인 것이다.

> 목적지는 없었다
> 다만 길이 있을 뿐
> 끝이 없이 먼 길을
> 가고 또 가야 했던 지상의 날들
> 머물 수 없이 아득한 길 위에서
> 이따금 걸어온 길 뒤돌아보고
> 보이지 않는 전방을
> 막막한 가슴으로 더듬으면서
> 문득 확인한다
> 앞에도 뒤에도 아무 것도 없음을
> 있는 것은 오직 지금, 여기, 있는
> 이 한 순간
> 한 순간의 현존을 알뿐이다.

홍윤숙, 「이 한 순간」 전문

‘생이란 한 순간의 현존’일 뿐임을 깨닫게 하는 그 ‘한 순간’을 가을의 시간으로 읽자. 봄날의 ‘한 순간’도, 여름날의 ‘한 순간’도 아니고 가을날의 ‘한 순간’이야말로 우리의 생이 ‘한 순간의 현존’임을 깨우치게 하는 ‘지상의 한 순간’이자 우리를 천상에 이르게 하는 사유하며 기도하는 시간인 까닭이다. 사유하며 기도하는 가을의 시간은 ‘목적지도 없고, 끝도 없어 보이는’, 오직 있는 것이라고는 ‘끝이 없는 길’인 아득한 지상의 시간을 천상의 시간에 이르게 하는 ‘성찰의 현존’을 열어주는 ‘한 순간’인 것이다. 그리하여 잃어버린 시간이 다시 돌아와 살아있게 하는 시간이므로, 사유하며 기도하는 시간 속에서 인간의 가을이 살아나고 시가 소생한다.

　　낙엽 위를 걷다보면
　　온갖 세상사
　　짓밟는 기분

　　오오라
　　발자욱 소리도 덜나
　　구름 위 걷는 기분이라

　　이대로 주저앉아
　　이것 저것
　　죄다 잊어버린 채

　　그만
　　정처 없이
　　잠들어 버릴까봐

김광림, 「낙엽(落葉)을 밟으며」 전문

오직 가을에만 가능한 '낙엽 밟는 일'은 지상의 온갖 세상사를 밟는 일의 은유에서 멈추지 않고, 가을의 기도처럼 구름 위조차 걷게 하여 천상에 이르게 하는 일의 상징이다. 세속의 무게를 덜어내고 세속의 목소리를 숨죽이게 하는 가을의 서정은 가벼워진 낙엽 속에 은밀히 내재되어 있어서 우리를 가을잠에 취하게 한다. 낙엽 밟는 일은 가을의 사유이자 기도와 다르지 않게 '이것 저것, 온갖 세상사' 잊게 하고 가을잠에 취하게 하여 우리의 현존이 순간에 있음을 깨우치게 하는 오래된 일인 것이다. 이처럼 가을잠은 '낙엽 밟는 일' 속에서 깊어가며 인간의 깊은 성찰을 유인하는 이중적 가을의 고독을 은유한다.

> 코스모스들이 손뼉 치며 손뼉 치며 죄, 웃는다.
> 구름이 지나가도 새 떼가 지나가도 할아버지 할머니가 지나가도
> 수줍게 가만가만 흔들리던 코스모스들이
> 기차만 지나가면 깔깔깔 배꼽을 잡고 웃는다.
> 기분이 나쁜 기차가 더 빨리 달려가고
> 코스모스들은 까무러칠 듯 자지러지게 웃는다.
>
> 문인수, 「코스모스들이 배꼽을 잡고 웃는다」 전문

가을은 '코스모스들이 웃을 수 있게' 하는 유일한 지상의 시간이다. 더욱이 '코스모스들이 배꼽을 잡고 웃는 시간'인 가을이 가을에 숨죽인 세속의 시간과 대비되면서 한층 높아지는 코스모스 웃음 소리가 만개하는 가을을 은유한다. '손뼉치며 웃는 코스모스 웃음 소리'가 가을 낙엽의 고독에 앞서서 가을의 화려한 유인력으로 작용한다. '구름이 지나가도 새 떼가 지나가도 할아버지 할머니가 지나가도 수줍게 가만가만 흔들리는 코스모스'가 '기차만 지나가면 배꼽을 잡고 웃게 하는 코스모

스의 가을'은 고독한 가을의 화려한 전조등으로 한껏 가을빛을 발한다. 위대한 여름을 은유하면서 고독한 가을의 전조등으로 자리하는 만개한 코스모스가 이중의 가을길을 안내한다.

박 철, 「노인과 아이」 전문

'할머니와 아이'가 손잡고 가는 가을 풍경은 '지나가는 할아버지 할머니 앞에서 수줍어 하는 코스모스'가 있는, 그리고 '지나가는 기차 앞에서 까무러칠 듯 자지러지게 웃는 코스모스'가 있는 가을 풍경과 다르지 않다. "가슴에 파란 꿈과 쥐색 추억을 그려 넣는" 이중성처럼 가을은 '할머니와 아이', '할머니와 코스모스, 기차와 코스모스' 등의 이중성을 낳는 시간이다. 그것은 여름과 겨울 사이에서 위대한 여름의 '파란 꿈'을 접고 겨울로 가야만 하는 가을이 잉태한 이중성이다.

여름과 가을 사이처럼, 혹은 가을과 겨울 사이처럼 가을의 이중성은 파란 꿈과 쥐색 추억을 은유한다. 그러나 그 이중성은 모두 가볍다. 꿈은 무한히 가벼워서 꿈이요 추억 또한 무한히 가벼워서 추억이다. 이 둘은 또한 아름답다는 이유로 동일하다. 할머니가 가볍고 아이가 가볍듯이 하늘에 있는 파란 꿈이 가볍고 가버린 시간의 쥐색 추억이 가벼운 아름다움을 낳는다. 가을은 세속을 비우게 하는 가벼움의 근원지이자 아름다움, 곧 미의 근원지인 것이다.

은빛이 남았다 여직도 할머니는 한 움큼의 머리에 은비녀를 질렀다
입이 무거운 옛날이다가 언뜻 옛날도 엉덩이가 무거운 옛날이다

무쇠가위로 붉은 고추의 배를 가른다 내생(來生)을 토해내 듯
노란 고추씨들이 고산족(高山族) 아이들처럼 흩어졌다
그래도 가위로 치를 전쟁이야 있는가, 무수한 할복 끝에도 코끝만 맵다

할머니 자꾸 등만 보여 주신다 혁명이 졸아든 얘기를 듣고 싶은 등짝
이었다
원숭이 새끼마냥 업히고 싶은 등이었다 끝내 세월에 업혀갈 저 등짝,
제대로 굽었다 어중뜨기 죽음이 와서는 미끄러져 나동그라질 등성이다

노래도 끊기고 가문 저수지처럼 기운도 말랐으나 비릿한 촌색시의
소싯적 연애담이 아직은 찬 샘물처럼 기억의 입술을 축일만하다고
평생을 볕에 널어말려도 눈자위가 축축한 게 이별의 손끝이라고

한켠 인적이 드물어서 토란 대가 시무룩하게 널어 말려진다

할머니 손에선 아직도 가르고 훑고 찢어발겨지는 즐거운 파탄이 있다
언젠가 죽음이 육시(戮屍)의 맵찬 손길로 오면
가을볕을 오래 업은 할머니의 귀 어두운 등짝으로 맞으리

유종인, 「가을」 일부

가을은 할머니의 은비녀로, 할머니가 무쇠가위로 가르는 붉은 고추 위로, 할머니의 등짝으로, 할머니의 소싯적 연애담으로, 인적 드문 곳에서 말라가는 토란대 위로 소리 없이 온다. 소리 없이 오는 가을처럼 할머니의 죽음도 세속의 죽음도 그렇게 온다는 사실을 상징하는 가을은 소리 없이 내리는 햇살 속에서 소리 없이 오는 죽음을 성찰하게 한다. 고요 속으로 화려한 생을 숨 죽이도록 유인하는 가을은 현존이란 '가을볕'과 같은 한 순간에 있음을 깨우치게 한다. 가을의 서정이 소리 없이 들녘에 찾아들 듯 인간의 생 속에도 가을의 유인력은 소리없이 스미며 은밀히 내재한다.

달마산 부챗살을 업고 있는 미황사

새털구름 마중 나와 재재재 말을 걸 듯

가을도 시월 잔등에 햇살 한 줌 흩는다

한 철 지나고 나면 모두 어쭙잖은 것

속울음 껍질째로 소쿠리에 널어놓고

몇마장 산그늘 길을 돌아 뵈는 미황사

이승은, 「가을 잔등」 전문

　무쇠가위로 붉은 고추 다듬는 할머니 등짝으로 오는 가을은 시월의 미황사 잔등에도 온다. 가을은 "한 철 지나고 나면 모두 어쭙잖은 것"처럼 "속울음 껍질째로 소쿠리에 널어놓고" 산그늘 돌아서는 세속의 세계에도 온다. 와서는 털어버리고 돌아서게 한다. 그러면서 가을은 세속에서 미황사로 발길 돌아서게 하고, 미황사에서 세속으로 발길 돌아서게 하는 경계에 있다. 미황사 잔등에서 가을의 서정이 익어가듯 미황사를 뒤로 하고 세속으로 향하는 발걸음에도 가을의 서정은 익어간다. 가을은 그러한 시간으로 현존하듯이 세속의 생도 그렇게 현존한다고 지시하며 익어간다.

나는 알지,
지금 여기 하잘것없어
그 어떤 뜻도
가만히 앉아 햇볕 쬐는 것만 못하였네

이제 꽃을 바치는 시간

근심하는 나 자신을 두려워 말자
세상사 어긋나 공연히 절름대면서
마음 속에 화를 키우지 말고
유쾌하라 유쾌하라
내 마음이여

이제 꽃을 바치는 시간

내가 가야 할 길은
저기 저 수직 상승

흐르는 시간을 가로막고 선 기암절벽
망각의 세월을 뚫고 솟구친 붉은 꽃이
주체할 수 없는 늙은이의 욕정이면 또 어떠랴

시간의 고삐를 놓아 버리고
꿈 같은 현실을 지워 버리고

이제 내 사랑을 만날 시간이 되었네

이윤택, 「꽃을 바치는 시간」 일부

'그 어떤 것도 가만히 앉아 햇볕 쬐는 것만 못하다'고 느끼게 하는 시간은 '꽃을 바치는 시간'이요 '가을의 시간'이다. 꽃을 바치는 시간은 '시간의 고삐를 놓아 버리고 꿈 같은 현실을 지워 버리고, 내 사랑을 만나는 시간'이다. 꽃을 바치는 시간이 '주체할 수 없는 늙은이의 욕정'에서 비롯된 시간일지라도, 그 시간은 꽃을 바치는 시간이라고 인식하는 시간이므로, '욕정의 시간'이 아니라 '욕정을 덜어내고 비워버리는 시간', 곧 가을의 시간과 다르지 않다. 그것은 '시간의 고삐를 놓아 버리는 시간'이기 때문에 그러하며, '꿈 같은 현실을 지워버리는 시간'이기 때문에 그러하다. 가을은 '놓아버리고 지워버리며 예찬하고 헌신하는 시간'인 까닭이다. 꽃을 바치는 시간은 기도하는 시간과 다르지 않으므로 그러하다.

바치고 기도하는 일은 예찬하고 헌신하는 일의 은유이며 '내 사랑을 만나는 일'의 은유인 까닭이다. 사랑을 만나는 방법 중에서 기도로의 만남이야말로 '흐르는 시간을 가로 막고 선 기암절벽'처럼 '내가 가야 할 수직 상승'의 방법에 이르는 일인 것이다. 그것은 '이제 내 사랑을 만날 시간이 되었다'고 헌신으로 현존을 인식하는 시간인 까닭이다.

가을의 서정은 이렇듯 현존이란 한 순간에 있다는 인식을 환기시키면서 낙엽에 내재된 은밀함으로, 코스모스를 노래하는 시간으로, 아이의 파란 꿈과 할머니의 쥐색 추억으로, 무쇠가위로 붉은 고추 가르는 할머니의 등짝에 내린 죽음의 성찰로, 미황사의 잔등에 내린 햇살로, 세속의 고삐를 놓고 사랑의 꽃을 바치는 헌화의 시간으로 고요하고 성스럽게 비워내며 익어간다. 가을의 고독은 가을의 사유와 기도를 깊게 하고 가을의 서정이 무르익게 하는 외로운 성찰의 시간이며 가벼움과 아름다움의 근원의 시간인 것이다.

외로운 자화상

—강우식 외

우리는 시에서 그 시인을 만난다. 비록 나무에 대한 혹은 꽃에 대한 시의 얼굴일지라도 시의 얼굴에서 우리는 그 시인을 만나게 된다. 때문에 나무 혹은 꽃에 대한 시보다는 나무의 길로 혹은 꽃의 길로 지어진 시의 얼굴에서 그 시인을 만나는 일은 보다 수월하다. 뿐만 아니라 세상사에 대한 야유의 시에서조차 그 시인을 만나는 일은 시를 접하면서 빼놓을 수 없는 수반된 일이다. 시는 어떠한 길을 통해서 이르렀건, 그 시인의 자화상을 은유한다는 사실에서 자유로울 수 없다. 시가 주관적 장르인 때문이다.

한편으로 이와 같은 명제는 왜 시를 쓰는가라는 시인들의 근본적인 혹은 시가 탄생한 그 순간의 어떠한 까닭인가에 천착하는 일이기도 하다. 가령 시를 향한 언어의 실타래가 풀려나가는 중심에는 치유 불가능한 시인의 어떤 상처가 웅크리고 있거나, 시류에서 단절된 자로서의 고독이 웅크리고 있거나, 합일되지 못한 어떤 것을 향한 상실의 공허가 웅크리고 있어서, 그것을 더 이상 참을 수 없어서 혹은 참을 필요 없이 풀어내는 것이리라.

시보다는 시인이 부상하는 일은 시 읽기의 기쁨일 수도 슬픔일 수도 있겠으나 대면하지 못한 시인을 만나는 일이라는 점에서는 시 읽기의 기쁨임에 틀림없다. 시보다는 시인을 만나는 시 읽기는 시간이 가져온 시인과의 관계이자 그 시와의 관계라는 점에서 시로 사는 삶, 시로 사는 인생의 기쁨과 슬픔을 만나는 일인 것이다. 때문에 기쁨과 슬픔으로 직조된 시인들의 자화상이 전면에 부각하는 시의 시절에는 은폐된 새로움, 언어의 새로움, 발현의 새로움이 자못 날개 꺾인 시의 시절을 은유하거나 오히려 그 반대로 날개 단 시의 시절을 은유하는 것으로도 보인다. 시인이 많아서 시가 많고 시가 많아서 시의 시절이 된 최근 시단의 시는 섬세하고도 세밀하게 '추억에서, 자연에서, 일상에서, 치욕에서' 남모를 동굴의 언어를 길어 올리고 있다. 결핍을 메우려는 내밀한 행보이리라.

추억에서

눈이 내린다.
비틀비틀
초서체로
그가 온다.

후들후들
다리가 떨리도록
초서체로

그가 온다.

초서체로
미끄러지며
눈길 위로
그 사내가 온다.

무슨 글자인지
왜 오는지 모르게
초서체로 오다

눈은
내 집 앞에서
그친다.

강우식, 「사랑의 문장」 전문

　'비틀비틀, 후들후들, 미끄러지며 초서체'로 오는 '그 사내'의 발걸음
이 '내 집 앞'에서 멈춘다는 말은 사실이 아니므로, 「사랑의 문장」은
사랑의 기쁨보다는 사랑의 슬픔을, 그리고 그 슬픔을 감춘 채 노래하고
있어서 우리를 슬프게 한다. '내 집 앞'에서 멈추는 발걸음은 '그 사내'
의 발걸음이 아니라, '내 집 앞'뿐만이 아니라 온 세상에 평등하게 내
려주는 '눈의 발걸음'일 뿐인 까닭이다. 「사랑의 문장」은 가버린 사랑
의 추억에 잠겨서 초서체로 오는 눈의 발걸음으로나마 위안을 삼고 있
는 강우식의 상실의 자화상을 은유한다.

회창회창 흔들리는 휘추리에서
아직 덜 녹은 눈이 호시를 탄다

나뭇가지마다 포르르 햇살 내려앉아
꽃눈, 잎눈의 눈자리에 호호 입김을 불어준다

참으로 서늘하고 평화로운 겨울 아침
지금쯤 내 고향 순천만 와온 앞바다에서는

흰 거품 일으키며 물갈기 밀려오것다
두고 온 사랑 하나 메밀꽃 일어 강그러지것다

허형만, 「겨울 아침」 전문

떠나온 고향 바다의 겨울 아침은 비록 몹시 혹독한 추위 속일지라도 평화로운 겨울로 우리들 마음 속에 근원으로 자리하듯이, 허형만의 고향인 순천만 와온 앞바다의 겨울 아침도 그러한 겨울로 시인의 마음 속에서 영원하다. 겨울 아침의 고향 바다는 평화로움을 넘어서 '두고 온 사랑 하나'로 영원히 사는 고향인 것이다. 고향이 있어서 시인이 살고 시인의 사랑이 영원하며, 나아가 시인의 슬픔과 기쁨이 공존하는 고향의 「겨울 아침」은 허형만의 쓸쓸한 타향살이를 은유한다.

기차가 지나갈 때는 하루에도 몇 번씩
기차소리에 들썩이곤 했을
기찻길 옆 오막살이
내가 어렸을 때 저 집에도 나만큼
어린 나이의 계집애 하나 살고 있었을까
뽀오옥 휘어진 기차소리에 나이 어린 계집애의
단발머리도 날리곤 했을까
지금은 기찻길조차 바뀌어 기차도

다니지 않는 장항선 종착역 부근
녹슨 기찻길 옆 그 오막살이.

나태주, 「기찻길 옆 오막살이」 일부

　사랑과 고향이 있어서 시가 있듯이 추억이 있어서 시가 살고 시의
고향이 존재한다. '기차소리에 하루에도 몇 번씩 들썩이곤 했을 기찻길
옆 오막살이'를 스치며 달리는 기차를 타 본 추억이 부재하는 고령의
시인이란 매우 드물 것이다. '기찻길 옆 오막살이'는 단지 기차를 타
본 우리의 기억을 환기하는 일에서 멈추지 않고, '휘어진 기차소리에
나이 어린 계집애의 단발머리도 날리곤 했을' 유년으로 우리를 유인한
다. 「기찻길 옆 오막살이」가 '지금은 다니지 않는 녹슨 기찻길 옆 오막
살이'를 영원히 살게 하며, 추억의 순수를 그리는 나태주의 외로운 자
화상을 은유하고 있다.

자연에서

새소리에 물이 올랐다

족제비털 같은 햇살이 가파른 비탈을 쓰다듬고 있다

노인들이 새처럼 먹이를 쪼아 먹고 있다

방울새처럼 해종일 재재거린다

너덜너덜해진 마음, 三冬을 버텨낸 산새 소리가 기워주고 있다

獨房 같은 몸속에서 말의 씨알들이 꿈틀꿈틀 아프게 깨어나고 있다

최서림, 「입춘 지나」 전문

입춘에 이르기까지 지난 겨울을 독방 같은 고독의 어둠 속에서 지낸 시인이 고독의 언어를 '꿈틀꿈틀' 발현하고 있다. '노인들이 새처럼 먹이를 쪼아 먹으며, 하루 종일 방울새처럼 재재거리며 오는 봄의 풍경'은 '너덜너덜해진 마음, 삼동을 버텨낸 산새 소리가 기워주는' 치유의 풍경과 합일하며, 고독한 '말의 씨알'들을 깨어나게 하는 힘으로 작용한다. 빛과 어둠으로 순환하는 이율배반의 자연의 원리는 시인의 그리고 우리의 독방 같은 삼동의 고독을 견디게 하는 근원적 힘인 것이다. 때문에 최서림의 고독은 삼동 같은 자연의 고독과 다르지 않다.

녹색이다

하늘로 머리를 꼿꼿이 세우고 있는 뿌리 깊은
나무의 색이다

사막 한 가운데서는 엄청난 의미를 지니고 있는
신에게 선택되어 부활할 수 있는 낙원의 색이다

비인간적이다

혐오하는 뱀이나 도마뱀 또는
공포를 불어 넣는 용이나 동화 속의 개구리 왕자나
괴물들의 피부를 사람들이 상상하는 색이다

태양 에너지를 피부로 곧장 흡수하는

변온동물 피부의 색이다

왜 그럴까

식물의 색은 영혼의 사냥꾼,
사랑의 색인 仁이라서 그렇지 않을까

박종국, 「식물의 색」 일부

　‘식물의 색은 영혼의 사냥꾼이자 사랑의 색인 仁’이라서 ‘낙원의 색’이면서도 ‘비인간적’이고, ‘변온동물 피부의 색’이기도 하다고, ‘식물의 색’을 지시하는 박종국의 내면에는 ‘부재중인 인(仁)’을 향한 그리움이 잠자고 있으리라. 색도 없고 형태도 없어서 잡을 수도 없는 사랑의 색이 녹색이자 인의 색이라는 지시에는 식물과 사람과 만물을 향한 시인의 사랑과 그를 향한 박종국의 동경이 동반된다. ‘仁이자 영혼의 사냥꾼’인 식물의 색을 은유하는 「식물이 색」은 동시에 그를 향한 시인의 그리움을 은유한다. 그리운 행보가 찾은 박종국의 사랑의 자화상이다.

서울의 아침 안개는
네온사인 밤새도록 빨아들인
한강이 짜낸 꽃이불이다

출근길 잠시 흐려진다고
경적 울리지 말자 더 환하게 웃자
신혼 방 이불 속 신음소리
환희를 동반하지 않는가

서울의 아침 안개는

> 더 이상 안개가 아니다
> 재개발 구역 막다른 골목까지
> 숨이 차도록 피어난 안개꽃
> 우리들이 수놓은 꽃이불이다
>
> 서동인, 「꽃이불 속에서」 전문

'재개발 구역 막다른 골목집'의 이불 속에서 '네온사인 밤새도록 빨아들인 한강이 짜낸 서울의 꽃이불'을 신혼방의 꽃이불에 비유하여 야유하는 것은 '재개발 구역 막다른 골목집의 이불 속의 삶'일지라도 신혼의 꽃이불과 같은 환희의 삶이어야 한다는 건강하고 행복한 삶을 향한 욕구를 은유한다. 서울의 밤을 화려하게 수놓는 네온사인 불빛 아래서 도시의 밤은 더 이상 신혼의 밤과 같은 환희의 밤도 아닌 채, 단지 재개발의 환희로 채색된 문명적 자본의 밤이라는 역설이 꽃이불을 꿈꾸는 서동인의 외로운 자화상을 은유한다. 한강의 기적은 한강의 안개꽃조차 잃어버린 파괴된 기적이라고 비판하는 외로운 자화상이다.

일상에서

> 비행기는 땅으로 달리지 못한다
> 기차는 철로를 벗어날 수 없다
> 버스는 골목길로 달릴 수 없다
> 유람선은 물길을 떠나지 못한다
>
> 허공에서 내려다보는 세상의 아름다움도
> 기찻길 옆 추억 같은 오막살이집도
> 고속도로의 빛나는 속도도

그리고 끼리끼리의 오붓한 공간도

골목길에서는 만날 수 없다
논둑길에서는 보이지 않는다
몸 하나 겨우 빠져나갈만한 숲속
오솔길에서 뱀처럼 나는 자유롭다

장종권, 「뱀과 자유」 전문

자유를 꿈꾸는 시인은 '몸 하나 겨우 빠져나갈만한 숲속 오솔길'에서야 자유가 가능하다고 말한다. 자유는 비행기를 타고도, 기차를 타고도, 버스를 타고도, 유람선을 타고도 불가능하며, 허공에서 내려다보는 세상에서, 기찻길 옆 추억에서, 빛나는 속도에서, 인간과의 관계에서, 골목길에서, 논둑길에서 '보고 만나게' 되는 것이 아니라, '몸 하나 겨우 빠져나갈만한 길에서도 자유로운 뱀'처럼 자유로울 수 있다는 전언이다. 이는 가시의 세계에서는 자유에 이를 수 없다는 역설이자 자유 혹은 진정한 것은 보이지 않는 세계에 보이지 않게 존재한다는 역설이다. 허위의 삶에서 외로운 장종권의 자화상이자 깨달음의 세계를 은유하는 「뱀과 자유」이다.

말의 오해가 안개처럼 밀려올 때
불신의 눈초리가 칼날처럼 위태로울 때
어둠의 깊이가 허공처럼 아득할 때
희망의 날개가 연필심처럼 뚝 부러졌을 때

오해가 불신을 낳고
불신이 어둠을 낳고

> 어둠이 절망을 낳아 겨울로 가는 길목
> 쓸쓸하지만 언제나 그 자리 꿋꿋한 등불,
>
> 빛이 되기 원합니다.
>
> 유혹의 입술이 과즙처럼 목젖을 촉촉이 적실 때
> 도둑의 은밀함이 그믐밤처럼 발소리 낮출 때
> 거짓의 꾸밈이 장미꽃처럼 붉어질 때
> 아니다 아니다 푸른 의지들이 흙먼지처럼 흩어질 때
>
> 유혹이 도둑을 낳고
> 도둑이 거짓을 낳고
> 거짓이 부패를 낳아 무덤으로 가는 도시
> 정갈한 식탁에 놓인 뜨거운 참회의 한 종지 눈물,
> 소금되기 원합니다.

이지엽, 「빛과 소금」 전문

인간은 '무엇인가 되기'를 원하고, '무엇인가 있기'를 원하면서 늘 '원하는 삶'을 사는 것이 상례이리라. 원하는 것이 아무 것도 없는 삶이란 이미 초월적 경지에 이르러 세속의 삶을 벗어난 단계인 까닭에 그러하다. 시쓰기의 이유 중 하나가 꿈꾸기에 있듯이 '빛과 소금되기'라는 이지엽의 꿈은 세속의 고독에서 비롯된다. 오해와 불신과 부러져 버린 희망이 낳은 어둠과 허위의 삶에서 꾸는 꿈이 '쓸쓸하지만 언제나 그 자리 꿋꿋한 등불되기'이며, '정갈한 식탁에 놓인 뜨거운 참회의 한 종지 눈물인 소금되기'라는 깨달음이다. 깨달음을 통해 구원에 이르고자 한 시인의 자화상을 「빛과 소금」이 은유한다.

멀쩡한 낯짝으로 바쁘게 걸어 다녀도 저것들은
다 헛것이다

어둠 저 귀퉁이에 숨어 있다가
불빛아래 모여드는 하루살이 떼처럼
은전 몇 푼에 구세주를 팔 듯
하루치 황금 몰약을 위해 육신을 던져버린
유다의 무리들

허깨비가 허깨비를 끌어안고 있다

아침 일찍 일어나 밥을 먹고
세수하고 양치질하고
회사에 가고
옷을 걸치고 걸어 다녀도
어디에도 없는 거짓 실체

지하 동굴에 무릎 꿇고 엎드려

허깨비 천국을 경배하며
보이지 않는 구원을 향해

두 손 높이 들어 올린다

최춘희, 「허깨비가 허깨비를」 전문

실체 혹은 진실과 거짓인 허깨비 사이에서 보이지 않는 구원을 향해
'두 손 높이 들어 올리는' 일은 최춘희의 고독한 자화상을 은유한다.
'멀쩡한 낯짝으로 바쁘게 걸어다녀도 다 헛것'들 사이에서 헛것 아닌

실체를 꿈꾸는 일은 역설적으로 현실에서는 오히려 그 실현 가능성이 불가함을 은유하고 있어서 허깨비들 사이에서 홀로된 최춘희의 고독이 보다 심화된다. 보이는 것들은 허깨비들이며 보이지 않는 것 속에서의 구원은 그 실현을 가늠하기 어려운 지하 동굴 같은 일상이므로, 최춘희의 고독이 깊어간다.

치욕에서

폭설이 더끔더끔 내려앉는다.
천국으로 가는 무한대의 흰 시간이
어둠 속에서 자욱하다.
고가철도 아래를 미끄러질 듯 위태하게
초라한 사내가 지나간다.
난방장치가 돌기를 멈춘 방에서
폐인5호는 하늘의 강림을 덤덤히 지키고 있는
황량한 네온등을 내려다본다.
mugan.com에 딸기소녀가 입장한다.
아빠는외로워가 입장한다.
시쓰는치욕이 입장한다.
: 지구는국경이지워지느라고눈보라가지천이네요
: 보이는국경만이지워지고있는걸요 전언제나외로워요
: 이런시대에시쓰는건부끄러운일이죠

장이지, 「피어싱」—mugan.com 일부

'딸기소녀가 입장하고, 아빠는외로워가 입장하고, 시쓰는치욕이 입장하는' 'mugan.com'에 우리 모두 클릭해 봐야 한다고 시는 유혹한다. '딸기소녀는 그냥 입장하고, 아빠는 외로워서 입장하고, 시인은 치욕적

이어서 입장’하는데, ‘아빠만이 외로운 것’이 아니라 ‘저도 언제나 외로운 이런 시대에 시쓰는 건 부끄러운 일’이라는 피어싱은 장이지의 외로운 자화상에 대한 피어싱이자 시의 효용에 대한 자조적 피어싱이다. 어느 시절에나 ‘고가철도 아래를 미끄러질 듯 위태하게 초라한 사내가 지나가는’ 일은 있었고, ‘난방장치가 돌기를 멈춘 방’의 풍경도 있었다. 그에 따르듯이 시의 무용론 내지는 효용론도 있어왔으나, 그때나 지금이나 그리고 앞으로도 시의 효용에 대한 자괴적인 시인들의 자화상은 계속되리라.

그리운 그대, 그리고 그때

-김수열 외

그리운 그대는 그리운 그때의 일부이고 그리운 그때 역시 그리운 그대의 일부이나, 그리운 그대가 있어서 그리운 그때 또한 있다고 할 수 있다. 물론 그리운 그대는 없는 채 그리운 그때만 있을 수도 있겠으나, 이때에도 그리운 그대가 없을 수는 없다. 이때의 그리운 그대는 '지금의 나'의 타자가 돼버린 또 다른 '나', 곧 지나간 그래서 잃어버린 '과거의 나'인 까닭이다. 그러므로 그리운 그때는 독립적인 것이 아니라 그리운 그대를 은유하는 그리운 그대의 또 하나의 모습인 셈이다. 결국 그리운 그대와 그때란 지난날을 은유하는 셈인데, 문제는 그리움으로 지난날을 반추하는 까닭이 무엇인가에 있다.

그리움이란 그 그리운 것이 지금·여기에 부재중이라는 의미를 담고 있는 말이며, 부재중이란 잃어버려서 혹은 상실해서 그리고 이별하여 지금은 결핍 상태라는 의미를 담고 있는 말이다. 그리움이란 부재중으로 존재하는 것들에 대하여 선별적으로 우리가 지향하는 마음의 상태인 것이다. 그러므로 그리운 그대와 그때를 향한 시는 지금은 부재중이어서 그리운 그것에 대한 시인의 지향태이자 합일의 욕구를 은유한다. 궁극적으로 그리움이란 과거에는 존재했으나 지금은 소멸된 것이 아니라 분리되어서 부재중으로 존재하는 것을 향한 지향태이자 합일의 욕구이다.

그리운 것을 향한 욕구는 반성적 명제와 함께 치유제를 대신하기도 하는 까닭에 상처의 탑 속에서 사는 현대인의 생명의 샘으로 작용한다. 여기에 그리움의 시가 지닌 남다른 동시대적 의의가 있다. 개인은 개인적이면서 역사적 존재이므로, 그리운 그대와 그때를 향한 시의 풍경은 현대 시인의 내면 풍경이자 현대적 풍경을 지시하는 말인 것이다. 통일된 세계에서 분리되고 단절된 시인은 그리운 그대와 그때를 노래하여 분열의 상처를 치유하며 합일의 꿈을 실현한다.

> 큰공뷔 허영 높은 책상 받아 아진 사름덜만 대맹일 쓰는 줄 알암시냐
> 사름이나 괴기나 매혼가지여 대맹일 써사 헌다
> 생선국도 대맹이로 딸려사 베지근 허곡 자리냉국도 대맹일 써사 허
> 는 거여
> 자리대맹일 그창 그걸 돌방애에 낭 닥닥닥닥 좀질게 모상
> 콥대사니에 새우리에 조선된장에 조물조물 버무려사
> 오목가심 써넝헌 냉국이 되는 벱이라, 알암시냐
> 허기사 자리대맹이만도 못헌 대맹이들이 수두룩인디 고랑 무시것 헐
> 꺼라
> 앗아불라!
>
> 김수열, 「대맹일 써사 헌다」 전문

'독백에서 비롯된다'는 서정시에 대한 정의를 따른다면, 위 시는 독백이면서도 그 독백이 설정된 청자를 향하고 있어서 대화체적 독백이

다. 그런데 그 대화체가 아이러니하게도 청자인 독자와의 소통을 오히려 단절한 독백체여서 현대 서정시의 전위성을 은유한다. 물론 특정한 청자와의 소통은 가능할 수도 있겠으나 일반적 청자인 독자와의 소통은 전위적으로 차단되어 있어서 현대 서정시의 한 면모를 나타낸다. 특히 이와 같은 차단이 첨단적 모티프 내지는 첨단적 방법에서 비롯된 차단이 아니라는 데 그 의의가 돋보인다. 방언이 방법적 전위로 작용한 것이다. 현대의 표준어를 철저히 배제하고 있어서 오히려 표준어에 익숙해진 그리고 현대의 첨단문화에 익숙해진 독자와의 소통을 단절한 역설적 전위이다. 오래되어 잃어버린 세월에서 비롯된 단절의 두께가 방법적 전위가 된 현대라는 현대의 아이러니를 은유하고 있다. 이제 전위는 그리운 그때의 샘에 있는 셈이며, 전위가 된 서정이자 서정이 된 전위라는 현대의 아이러니이다.

방법적으로 전위인 까닭에 시의 내용이 무엇인지를 굳이 해명해야 할 까닭은 없을 것이다. 시의 포인트는 의미 전달에 있는 것이 아니기 때문이다. 그럼에도 미루어 짐작하건데 '대맹이'를 써서 무슨 냉국을 만드는 내용으로 이해되는데, 사전에 의하면 '대맹이'는 뱀을 일컫는 경상남도 남해지역의 방언이라고 한다. 뱀을 써서 만드는 음식도 있는지 모르겠으나, 있다면 평범한 음식은 아닐 것으로 짐작은 된다. 더하여 '대맹이'의 진위를 잘 구별해야 한다는 전언 속에 궁극적으로 김수열이 의도한 전언이 은폐된 것으로 봐야 할 것이다.

　폐결핵 악화로 삶을 마감한 작가는
　사망 열하루 전 편지를 보냈다
　나이 서른이었다

필승아
나는 참말로 일어나고 싶다
지금 나는 병마와 최후의 담판이다
나에게는 돈이 시급히 필요하다
내가 돈 백 원을 만들어볼 작정이다
그 돈이 되면 우선 닭을 한 30마리 고아 먹겠다
그래야 내가 다시 살아날 것이다
돈, 돈, 슬픈 일이다
나는 요즘 가끔 울고 누워 있다
3월 18일 김유정으로부터

봄봄 동백꽃 금 따는 콩밭
고향인 실레마을을 배경으로
작가는 콩설기 열두 개를 쪄냈다
그러나 그 시루떡은
닭 서른 마리가 되지 못했다
나이 서른이었다

채풍묵, 「시루떡」 전문

우리가 잃어버린 것들에는 편지, 봄, 동백꽃, 고향, 실레마을, 콩설기, 김유정 등이 있고, 얻은 것은 돈이라고 위 시는 묵언으로 말하고 있다. 때문에 잃어버린 것을 환기하는 일, 그 자체가 서정으로 작용하는 현대의 쓸쓸한 풍경을 확인하게 한다. "필승아/나는 참말로 일어나고 싶다/지금 나는 병마와 최후의 담판이다/나에게는 돈이 시급히 필요하다/내가 돈 백 원을 만들어볼 작정이다/그 돈이 되면 우선 닭을 한 30마리 고아 먹겠다/그래야 내가 다시 살아날 것이다/돈, 돈, 슬픈 일이다/나는 요즘 가끔 울고 누워 있다”고 김유정이 보낸 편지는 내용 그대로가 탁월한 서정적 모티프가 되어 우리를 그의 세계로 유인하고 있다.

그리운 것은 시루떡이요 김유정이며 실레마을이고 편지다. 닭 서른 마리는 희생물이요 돈은 폐결핵이며 현실이다. 더불어 우리는 이제 ‘편지를 쓰지’ 않고도 ‘메일을 보낸다.’ 메일도 편지고 편지도 편지나, 우리는 편지와 메일을 구분하여 칭한다. 지금은 편지 시대가 아니라 이메일 시대인 까닭이다. 그리운 그대는 그리운 그때를 동반하는 것이 상례이나, 위 시에서 우리는 그리운 그대와 상처가 있어서 잊고 싶은 그때가 결합하고 있음을 확인하게 된다. 뿐만 아니라 잊고 싶은 그때는 지금의 현실이라는 곧 지금이 된 그때임을 반추하게도 된다. 시는 ‘잊고 싶은 그때’와 다르지 않은 지금이 그리운 그대를 향한 그리움을 부각시키는 아이러니한 시대임을 지시하고 있다.

1
대한통운 벌교지점장 아들이 그리는 그림은 우리와 차원이 달랐다
해수욕장의 비치파라솔 따위야 우리도 알았다
그는 바다 저 편에 빨간 깃발을 그려 넣었다
선생님이 우리에게 이 깃발은 무엇이냐고 물었지만
우리 가운데 아무도 대답을 못했다
지점장 아들은 대수롭지 않은 듯 위험 표지판이라고 설명해 주었다

2
벌교등기소 소장 딸이 책상에 앉아 있는 모습은 우리와 차원이 달랐다
꼿꼿한 자세를 수업 시간 내내 한 번도 흐트러뜨리지 않았다
가끔 어머니가 찾아와 선생님을 만나고 가기도 했다
첫 월말고사를 치르고 우리 반 일등은 소장 딸이었는데

　　선생님은 다음 달에 전교 일등까지 하면 한턱낸다고 하였다
　　우리는 환성을 질렀지만 다음 달 일등은 하필 가난한 집의 내가 되고
말았다

　　3
　　지점장 아들은 2학년이 되기 전에 전근 가는 아버지를 따라 전학을
갔고
　　소장 딸도 아버지를 따라 3학년도 마치기 전에 떠났다
　　우리들의 차원은 급격히 추락하여 더 이상 높아지지 않았다

　　4
　　5학년 실과 책 표지에는 5학년짜리 같은 계집애가
　　한강 인도교 육중한 아치 옆을 지나가고 있었다
　　내 가슴에 박힌 별들은 지금 어디에서 빛나고 있는지 말해 다오
　　다리를 지나노라면 나는 언제나 5학년이다, 오십 줄의 5학년이 아니라
　　실과 책의 표지 속으로 지점장 아들이 찾아오고
　　어느새 소장 딸의 안부를 듣는다

고운기, 「별아, 내 가슴에」 전문

　　대한통운 벌교지점장 아들과 벌교등기소 소장 딸이 있어서 차원 높
았던 초등학교 시절을 그리며 반추하는 위 시는, 비록 그 아들과 딸이
있어서 '인위적으로 높아진 차원'이었을지라도, 그러나 궁극적으로는
다시 올 수 없는 순수한 시절의 보편적 차원이 '가슴의 별'이 되어 고
운기의 상처를 치유하는 그리운 그때를 그리고 있다. 세월 속으로 가버
려서 다시는 돌아올 수 없는 그 시절의 차원은 그리움의 별이 되어 생
명과 치유의 샘으로 살아있는 것이다.
　　그것은 고운기만의 별을 넘어서 초등학교를 졸업한지 수 십 년이 넘

은 우리 모두의 별이 되어 살아있는 그리움의 샘이다. 비록 고운기와
같은 벌교가 고향이 아니어도 서울을 제외한 대한민국의 여타 모든 지
역이 벌교와 다르지 않은 우리들의 고향으로 자리한 까닭에 그러하며,
이는 고향을 상실한 우리 모두의 고향의 모습인 까닭에 그러하다. 그리
운 그대는 그리운 그때의 별로 살아서 시대를 건너는 우리들의 외로움
에 동반자로 함께 한다.

찻집에 가면 창가 좌석이 제일 인기가 있다.
큰 통유리 옆에서 애기를 나누고 싶은가 보다.
그런데 창밖을 골똘히 내다보는 사람은 많지 않다.
그저 밖이 훤히 보이는 공간을 곁에 두고 싶은 것이다.

늘 명쾌하지 못한 마음.
끈적거리는 뭔가에 붙들려 있는 듯한 기분.
내일 일을 확연하게 알 수 없고
마주 앉은 사람의 속마음도 알 수 없으며
내마음 어떻게 흘러갈지
좀처럼 예견할 수 없는 이 세상을
숨 쉬는 일상이니.
그나마 창가에 앉으면
밝음에 노출된 몸을 마음 또한 닮아갈 것 같아
창가로 창가로 몸은 이끌리는 것이다.

그런데, 탁 트인 창가보다
그대 쪽으로 몸이 거듭 숙여지는 것을 보면
귀 기울이는 그대만한 창문이
이 세상에는 없는 모양이다.
바람 거센 날은 마음의 물결이 흔들리기도 하여

> 그 마음 종잡을 수 없다 해도.
> 그 종착점을 알 수 없다 해도.

설태수, 「그대만한 창문이」 전문

그리운 그대는 "늘 명쾌하지 못한 마음./끈적거리는 뭔가에 붙들려 있는 듯한 기분./내일 일을 확연하게 알 수 없고/마주 앉은 사람의 속마음도 알 수 없으며/내마음 어떻게 흘러갈지/좀처럼 예견할 수 없는 이 세상을" 살아가도록 독려해 주는 생명의 샘이자 치유의 샘이다. 찻집의 제일 인기 있는 창가 좌석에 앉아서도 창밖은 내다보지 않고, '그대 쪽으로 몸이 숙여지는 것'은 '그대만한 창문'이 이 세상에는 없는 까닭이다.

이때의 그대는 '마주 앉은 그대'가 아닌 것이 분명하다. '마주 앉은 사람의 속마음도 알 수 없는' 일상에 지쳐서 찻집의 제일 인기 있는 창가 좌석에 홀로 앉아서 마음 속의 그대를 '그대만한 창문'에 그리며 독려의 샘에 빠진 설태수이기 때문이다. 물론 '그대가 곁에 있어도 그리운 그대'일 수도 있을 것이나 보다 합당한 사실은 그리운 그대가 그대만한 창문으로 곁에 있는 것이며, 찻집의 창가에서 설태수는 삶의 상처를 치유하는 기회를 갖는다는 사실이다. 그리운 그대, 곧 부재중으로 존재하는 그대가 '그대만한 창문'이 되어 찻집에 있으므로 설태수의 외로움이 외로움을 넘어선다.

> 그곳에 꽃이 피었다는 소식
> 그리고 봄에 대한 의심
>
> 그곳에 별이 빛난다는 소식

그리고 밤에 대한 의심

당신의 소식은 늘 당신보다 앞서 있다 나보다 앞서 있는 나의 의심처럼
나는 당신 소식을 봄밤에 들었다

그곳에서 귀는 뜨거울 때마다 붉어지는 장미의 한 잎이라
깨물면 저녁이 피를 토하고 쓰러지지

나는 호수로 가 당신의 귀를 만진다 당신의 입술을 잘라붙인 물수제
비들
소식들의 수평이 구멍을 열면

장미는 빛깔로만 피었다 지지
마침내 돌아오지 않겠다는 말,

꽃들의 형장에서 소식은 온다 당신의 귀와 당신의 입 사이에서 꽃들
이 목을 잃고 쓰러질 때 꽃잎처럼 호수는 폭발하고 꽃잎처럼 입을 열고
귀를 열고 꽃잎처럼 온몸 구멍을 모두 열면 다시 온몸의 구멍마다 꽃잎
처럼 의심이 피어나는 봄밤의 축제로부터

피 토한 흔적처럼 장미꽃을 무는 저녁마다

나는 밖을 잠글 수 없어 안을 잠그고 잔다
모든 생활은 드디어 반복되고

모든 사랑은 드디어 중첩된다

신용묵, 「타자의 시간」 전문

타자의 시간이라는 제목처럼 「타자의 시간」은 타자의 시간이 돼버린

시간에 대해 말하고 있다. 누가 타자이며 무엇이 타자인가? "그곳에 꽃이 피었다는 소식/그리고 봄에 대한 의심//그곳에 별이 빛난다는 소식/그리고 밤에 대한 의심" 앞에서 '의심으로 오는 봄, 의심으로 빛나는 별'을 타자의 시간의 은유로 읽을 수 있다. 타자가 돼버린 우주 혹은 자연이라는 지시는 새로운 지적이 아니듯이, "당신의 소식은 늘 당신보다 앞서 있다 나보다 앞서 있는 나의 의심처럼/나는 당신 소식을 봄밤에 들었다"에서 타자의 시간은 사실적 봄이거나 별에 머물지 않는다는 사실이 확인된다. 봄밤과 별과 같은 '당신 내지는 당신의 소식'은 "나보다 앞서 있는 나의 의심처럼" 의심 같으나 의심 아닌 사실이었다는 지적에 있다.

'장미가 빛깔로만 피었다 지는 것'처럼 비록 의심 앞에서도 봄은 다시 오고 별은 다시 빛날 것이나, '마침내 돌아오지 않겠다'는 '당신 그리고 당신의 그 말'은 의심이 아니라 사실이 된 타자이자 타자의 시간이라는 지적이다. 때문에 '당신'과 일체였던 신용묵의 시간도 타자의 시간으로 남아, '밖을 잠글 수 없어 안을 잠그며, 반복되는 생활, 중첩되는 사랑' 속에 머무는 시간이다. 이제 그리운 그대와 그리운 그때는 타자이자 타자의 시간이 되어서 현재를 반추하는 거울로 작용한다.

> 그때는 좋았다
> 모두들 가난하게 태어났으나
> 사람들의 말 하나 하나가
> 풍요로운 국부國富를 이루었다
> 살아간다는 것은 정말이지
> 무엇이든 아무렇게나 말할 권리를 뜻했다
> 그때는 좋았다

사소한 감탄에도 은빛 구두점이 찍혔고
엉터리 비유도 운율의 비단옷을 걸쳤다
오로지 말과 말로 빚은
무수하고 무구한 위대함들
난쟁이의 호기심처럼 반짝이는 별빛
왕관인 척 둥글게 잠든 고양이
희미한 웃음의 분명한 의미
어렴풋한 생각의 짙은 향기
그때는 좋았다
격렬한 낮은 기어이
평화로운 밤으로 이어졌고
산산이 부서진 미래의 조각들이
오늘의 탑을 높이 높이 쌓아 올렸다
그때는 좋았다
잠이 든다는 것은 정말이지
사람이 사람의 속삭임에 귀 기울이며
사람이 사람의 여린 눈꺼풀을
고이 감겨준다는 뜻이었다
그러니까 그때는

심보선, 「호시절」 전문

과거는 그 시절이 과거가 되어서야 '호시절'로 판명될 수도 있고 아닐 수도 있다. 곧 그 시절이 과거가 된 현 시점에서 현재의 양태가 어떠하냐에 따라서 그 시절은 호시절로 남거나 오히려 '나쁜 시절'로 남거나 하는 것이다. 이는 개인적으로나 사회적으로, 그리고 역사적으로 모든 분야에서 그러할 것이다. 심보선의 「호시절」은 심보선 개인의 호시절을 은유하기도 하겠고, 사회적, 시대적, 역사적 호시절을 은유하기도 한 것이다.

그런데 심보선의 「호시절」에는 지금의 나의 타자인 과거의 내가 있는 그리운 그때로 보이지는 않는다. 때문에 심보선의 「호시절」은 그리운 그대가 있는 것은 틀림없으나, 그리운 그대가 불분명하다는 점에서 사회적 혹은 역사적 호시절을 은유하는 것으로 봐야 할 것이다. 이와 같은 호시절이 사실로 호시절이어서 호시절이거나 사실로 호시절은 아니었으나 호시절로 기억되는 호시절일 수도 있을 것이나, 중요한 것은 그 시절이 그리운 그때라는 사실이다. 그리운 그때인 호시절이 지금의 어둠을 건너는 다리로 작용한다는 사실인 것이다.

곧 '그리운 그대와 그리운 그때'는 과거이자 호시절이며 창문·시루떡·봄·별·편지·동백꽃·고향·콩설기·김유정이자 동반자이며 생명의 샘으로 현대인의 가슴 속에 머무는 타자이자 타자의 시간이다. 이와 같은 타자 내지 타자의 시간에 대한 그리움이 개인적이며 역사적이고 시대적인 상처를 치유하는 치유제라는 데 '그리운 그대와 그때'를 향한 시의 동시대적 의의의 깊이가 깊다.

성찰적 몸

−김남조 · 김석규 · 나태주

시간이 생과 사를 관장하는 장대한 힘이라는 사실을 새삼 언급할 필요는 없겠으나, 인간에게 두려움을 주기도 하고 인간에게서 두려움을 가져가기도 하는 자연의 비밀이며 위력이라는 사실을 김남조, 김석규, 나태주 세 시인의 시세계가 환기시키고 있다. 그런데 이와 같은 자연의 장대하고 비밀스런 시간의 위력이 인간에게 도래하는 시점은 이성의 분별력이 몸으로 통합되는 시점으로 보인다. 이는 시간의 비밀스런 위력 앞에서 이성의 분별력이 그 위용의 깃을 인위가 아니라 자연으로 내리게 되는 시점일 것이다. 흡수 · 통합된 분별력이 성찰할 때 그것을 니체적 몸이성의 성찰이라고 부를 수도 있어 보인다. 니체는 '이성이 인간본성을 제어하는 마지막 법정'이라고 하면서 몸이성이란 이성주체에 반대하는 탈이성에서 비롯되어 이성과 감성의 동시적 주체로서의 인간관에 속하는 것이라고 한다. 몸은 자연의 처소이듯이 니체도 '몸이성의 인간을 자연인'이라고 했다. 시간은 문명인의 여행을 자연인의 처소에서 멈추게 하는 자연의 비밀이며 위력인 것이다.

인간은 몸으로 탄생하였듯이 원래 몸으로 하나였던 이성과 감성이 다시 그 원래의 모습으로 돌아가 반추하는 성찰은 시간적이면서도 초시간적인 효력을 발현한다. 그것은 지상적 존재의 성찰이므로 시간적이며, 지상을 초월하는 성찰이므로 초시간적이다. 지상적 존재의 초시간적 성찰은 지상적 존재가 꿈꾸며 구원받으려는 세계와도 같다. 이는 비밀스런 자연의 시간이 자연의 인간 앞에 내리는 이율배반적 상으로도 보인다. 벌로써 지나온 지상의 시간을 구원에 이르도록 이끄는 이율배반적 상일 것이다. 그것은 자연스럽게 이루어진 시간의 행보이자 초시간적 행보라는 점에서 인간이 아무 때나 이르고자 하나 이를 수 있는 시간이 아니라는 점으로 이율배반적이며 자연이 주는 상인 것이다.

그런데 몸 혹은 몸이성으로 성찰한 시를 시인의 인생이라는 시간의 여정이 먼저 작용한 것이라거나 반대로 시가 시인에 앞서서 작용한 것이라거나라고 그 우선 순위를 가늠할 수는 없겠으나, 시로 구현된 시인의 성찰이므로 시가 있어서 통합된 시간의 여정이자 성찰적 몸이라는 점을 간과할 수 없어 보인다. 시로 인해서 김남조는 『귀중한 오늘』을 사랑의 철학으로 성찰하며, 김석규는 『청빈한 나무』를 자연의 철학으로 성찰하고, 나태주는 『꽃이 되어 새가 되어』를 산책의 철학으로 노래한다. 몸이성으로 성찰된 시의 시간은 시인의 시간과 합일된 자연의 시간이며 분리된 인간의 시간이 원래는 자연의 시간과 하나된 시간이었음을 확인하게 하는 시간이다. 이때 인간의 시간은 지상의 시간을 초월하여 초시간적인 시간, 곧 시의 시간으로 통합되며 완성된다.

사랑의 철학으로 – 김남조

오늘도 해 저물어
사람들 저마다 제 집으로 가고
집 없는 이도
외로움 데리고 어디론가 스며들었다

외등보다 얼마 높은
공중에서
펄럭펄럭 숨쉬는 깃발
― 살아 있고 살아야 한다는
지상의 독백들이
꽃씨처럼 날아올라
펄럭펄럭 함께 호흡하니
잘은 모르겠으나
칼집에서 나온 칼처럼
시퍼런 것이구나

김남조, 「야영하는 깃발」 전문

오늘도 '어김없이' 해 저물어 사람들 저마다 제 집으로 가고, 집 없는 이도 외로움 데리고 어디론가 스며든 밤에, 외등보다 '얼마' 높은 공중에서 숨 쉬며 '야영하는 깃발'은 '누구의 발자취'일 것인가? 시인의 말처럼 '칼집에서 나온 칼처럼 시퍼런 지상의 독백들'이 꽃씨가 되어 날아오른 것인가? 아마도 '살아 있고 살아야 한다는' 외로움이 응어리져 꽃씨로 날아올라 '집 없는 이도 어디론가 스며든 밤'에도 저 혼자 '야영하는 깃발'은 김남조 발자취일 수도, 지상의 시간에 매어서 꽃씨 되어 날기를 꿈꾸는 외로운 이들의 발자취이기도 할 것이다. 밤낮으로 외등보다 '훨씬'도 아니고 '얼마' 높은 공중에서 야영하는 깃발은 화자가 이르고자 하여 그리는 '누구의 발자취'가 아닐 것은 분명해 보인다. '야영하는 깃발'은 김남조의 개인적 '발자취'이자 외로운 이들 모두의 '발자취'를 수용하는 김남조의 성찰적 '발자취'이므로 그러하다. 외로운 이들의 '발자취'를 잠 못 들고 '야영하게' 하는 밤은 인간을 지상의 시간에서 초월적 시간에 이르게 한 근원의 시간이자 '외등보다 얼마 높은 공중'에 있는 '자유의 시간'이다.

그것은 "시인이여/우리는 시에게 잘못하는 일이 많다/하면 오늘밤 각자의 시 앞에/속죄의 등불을 켜고/새벽녘까지 천년처럼 긴 밤을/피땀으로 고뇌하며/시의 참 배필로 있자"(「시에게 잘못함」 일부)는 메시지처럼 자유의 시간인 시는 김남조에게 '속죄의 등불'로도, '천년처럼 긴 밤을 견디게 하는 빛'으로도, '천년처럼 긴 밤을 피땀으로 고뇌하게 하는 힘'으로도 작용하는 '참 배필'이다. 시가 시인의 '참 배필'이자 시인이 시의 '참 배필'이 되어서 시를 향한 김남조의 '참 사랑'이 '사랑의 철학'을 완성하기에 이른다. 삶에 대한 그리고 시에 대한 김남조의 사랑이 '사랑의 철학'을 완성하게 하는 힘인 것이다.

그러므로 시는 김남조에게 "하느님/다른 벌은 면해 주십시오/재주 없이 시 쓰는 이 형벌이/한평생 사계절의/비바람 넉넉하듯/제게 넘치나이다"(「벌」 전문)라는 기도문으로 자리한다. 시 쓰는 일이 김남조에게 '형벌'이나, 그 형벌은 '비바람 넉넉하듯 넘치는 형벌'이라는 이율배반적인, 곧 '벌 아닌 벌'이다. 주어진 벌이 아니라 선택한 벌이므로 '벌 아닌 벌'이며, 필연적으로 선택한 벌이므로 '벌 아닌 벌'이다. 시인과 하느님, 시와 시인, 지상과 천상, 지상의 시간과 초월적 시간이 하나 되는

몸의 시간에 이르게 하는 데 시인의 '배필로 살아온 시'가 있었으며,
시에 대한 김남조의 사랑이 있었다.

「사랑을 위해 죽는 여자를
당신에게 보여줄께요」
텔레비전 화면 안에서
절망한 한 여자가 즉시 죽었다

스스로 탄피를 부숴내고
폭발한 한 발의 탄환
그 여자가
아무 짓도 하지 않은 나에게
도전하고 승리했으며
내 안의 비겁자를 고발하여
재판도 없이
사형을 집행했다

그리고는
풋복숭아 빛깔의 소낙비를
잠시 퍼붓고
금빛으로 승천했다

김남조, 「승천」 전문

　사랑은 무엇에 대한 사랑이건 인간을, 인간의 삶을 유지 가능하게
하는 원천이다. 사랑은 인간 삶의 원천이며 과정이고 결과이며 목적이
다. 사랑은 단지 관능적 사랑과 정신적 사랑이라는 두 개의 사랑인 것
이 아니라 삶과 죽음, 그리고 죽음에 이르는 과정조차 총체적으로 아우

르는 '사랑의 철학' 속에서 그 본원이 정의된다. 그러므로 '님을 그리워하는 것'이 잃어버린 것을 향한 사랑이듯이, 사랑은 과거를 통해서 현재를 장악하고 미래를 열어놓는 동력이다. 때문에 가상 화면 속에서 '사랑의 절망'으로 죽는 그 여자가, "아무 짓도 하지 않은 나에게/도전하고 승리했으며/내 안의 비겁자를 고발하여/재판도 없이/사형을 집행하고", 그러고는 "금빛으로 승천한다"는 「승천」의 메시지는 죽음조차 장악하는 사랑의 힘이자 시간조차 장악하는 사랑의 힘이라는 데 있다. 사랑은 도전하고 승리하기 위한 힘의 원천이며, 비겁자를 고발하는 힘의 계기이고, 재판 없이 이루어지는 사형집행조차 무관하게 하는 초월적 재판관이라는 사실이다. 사랑은 인간의 시간을 시의 시간으로 통합하게 하는 초월적 힘이기 때문이며, 사랑의 지배력은 이성의 그것과는 달리 비밀스러운 지배력이기 때문에 성찰적 몸은 사랑의 철학으로 '승천'의 완성을 수행한다.

자연의 철학으로 – 김석규

나무는 누워서 이사를 간다.
받치고 섰던 하늘 더 멀리까지 내다보려고
나무는 누워서 이사를 간다.
언제 했는지 이발을 하고
풀려서 너풀거리는 소매도 걷어붙이고
서서 자는 나무는 침대가 없다
잎새로 바람을 잣는 나무는 선풍기가 없다
항시 햇살을 이고 섰는 나무는 난로가 없다
그 흔한 냉장고도 텔레비전도 없이

단지 그늘만 키우는 제 몸 하나에
더는 깨지지 않도록 새끼로 동여맨 밥그릇
양말도 벗은 발목에 매달고
나무는 누워서 이사를 간다.

김석규, 「청빈한 나무」 전문

'청빈한 나무'는 '누워서 이사를 가는 나무'일 것이며, 또한 단풍 들었던 잎조차 다 진 겨울나무이기도 할 것이다. '누워서 이사를 가는 나무'는 앙상한 겨울나무에 덧붙여 뿌리 째 뽑혀서 목숨이 다한 나무로도 보인다. 그러나 제목이 「청빈한 나무」이므로, '누워서 이사를 가는 나무'는 잎새 하나 없이 앙상한 가지로만 남은 겨울나무일 것이 더 타당해 보인다. 나무의 이사란 움직이는 나무이며, 움직이는 나무는 살아 있는 나무이고 바람 따라 움직이는 나무이므로, 겨울의 찬바람에 잎새가 지면서 움직이는 나무는 곧 이사 가는 나무이리라.

겨울에 이른 자연의 시간은 나뭇잎 풍성한 봄여름가을의 나무를 '청빈한 겨울나무'에 이르게 하였고, 시인은 이를 통해 성찰하며 인간의 반성을 환기시킨다. 겨울나무의 청빈한 비움이 시인의 비워내는 성찰의 유인력으로 작용한 것이다. 시의 시간은 겨울의 비어버린 자연이라는 이율배반적 속성으로 통합의 성찰을 수행하며, 김석규의 시간을 완성의 시간에 이르게 한다. 겨울이 비밀스러운 자연의 철학으로 시의 시간을 완성하게 하는 것이다.

지리산 자락엔 삼동을 내내 눈이 내린다.
대륙성 고기압이 형성하는 한랭전선의 등고선 부른
길이란 길은 모두 하늘로 가고

> 머리에 새집을 지은
> 아이들은 까만 머루알의 눈빛으로 겨울을 난다.
> 일어서는 눈 위에 다시 수북수북 눈이 쌓이는
> 소설을 지나 대설을 지나 설백의 천지
> (…중략…)
> 구유 속엔 건초향기 아직도 따뜻하고
> 일찌감치 저녁을 먹은
> 송아지도 어미 소도 눈을 본다.
> 흩어지는 눈발 사이로 풍경소리를 보태며
> 삭정이 타는 불빛 어룽거리는 정짓간
> 만삭의 아내 몸이라도 푸는지
>
> 김석규, 「지리산 자락」 일부

「청빈한 나무」를 비롯하여 자연 모티프는 김석규의 통합적 성찰을 수행하게 하는 기저에 속한다. 자연은 인간의 성찰을 알려주는 전범이며 인간 또한 자연이므로 그 존재성은 자연 안에 있다는 자연의 철학이 청빈한 자연에서 완성된다. 그러므로 '지리산, 삼동, 새집, 머루알, 소설, 대설, 구유, 건초향기, 송아지, 어미 소, 풍경소리, 정짓간, 만삭의 아내' 등은 겨울을, 그리고 겨울의 자연과 하나된 인간이자 완성된 자연의 몸이다. 만삭의 아내가 몸 푸는 겨울은 봄의 생명성과 이율배반적 관계에 있는 자연의 완성된 몸인 것이다. 죽음의 얼굴을 하고 생명을 은폐한 겨울은 시의 시간이며 통합의 시간이고 자연의 철학이 완성되는 비밀의 시간이다. 겨울은 다른 계절과는 다른 죽음의 시간이자 생명의 시간이며 청빈한 미학으로 통합되는 자연의 몸인 것이다. 김남조의 사랑의 철학과는 달리 김석규의 자연의 철학은 '겨울산'과 '겨울나무', 그리고 '겨울의 비밀'에 있다.

하얀 박꽃 지붕 위로 날아다닌다.
마당가 모깃불 제 등을 토닥토닥 두드려 피어오르고
옥수수 잎 서걱거리는 울타리 너머 개똥벌레
벌레소리 밑으로 돌돌돌 물꼬를 넘는 물소리
어머니와 누나는 밤 이슥토록 다림질을 하고
은하수 따라가는 별똥별 긴 그림자
뒤꼍 감나무 밑에서는 찬물을 끼얹었는지
한꺼번에 박쥐 떼들이 날아오른다.
초저녁을 설쳐대던 모기들도 잠자리에 든 삼경
동구 밖 정자나무 아래 도깨비들 모여 떠드는 소리
오늘밤은 누구하고 씨름 한 판 붙지
주막집에 아버지는 징검다리 건널 수 있을까
서리꾼 기어드는 인기척이라도 들었는지
먼 원두막에선 불이 켜진다.

김석규, 「여름밤」 전문

    시의 시간이 겨울이 아니라 여름이어도 이 또한 통합으로 완성되는 시의 시간이자 통합적 성찰의 시간이라는 점에서는 양자는 다르지 않다. 그것은 '대리석 돌담'이 빛나는 여름이 아니라, "하얀 박꽃 지붕 위로 날아다니며, 마당가 모깃불 제 등을 토닥토닥 두드려 피어오르고, 옥수수 잎 서걱거리는 울타리 너머 개똥벌레, 벌레소리 밑으로 돌돌돌 물꼬를 넘는 물소리, 어머니와 누나는 밤 이슥토록 다림질을 하고, 은하수 따라가는 별똥별 긴 그림자, 뒤꼍 감나무 밑에서는 찬물을 끼얹는지, 한꺼번에 박쥐 떼들이 날아오르는" 여름이므로 그러하다. 몸으로 살아있는 여름이므로 시의 시간도 봄여름가을겨울의 구분을 초월하여 완성된 자연의 시간으로 살아있다. 그러나 여름의 출처가 겨울이므로,

성찰적 몸   **157**

‘청빈한 자연’은 여름보다는 겨울의 자연과 보다 더 가까우며, 자연의 철학은 ‘청빈한 겨울’의 몸에서 완전해진다.

산책의 철학으로 – 나태주

들판 건너 나무들 보며
풀꽃들 보며
잘못했다 내가 잘못했어
흰 구름 보며 공기에게도
말을 걸어본다
미안하다 미안해
내가 너무 오래 사람인 거 아니니?

나태주, 「반성문」 전문

나태주의 「반성문」은 더 이상 그 어떤 지상의 장치가 무의미하다는 자세로 반성한다. 그런데 ‘당신’을 향하거나 ‘너’를 향해 혹은 ‘신’을 향해 하는 반성이 아니라 ‘나무들 보며, 풀꽃들 보며, 흰 구름 보며, 공기 보며’ ‘미안하다’고 사과하며 반성한다. 장치가 무의미하므로 시인은 자연을 산책하며 자연적으로 반성한다. 인간에게는 그 누구에게도 잘못하지 않았으나, 자연에게는 한 평생 잘못했다는 반성문이다. “내가 너무 오래 사람인 거 아니니?”는 사람으로 살아있으면 살아있을수록 인간 아닌 자연에게 잘못하는 삶이라는 나태주의 반성이 근원적이자 근원에 대한 성찰을 수행한다. 삶이 죽음과 통합되는 시간에 이르러서는 저절로 초월의 세계로 귀의함을 환기시키는 산책의 완성이다.

때문에 삶의 시간은 봄여름가을겨울이 순환하는 자연의 일부일 뿐이

듯이 "여보, 여보, 여보/또 봄이야//여름이 왔나 싶더니/이제는 또 가을
이야//여보, 여보, 여보/이걸 어쩜 좋아?"(「산책」 전문)처럼 산책하듯 왔다
가는 인생이라는 세월이고, 그것은 자연이라는 시간이다. 시의 시간은
계절의 순환 속에서 자연이 그러하듯 저절로 통합되며 완성되고, 시인
의 성찰적 몸도 저절로 자연이 된다.

　　평생 헛소리만 하다 간 사람
　　평생 큰소리만 치다 간 사람
　　또 군소리만 하고 있는 사람
　　한 소리 또 하고 있는 사람
　　더러는 남의 소리만 되받아 지껄이고 있는 사람

　　그럼 나는 거짓말만 하다 가는 사람?

나태주, 「시인」 전문

　'시인'이라는 이름으로 '평생 헛소리만 했고, 평생 큰소리만 쳤으며,
군소리만 했고, 한 소리 또 하고 있는 사람이며, 남의 소리만 되받아
지껄이며' 살아온 세월이라고 나태주는 자연인의 몸으로 성찰한다. 그
것은 '거짓말만 하다 가는 사람'으로 정의되는 시인의 길이라는 자문의
반성이다. 반성은 "인생은 실수다//그 실수 만회하기 위해/어둠을 헤엄
쳐/지금은 돌아가고 있는 중//조금만 더 기다려달라."(「인생」 전문)는 간
청으로 완성에 이른다. '실수로 살아온 인생을 만회하는 것'은 '왔던
길 되돌아 가' 닿게 되는 본원의 세계에서 가능할 것이므로 그것은 초
월에 이르는 것과 다르지 않다. 되돌아 갈 곳이 있어서 '실수의 인생'
도 만회가 가능하다고 자연의 시간이 환기시킨 산책으로 성찰한다.

성찰적 몸　159

　　그냥 줍는 것이다

　　길거리나 사람들 사이에
　　버려진 채 빛나는
　　마음의 보석들.

나태주, 「시」 전문

　　그러므로 자연으로 완성된 세월의 여정처럼 인생의 산책로에서 '그냥 줍기만 해도' 산책의 철학이 완성되고 시가 완성된다. '길거리나 사람들 사이에 버려진 것'이 '빛나는 마음'이자 '마음의 보석들'이므로 시시비비 가릴 것 없이 '아무데서나' '그냥 줍기만 하면' 산책의 시가 되고 산책의 철학이 완성된다. 산책로에서 마음을 시로 줍고, 세월을 시로 줍고, 세상을 시로 줍고, 버려진 것들을 시로 줍는 일이 '산책의 끝판'에 이르러 시인이 시와 이룬 통합의 관계이자 완성된 행보이다. 이는 시간이 문명인을 저절로 자연인으로 돌아와 저절로 완성에 이르게 하는 비밀스런 몸의 지배자인 까닭에 있다. 나태주의 산책의 철학은 자연이 있어서 가능한 김석규의 자연의 철학과는 달리 스스로가 자연으로 완성되어가는 길목에서 완성된다.

고요와 적막

—오규원·박 찬

‘고요’와 ‘적막’은 이음유의어적 관계에 있다. 고요는 적막을 포용하고, 적막은 고요를 포용하는 것이 양자의 관계이다. 그러나 다소의 차이는 고요는 자연적 상태이자 인간의 상태라면, 적막은 자연적 상태에서 인간의 상태로 전환된, 곧 의인화된 상태이다. 적막의 사전적 의미가 고요하고 쓸쓸함이라고 할 때, 자연적 상태인 고요에서 인간이 쓸쓸함을 느끼는 까닭에 적막이 생성된다.

오규원의 시집 『두두』와 박 찬의 시집 『외로운 식량』도 이와 같은 관계에 있다. 오규원의 시는 주로 ‘고요한 상황’에서 고요와 적막을 생산하고, 박 찬의 시는 ‘고요한 시간상’에서 고요와 적막을 말한다. 고요와 적막은 양 시인에게 있어서 ‘비워내는 삶의 절차’이자 ‘비워내는 삶의 단계’, 혹은 ‘비어있는 상태’를 은유한다. ‘비우기’ 위하여 고요와 적막의 시가 있거나, ‘비워졌으므로’ 고요와 적막의 시가 있거나, 혹은 양자가 공통적으로 존재하거나 한다. 그것은 시간이 가져온 양 시인의 초월의 상태를 은유하거나 상황이 가져온 시인의 초월의 상태를 은유

하거나 하리라. 『두두』와 『외로운 식량』은 양 시인의 유고시집인 까닭
에 더욱 그러하다.

고요한 언어 - 오규원

'고요와 적막' 중에서 『두두』는 보다 고요하다. 시간과 공간과 등장
하는 대상, 그리고 대상을 향한 시적 자아의 시선조차 모두 고요하다.
고요한 시간에 고요한 공간에서 고요한 대상을 면대하고 있는 시적 자
아도 고요하다. 그와 같은 상황의 고요로 인해서이든, 아니면 자아의
내면이 고요해서이든 시는 고요를 낳는다. 특히 시적 자아가 고요에 개
입한 자아가 아니라 멀리 떨어져 있을 때, 시는 고요를 배가시키고 있
다. 시간이 고요로 있고 공간이 고요로 있으며 대상이 고요로 있는 상
황에서 시적 자아도 고요로 각각 존재한다. 그래서 고요한 시간이 살고
고요한 공간도 살고 고요한 대상도 고요한 자아도 각각 고요하게 살면
서도 서로가 함께 하는 풍경도 또한 고요하다. 이는 결국 언어가 고요
한 까닭에 시조차 고요해진 결과이리라. 고요한 언어는 '빛과 어둠'의
언어일 뿐이므로 고요한 언어의 시도 고요하게 된다.

> 어젯밤 어둠이 울타리 밑에
> 제비꽃 하나 더 만들어
> 매달아놓았네
> 제비꽃 밑에 제비꽃의 그늘도
> 하나 붙여놓았네

오규원, 「봄과 밤」 전문

밤은 고요한 시간이다. 울타리 밑은 고요한 공간이다. 제비꽃은 고요한 사물이다. '어젯밤의 어둠이 울타리 밑에 하나 더 만들어 놓은 아침의 제비꽃'과 그 '제비꽃의 그늘'을 확인할 수 있는 '태양의 아침'도 고요하고, 그것을 확인하는 시적 자아의 시선도 고요하다. 시적 자아도 제비꽃처럼 자연이 된 자아이므로 각각 혹은 함께 고요하다.

봄과 밤은 아침과 제비꽃을 생산한 고요한 봄과 밤이다. 밤이 있어 아침이 있고, 어둠이 있어 빛이 있고 제비꽃도 있는 이치와 같은 관계의 봄과 밤 혹은 밤과 아침의 관계이다. 이때의 고요는 창조의 원천인 어둠이자 우주의 고요와 같다. 고요한 어둠은 아침과 제비꽃을 낳게 한 창조적 고요이다. 이는 자연으로 있는 어둠이면서도 자연 이전에 있었던 카오스적 어둠이기도 하다. 이처럼 '창조적 고요'는 우주의 고요이면서도 그로 인한 제비꽃과 아침과 오규원의 시조차 은유하는 고요이다. 각각 존재하면서도 함께 공존한다.

그러나 시의 고요한 정조와 달리 '살아서' 고요한 시인이란 몹시도 적막한 풍경을 낳는다. 때문에 고요의 인간화는 적막의 다른 말인 것이다.

외딴 집이 자기 그림자를 길게 깔아놓고 있다
햇빛은 그림자 안으로 들어가지 않고
밖으로 조심조심 떨어지고 있다
바람도 그림자를 밀고 가지 않고 그냥 지나간다
그림자 한쪽 위로 굴러가던 낙엽들도 몸에 묻은
그림자를 제자리에 두고 간다

오규원, 「빛과 그림자」 전문

태양이 긴 그림자를 만들면서 외딴 집의 이미지를 적막하게 만드는 때는 태양의 하루가 저물어가는 저녁때일 것이므로, 저녁에 홀로 있는 사람의 적막한 그림자처럼 외딴 집의 그림자가 '길게 깔려있는 풍경'은 적막하다. '자기 그림자를 길게 깔아놓은 외딴 집'이 없다 해도, '나무와 나무의 그림자와 바람과 낙엽과 태양'이 있는 풍경은, 그림자와 낙엽이 있어서 적막하기는 마찬가지다. 저물어가는 시간인 가을의 태양과 그 그림자는 고요하나 적막한 언어로 의인화되므로 시도 고요를 넘어 적막하다. 이는 제비꽃을 낳은 봄과 밤의 고요와는 다른 저녁의 고요이자 외딴집의 고요이므로 고요는 적막으로 인간화된다. 빛과 어둠의 언어, 그리고 자연의 언어에 인간의 언어가 침범하여 적막이 생성된다.

이는 "나무 밑에는 그늘과/그늘에서 뭉개지다가 남은 발자국/그곳으로 가는 길"(「발자국과 길」 전문)이 낳은 적막과 같은 이치에 속한다. 나무 그늘과 발자국과 불분명한 그곳으로 가는 길이 있는 풍경은 그늘로 인해 적막하고, 발자국으로 내지는 '뭉개지다가 남은 발자국'으로 인해, 그리고 '행로가 불분명한 인간의 길'로 인해 적막한 까닭과 같은 것이다.

> 라일락 나무 밑에는 라일락 나무의 고요가 있다
> 바람이 나무 밑에서 그림자를 흔들어도 고요는 고요하다
> 비비추 밑에는 비비추의 고요가 쌓여 있고
> 때죽나무 밑에는 개미들이 줄을 지어
> 때죽나무의 고요를 밟으며 가고 있다
> 창 앞의 장미 한 송이는 위의 고요에서 아래의
> 고요로 지고 있다
>
> 오규원, 「고요」 전문

위의 「고요」가 보여주듯 고요는 우주의 언어이자 자연의 언어이다. 「고요」에는 인간의 언어가 개입하지 않았으나, '위의 고요에서 아래의 고요로 지고 있는 창 앞의 장미 한 송이'를 멀리서 바라보고 있는 오규원의 시선이 적막하게 느껴지므로, 「고요」는 고요하면서도 적막하다. 이는 아마도 오규원이 적막한 인생을 넘어 고요의 우주로 가는 경계에 있는 까닭에 더욱더 그러해 보이리라.

적막한 언어 – 박 찬

『외로운 식량』은 적막하다. 언어가 적막하고, 사건이 적막하며, 시간이 적막하다. 그것은 시적 자아의 적막한 시선이 고요에 개입한 결과이다. 시적 자아가 '외롭다'고 말하므로, 곧 고요한 우주의 언어와 자연의 언어 속에 시인의 적막한 언어가 개입하고 있어서 시는 결국 적막으로 남는다. 고요한 언어와 적막한 언어가 양립하면서도 적막이 고요를 앞지르므로 시는 적막으로 남는 것이다. 시적 자아의 적막한 시선이 고요를 꿰뚫고만 결과이다.

> 백모란 지던 시절
> 그 시절 시들듯 시들어갔네
> 꽃 같던 모습
> 뚝뚝 지는 꽃처럼
> 빗방울 후드득 떨어지고
> 하늘은 다시 맑았네
> 뒷산 불던 바람 자연하고
> 흰 구름 둥둥 여여하였네

그 시절 시들듯 그도 시들어갔네

아무 일도 일어나지 않았네
꽃잎만 한 잎
뚝! 떨어졌을 뿐

박 찬, 「그 시절」 전문

'백모란 지던 시절'은 '그 시절'과 같아서 적막한 시절이며, 인간의 적막한 그 시절이 개입하므로, '고요한 백모란의 시절'일지라도 시는 적막으로 남는다. '백모란이 지는 시절'은 고요한 시절이나, '그 시절 시들듯 그도 시들어' 갔으므로, 결국 '시들어간 인간'이 개입하여 '고요한 백모란 지던 시절'을 '적막한 백모란 지던 시절'로 남게 한다. 백모란이 지던 시절은 그도 시들어간 시절이고, 단지 "꽃잎만 한 잎/뚝! 떨어질"뿐 '아무 일도 일어나지 않은 시절'이므로, 백모란 지던 시절은 결국 그가 적막하게 시들어간 시절을 은유한다.

그러므로 '백모란이 지던 적막한 시절'은 "어디 없는가/모가지째 떨어지는 붉은 동백같이/일생에 단 한 번 하얗게 꽃 피우고 죽어버리는 대나무같이/늘 푸른 마음을 가진……"(「사람」 전문) 사람을 그리워하게 하는 적막한 시절과 같다. 적막한 시절은 그리움을 낳고, '늘 푸른 마음을 가지고' 동백같이 대나무같이 열정을 지닌 사람을 그리워하게 한다. 시적 자아의 적막한 시선이 '시들어가는 쓸쓸한 시절'은 '푸르고 붉은 열정에 찬 사람을 그리워하는 시절'이라고 역설적으로 말함으로써 시는 더욱 적막해진다.

이슬만 먹고 산다 하데요
꿈만 먹고 산다 하데요

그러나 그는 밥을 먹고 살지요
때로는 술로 살아가지요
외로움을 먹고 살기도 하지요

외로움은 그의 식량,
사실은 외로움만 먹고 살아가지요

외로움은 그의 식량이지요

박 찬, 「외로운 식량」 전문

　‘외로운 식량’은 ‘고요하고 외로운 자아’를, ‘외로운 삶’을, 그리고 ‘외로운 인생’을 은유하므로 「외로운 식량」은 적막하다. ‘먹고 산다’는 적막한 언어가 ‘이슬과 꿈’이라는 고요한 언어를 꿰뚫고만 결과 고요한 언어는 적막한 언어로 전환되고 시도 적막하다. “외로움은 그의 식량이지요”는 박 찬의 외로운 시간을 넘어서 인간의 보편적인 외로움을 은유하면서 ‘외로움은 우리의 식량이지요’를 대신한다. 시는 박 찬의 외로움을 넘어서므로 보편적으로 적막해진다. 외로움은 우리의 실존의 조건이므로 그러하다.

　그러나 ‘외로운 밥을 먹고 술을 먹으면서도’ ‘이슬과 꿈을 동반한 고요한 식량’이어서 이때의 외로움은 박 찬의 식량에만 해당한 것으로 보인다. 「외로운 식량」의 적막은 보편적인 적막을 은유하면서도 박 찬의 고요에 뿌리내린 외로운 식량이라는 측면에서 「외로운 식량」은 박 찬, 그만의 고요하고 적막한 식량이자 그만의 삶 내지는 인생에 소속된

다. '시들어가는 시절의 적막'과는 달리 '아직은' 진행 중에 있는 삶의
적막을 은유하는 외로운 식량이므로, 「외로운 식량」의 적막은 보다 덜
적막하다. 혹은 보다 더 적막할 수도 있다.

한차례 폭풍이 치고 간 후
고요가 집 안에 가득 깔렸다
휴전도 정전도 아닌 요 며칠 사이
미묘한 기류에 온몸이 간지럽다

징조일까
부엌 쪽 창 너머 풍경은
단풍이 한창인데 요즘은
은행나무마저 고요하다 평소 같으면
저것 좀 봐요 은행잎이 너무 예뻐요
부산한 소리에 화답하듯
노랗게 물든
한 잎쯤 빙그르르 떨궈줄 법도 한데
낌새를 챘는지 은행나무도
며칠째 우울하다 고요하다

가을이 깊어가는 모양이다

박 찬, 「적막」 전문

가을이 깊어가는 시절은 자연의 시간이므로 고요한 시절이나, 시적
자아의 시선이 적막하므로 자연의 시간도 적막한 시간으로 전환된다.
"낌새를 챘는지 은행나무도/며칠째 우울하고 고요한" 까닭은 가을이
깊어가는 시절이라서가 아니라 우울한 낌새를 챈 까닭에 있다. 그것은

자연적으로 찾아온 미묘한 기류이겠으나 미묘한 기류는 시적 자아를 우울하게 하는 원인이므로 자연의 고요는 적막한 인간의 고요로 남는다. 은행잎이나 인간이나 생물이 '시들어서 돌아가는 시간'은 자연의 시간이므로 고요한 시간이겠으나, 은행잎이 아닌 인간이 '돌아가는 시간'이 주는 미묘한 기류는 고요한 자연의 언어를 적막한 언어로 전환하게 한다. 가을이 깊어서 세월이 시들듯 깊어진 인생이 낳은 '고요한 언어'는 결국 '적막한 언어'로 전환하게 된다. 침묵의 고요가 아니라 아직은 경계에서 진행중인 삶의 고요이므로 그러하다. 여기에 고요와 적막이 같으면서도 다른 보편적인 까닭이 있다.

회의와 포용

―김동호 · 허형만

사람은 집을 지으면서 자신의 존재의의를 확인하는 존재이다. 물론 사람만이 집을 짓는 것은 아니나, 집이 있어도 또 다른 집을 짓고자 한다는 점에서는 사람만이 집짓기를 한다. 집에 살면서 또 다른 집을 짓고자 하는 사람의 갈망을 창조력이라고 해야 할 것이다. 지어져있는 집을 버리거나 무의식 속에 저장하고 새로운 혹은 반성적인 또 다른 집을 짓고자 하는 역설적이며 창조적 존재라는 점에서 사람은 부분적으로 신을 닮아 있다. 사람의 집짓기란 신에게 다가가고자 하는 내지는 신처럼 되고자 하는 반성적 갈망에서 비롯된 신성한 창조력인 것이다. 이는 사람의 집이란 언제나 미완의 집이라는 사실을 은유하므로, 사람의 집짓기는 지속적이어야 한다는 사실 또한 은유한다.

사람의 집짓기는 '왜 사는가', 그리고 '무엇으로 살아야 하는가'라는 질문과 같은 원리에 있다. '사람'이라는 두 개의 글자를 모으면 '삶'이 되는 것처럼 '사람' 내지는 '삶'에는 '왜'와 '무엇'이 가로놓여 있다. 그 '왜'와 '무엇'을 해결하기 위해 사람은 반복적으로 반성의 집을 짓는다.

반복적으로 짓는 집일지라도 그 집은 언제나 새로운 집이다. 그것은 신을 닮고자 하는 사람의 집짓기인 까닭에 그러하며, 우주를 닮고자 하는 사람의 끊임없는 성찰의 집짓기인 까닭에 그러하다. 닮기란 닮은 꼴을 낳을 뿐 온전히 신의 창조력과 같을 수 없는 까닭에 그러하다.

여러 가지의 집짓기 중에서 주체적으로 반성하는 집짓기의 하나가 시의 집짓기다. 김동호와 허형만은 '회의의 시선'과 '포용의 몸짓'으로 시의 집, 우주의 집을 짓고 있다. 회의의 존재론과 포용의 존재론을 은유하는 회의의 시선과 포용의 몸짓은 다르면서도 그 귀결지가 같은 까닭에 다르지 않다. 회의를 통해 포용에 이르므로 그러하며, 포용에 이르기 위해 회의하므로 그러하다. 물론 회의와 포용은 반드시 이와 같은 선후의 순서를 지키는 것은 아니나, 인생이라는 세월의 힘은 포용에 이어 회의에 이르게 하기보다는 회의에 이어서 포용에 이르게 한다. 궁극적으로 사람의 집짓기에서 회의와 포용은 공존하나, 부상할 때의 상황 논리에 따라 회의가 부상하거나 포용이 부상하거나 하는 차이로써 그 다름을 드러낸다. 회의와 포용은 신을 닮은 우주의 집에 이르는 김동호와 허형만의 시의 길이자 사람의 길에 놓인 두 개의 길이면서도 하나이다.

시집 한권에 내재된 시의 길은 시 편편마다 개별적이면서도 시집 전체로는 통일되어 있어서 여러 개의 시선과 몸짓이면서도 그 여러 개가 하나의 길, 하나의 집에 이르고 있다. 시 한편 한편은 시의 길에 대한 각각의 길을 안내하나, 한권의 시집 전체에 걸쳐서는 그 시인이 짓고자 하는 시의 집을 일관되게 떠받치는 하나의 길을 향해 놓인 것이다.『五弦琴』의 회의의 시선과 『눈 먼 사랑』의 포용의 몸짓이 두 시인의 반성적 삶을 은유하면서, 동시에 우주적 집짓기를 향한 주춧돌임을 은유한다.

회의의 시선 - 김동호의 『五弦琴』

'왜 사는가'라는 삶의 명제, 내지는 '왜 살아야 하는가'라는 회의의
명제에 따르듯 김동호의 『五弦琴』은 회의의 시선이 주축을 이루고 있
다. 『五弦琴』은 회의의 시선들이 모여서 오현금이 지어졌음을 은유하
고 있어서, 결국 『五弦琴』은 회의의 명제들이 해결됐음을 내포한 것으
로 보인다. 더욱이 시집 『五弦琴』에는 시 「五弦琴」이 없다는 사실이 각
각의 시들이 시집 『五弦琴』을 짓는 하나하나의 주춧돌이 되고 있음을
암시한다. 결국 각각의 회의의 시선은 회의로 남으나, 회의의 시선들이
모여서는 회의로 남지 않고 오현금의 집으로 완성되는 것이다. 그것은
회의의 시선이 짓는 우주적 집이라는 변증법적인 결과이다.

    1
    굶어 누렇게 부황이 든
    소작小作들을 나무에 매달아놓고
    개 패듯 패대는 대작大作들이 있었다
    '쌀 나무에서 쌀 털어낸다'고

    서러움과 무서움 밖에 모르는
    양민良民들을 나무에 매달아놓고
    개 패듯 패 죽이는 미친개들이 있었다
    '사思, 사상思想을 털어 낸다'고

    개죽음! 일차대전 이차대전

> 한국전 월남전 중동전- 그 숱한
> 객죽음들을 보고도 어떻게 그 분은
> 가만히 있었을까, 꽃을 빚고 꿀을 빚고
> 무한 무한 화원을 빚은 분이-
>
> 2
> ???을 머리에 이고
> 돌길 지나 들길 지나 물굽이를
> 몇 번이고 넘고 돌아
> 사십 고개 마루턱에서
> 고향집 저녁연기 사이로
> 우연히 바라본 담벼락의 나팔꽃!
>
> ?모양의 나팔꽃 넝쿨손이
> 나를 잡고 놓지 않는다
>
> ?도 언어이다
> 하늘이 준 언어이다
> 짐승에겐 없는 인간의 언어이다

김동호, 「'물음' 연가戀歌」 일부

『五弦琴』은 '물음 연가'로 출발하여 그 물음의 해답 내지는 회의에 대한 정의를 내리면서 우주적 집짓기의 완성에 다가간다. 김동호의 시의 길은 회의로 시작되는 길이므로, 시의 집도 회의가 있어서 정의를 내리며 완성된다. "???을 머리에 이고/돌길 지나 들길 지나 물굽이를/몇 번이고 넘고 돌아/사십 고개 마루턱"에 오르기까지는 '물음의 길'이었다는 전언은 회의가 있어서 '사십 고개 마루턱'에 오를 수 있었다는 역설을 동반한다. 회의는 불안하고 불명확한 삶의 길이면서도 삶의 힘이 되는 역설의 길인 것이다. "?도 언어고/하늘이 준 언어이고/짐승에겐 없는 인간의 언어"라는 해답이 '물음' 연가의 마무리가 되고 있어서, 궁극적으로 회의의 시선을 뒷받침하는 방법의 길은 이성의 언어라는 데 있다.

'짐승에겐 없는 인간의 언어'를 은유하는 회의의 시선은 김동호의 시의 집짓기이자 삶의 집짓기를 위한 방법의 길인 셈이다. 때문에 회의의 방법이 있고 없음에 따라서 김동호의 시의 집은 『五弦琴』이 될 수도 있고 아닐 수도 있을 것이므로, 회의의 시선은 시인이 궁극적으로 이르고자 한 우주적 집짓기의 주춧돌이 된다. 언어로써 '짐승과 다른 인간의 삶'이 가능하다는 전언으로 인해 '왜 사는가'와 '무엇으로 사는가'는 결국 '어떻게 살아야 하는가'로 그 해답이 내려진다.

죽음은 본래 아름다운 것
낙엽처럼 따뜻한 것
전사戰死 참사斬死 비명횡사
숱한 개-죽음들만 아니었어도

김동호, 「죽음은」 전문

인생 짧지 않다
견딜 수 없는 졸음
쏟아질 때까지 영장靈長들
늘어지게 놀다 간다

김동호, 「인생 짧지 않다」 전문

우주적 집짓기를 위한 김동호의 회의와 그에 따르는 정의라는 변증법적 시짓기는 죽음을 동반한 생이라는, 곧 생사가 하나라는 역설의 원리를 닮아있다. 삶이 죽음을 동반한 집이라는 역설의 원리를 닮은 김동호 시는 "죽음은 본래 아름다운 것/낙엽처럼 따뜻한 것"이라는 전언에 그가 짓고자하는 우주적 집을 은유하고 있는 까닭이다. 그것은 개죽음을 맞는 현실의 죽음 앞에서 '낙엽처럼 따뜻한 죽음'이 있는, 그리고 '짐승과 다른 인간의 죽음'의 집짓기를 꿈꾸는 까닭에 있다.

'죽음은 본래 아름다운 것'이라는 정의처럼 "인생 짧지 않다"는 생에 대한 정의는 생사의 역설의 원리처럼 회의하는 김동호의 방법의 길을 은유한다. '늘어지게 놀다 가는 인생'이 '짧지 않다'는 정의는 인생이라는 놀이가 즐겁지 않은 놀이라는 역설적 정의이므로, 여기에 회의의 시선의 출처가 있는 셈이다. '전사, 참사, 비명횡사, 숱한 개죽음'만 아니었어도 인생이 짧지 않은 것은 아니었을 것이고, 죽음이 아름다운 것으로 생보다 더 미화되지는 않았을 것이라는 역설적 전언은 역설적 반성에서 비롯된다.

> 석양의 거울
> 투명 반사를 받아
> 마침내 온 누리 비춰주는
> 영경靈鏡이 되네
>
> 김동호, 「석양의 거울」 전문

> 응달의 꽃이 먼저 핀다
> 코딱지 꽃이 먼저 여문다
> 작은 꽃이 더 크다
> 청사초롱 아린 씨방은
>
> 김동호, 「씨방」 전문

가위로는 안 된다
쌍雙들아, 맷돌이 되라
시간의 알갱이 곱게 빻아
사랑의 고운 떡가루가 되라

김동호, 「맷돌」 전문

불과 물이 꽃을 낳지 못한다면
무슨 재미로 이 세상을 사나
물과 불이 서로를 끄지 못한다면
무슨 수로 이 큰 화원을 지키나

김동호, 「음양가」 전문

김동호의 우주의 집짓기를 위한 물음과 해답 사이에는 사물의 이음새가 놓여 있다. 석양과 씨방과 맷돌과 음양가를 비롯한 사물의 이음새는 그의 회의의 시선이 우주의 집으로 마무리되도록 작용한다. '온 누리 비춰주는 영경이 되는 석양', '꽃이 피고 지는 이치', '시간의 알갱이들이 사랑의 고운 떡가루'로 화하는 시간의 일, '물과 불의 음양이 꽃을 낳고 서로를 끄는 자연의 화원'에 이르기 위한 경과가 회의와 그에 대한 정의를 내리는 이성의 언어라는 방법이었던 것이다. 이성의 언어는 보편적인 우주의 집을 향해 가는 반성적 방법의 길이었다.

포용의 몸짓 – 허형만의 『눈 먼 사랑』

'포용의 몸짓'은 우주를 닮은 성스러우면서도 깊은 보편의 길이다. 그러므로 '눈 뜬 사랑'이 이성의 사랑이라면, '눈 먼 사랑'은 우주의 사랑인 셈이다. 비록 이성의 눈 먼 사랑이 있어도 그것은 순간적으로 눈이 먼 사랑일 것이므로, 이내 눈 뜬 사랑으로 회항하기 쉽다. 때문에 '이성의 눈 먼 사랑'이 아니라 '몸으로 오는 눈 먼 사랑'은 순간의 사랑이 아니라 근원의 사랑이며 영원하도록 포용하는 우주의 사랑이다. 이와 같은 포용의 사랑은 느티나무와 멧새의 깜찍한 발가락과 고요한 하늘의 파동과 같은 성스러운 존재들에게 동일화된 시인의 몸짓을 은유한다.

그래서 허형만의 『눈 먼 사랑』에는 자연이 이음새로 있는 것이 아니라 몸, 그 자체로 있다. 자연에 겸허하게 동일화된 허형만의 몸짓은 우주의 몸을 은유하는 시의 언어이자 자연의 몸이다. 자연의 몸은 이성의 언어를 포월하는 포용의 언어이며, 허형만의 우주의 집을 향한 성찰의 언어이다.

> 백운면 애련리에
> 세수 삼백 오십 세가 되셨다는
> 느티나무 한 그루 가부좌 틀고 계셨다
> 수많은 사리들을 거느리시며
>
> 내가 보기엔 나이보다 훨씬 더 들어보이시지만
> 원래 사람이 매긴 나이란 게
> 허망하고 믿을 것이 못되는지라
> 그냥 그러려니 하고 그 넓으신 그늘에 쉬다가
>
> 어찌나 한기가 드는지 벌떡 일어나
> 두 손 모으고 우듬지가 보일 때까지 우러렀다
> 한사코 햇살 탓만은 아닐 터

휘추리와 애채 사이를 포롱포롱 건너다니는
멧새의 깜찍한 발가락이 은비늘처럼 번득였다
그때였다 수많은 사리들은 서로 몸을 비벼댔고
고요한 파동은 서서히 하늘을 밀어 올리고 있었다

백운면 애련리에
세수 삼백 오십 세와는 무관한
수많은 사리를 거느리신 분 한 분 계셨다
세상의 발자국도 가는 체로 걸러내시며
계신 듯 아니 계신 듯

허형만, 「사리를 거느리시는 분」 전문

'사리를 거느리시는 분'은 세속적 존재가 아닌 '가부좌 틀고 계신 삼백 오십 세수의 느티나무'라는 낯선 은유적 존재다. 우주를 경배하는 허형만의 겸허한 몸짓이 자연의 몸을 성(聖)의 세계로 고양시킨다. "내가 보기엔 나이보다 훨씬 더 들어보이시지만/원래 사람이 매긴 나이란 게/허망하고 믿을 것이 못되는지라/그냥 그러려니 하고 그 넓으신 그늘에 쉬다가"라고, 사리를 거느리시는 고양된 느티나무와 믿을 것이 못되는 사람의 허망함을 비교하는 포용의 몸짓은 이성의 한계적 사랑에 대한 반성적 성찰을 은유한다.

"세상의 발자국도 가는 체로 걸러내시며/계신 듯 아니 계신 듯"이 '사리를 거느리시는 느티나무의 사랑'이 이성의 한계를 성찰하도록 독려하며 포용의 몸짓을 유인하는 근원이다. 그러므로 포용의 몸짓은 자연에 동일화된 시인의 몸짓이자 성스러운 우주에 대한 은유로 확대된다. 성스러운 우주를 은유하는 포용의 몸짓은 허형만의 성찰의 길이자 삶의 길이며 우주에 이르고자 하는 시의 길인 것이다.

> 한 방울 한 방울 물방울이 모여
> 강을 이룬 동굴이 있습니다
> 그 동굴에는
> 눈이 먼 사랑이 살고
> 그리움이 살고 아픔도 살고 있습니다
> 그리움은 눈 먼 사랑을 잡아먹고
> 아픔은 그리움을 잡아먹고 삽니다
>
> 눈 먼 사랑이여
> 한 방울 한 방울 물방울 떨어질 때마다
> 그 파동으로 울음 우는
> 서러운 짐승이여

허형만, 「눈 먼 사랑」 전문

그런데 '포용의 몸짓이 서러움으로 온다'는 사실이 성찰적이자 지상적인 사람의 사랑을 은유한다. 우주의 눈 먼 사랑을 닮고자 꿈꾸는 사람의 눈 먼 사랑은 서러움, 울음, 슬픔, 그리움, 아픔들을 포용하는 지상의 사랑인 까닭이다. 그것은 아직 '사리를 거느리시는 느티나무의 완성된 몸'에는 이르지 못한 반성적인 사람의 사랑이자 몸짓인 까닭에 있다. 우주적 완성을 향해 가는 몸의 언어는 아직은 지상의 파동으로 울음 우는 언어인 까닭이다.

"바람이 불면/허리가 아파오는 꽃처럼/네가 생각나는 날은/늘 이렇게 가슴이 저리단다"(「通」전문)는 통증의 울음은 지상에서의 포용의 몸짓이 우주적 완성의 몸에 이르기 위한 경과인 것이다.

풍경이 운다

적요의 강을 치솟아오르는 저 등 푸른 그리움 한 마리

아, 하고 온몸이 짜릿해 온다

허형만, 「등 푸른 그리움」 전문

항주의 西湖를 느릿느릿 걷고 있을 때
초저녁 물기를 머금은 강이
입술을 꽃잎처럼 둥글게 말아
푸우우 안개를 뿜어내고 있었다
그 광경이 마치 무슨 상처처럼 보였다
안개에 젖기 시작한 숲은
잠시 미세한 파동이 일었다 멈추고
초저녁 길이 서서히 쓸쓸해지기 시작했다
내 곁을 맴돌던 시간의 그림자도
덩달아 쓸쓸한 듯 내 차가운 뺨을 비비다가
이내 사라졌다
초저녁, 그 쓸쓸함으로
나는 녹실녹실하게 부드러워지고 있었다

허형만, 「초저녁, 그 쓸쓸함」 전문

그러므로 사람의 몸짓은 시간의 그림자를 초월할 때 우주 같은 온전한 포용의 몸이 될 것이나, 아직 시간의 그림자를 만드는 사람의 몸짓은 그리움과 쓸쓸함과 상처와 함께한다. 더욱이 하루의 그림자인 초저녁이라는 시간은 하루의 그리움과 쓸쓸함과 상처의 몸짓이 확대되는 시간이나, 또한 역설적이게도 '그 초저녁 쓸쓸함으로 녹실녹실하게 부드러워지는' 포용의 몸짓이 확대되는 시간이기도 하다는 점에 초저녁

과 사람과 쓸쓸한 몸짓은 하나를 이룬다. 포용의 몸은 어둠이고 저녁이
고 우주이나 외로움과 그리움과 눈물과 슬픔의 발효로써 완성되는 사
람의 몸이기도 한 까닭이다.

초저녁이 쓸쓸한 부드러움을 유인하는 역설적 힘이자 시간의 그림자
이듯이, 풍경소리도 적요의 강에 빠져서 그리움으로 온몸을 태우게 하
는 역설적 힘으로 작용한다. 삶이 숨죽이는 적요의 시간에 '온몸을 태
우는 그리움'과 함께한다는 역설이 아직은 시간의 그림자와 함께하는
지상의 포용의 몸짓을 은유한다. 그러나 궁극적으로는 초저녁과 적요
는 우주이자 세속이며 빛과 그림자라는 이중의 몸으로 허형만의 겸허
한 포용을 유인하는 힘으로 작용한다.

항주에서 상해로 가다가
가흥에 들렀더니
한 그루 나무의 뿌리가
천년을 얽히어
나를 기다리고 있었다

나무여, 나는 그대를
단 하루도 생각해 본 적이 없건만
그대는 천년을 기다리고 있었구나

천년 동안의 병
천년 동안의 그리움
천년 동안의 울음을

나의 가슴에 묻으려고
나무여, 그대는 뜬 눈으로

오매불망 기다리고 있었구나

허형만, 「인연」 전문

　김동호에게 삶이란 이성의 언어로 풀어가는 회의하고 정의내리는 길에 있다면, 허형만에게 삶이란 몸의 언어로 포용하는 사랑의 길에 있다. 김동호에게 삶이란 짐승과 달라야 하는 언어가 중심에 있고, 허형만에게 삶이란 근원을 닮도록 성스러워지는 일이 중심에 있다. 두 시인은 방법적으로 대립되어 있으나, 그 두 개의 방법은 방법으로 다를 뿐, 꿈꾸는 귀결지는 같으므로, 결국 두 시인이 이르고자 하는 시의 집과 사람의 길, 삶의 길에 대한 전언은 다르지 않다. 그것은 이성의 출처이기도 한 자연의 몸이자 우주인 까닭에 있는 것이다.

　김동호의 『五弦琴』은 회의의 시선을 거쳐서 우주의 집에 이르고, 허형만의 『눈 먼 사랑』은 포용의 몸짓으로 출발하였으므로, 우주의 집에 이르는 것은 보다 더 자연스럽게 형성된다. 허형만에게 그것은 나와 나무의 관계가 천년 전부터 맺어져있었던 것처럼 출발부터 보이지 않는 인연의 관계에 따른 존재론에 있으므로 그러하다. 깨달음을 위한 천년의 기다림은 '내'가 행한 일이 아니라 '나무'의 일이었다는 허형만의 겸허한 존재론은 포월적 존재론인 까닭이다. 이처럼 회의와 포용으로 지어진 두 개의 시의 집은 사람을 사람으로 유인하는 중력의 세계는 보편적 세계라는 오래된 사실을 새로운 사실로 환기시키는 우주적 은유의 집이다.

법고와 창신

―공광규 · 강희안

박지원은 "글을 어떻게 지을 것인가? 어떤 이들은 반드시 옛것을 본따야 한다고 말한다. 그래서 세상에는 흉내내고 본뜨는 것을 일삼으면서 부끄러운 줄을 모르는 사람들이 나오고 있다."고 단지 옛것을 '흉내내고 본뜨는 것'을 비판한다. "그러면 새것을 만들어야 할까? 세상에는 허탄하고 괴벽한 소리를 늘어놓으면서 겁내지 않는 사람들이 나오고 있다. 이것은 임기응변의 조치를 막중한 법전보다 더 중히 여기고 유행하는 노래 곡조를 고전 음악과 같이 보는 격이다."라고 단지 새것이라는 이유에 따른 '임기응변의 조치'도 비판한다. "대체 그러면 어찌해야 좋단 말인가? 나는 어찌할 것인가? 그만두어야 하는가? 아! 옛것을 배우는 사람은 형식에 빠지는 것이 병이고, 새것을 만들어 내는 사람은 법도가 없는 것이 탈이다. 만약에 옛것을 배우더라도 변통성이 있고, 새것을 만들어 내더라도 근거가 있다면 지금의 글이 옛날의 글과 마찬가지일 것이다."라고 하여 '법고창신'의 원리를 현존재의 글짓기의 타당한 원리로 내세웠다.

　한편으로는 "하늘과 땅이 아무리 오래되었다고 하지만 끊임없이 새로운 것으로 존재하고, 해와 달이 아무리 오래되었다고 하지만 빛은 날마다 새로운 것이다. 또 이 세상에 문헌이 아무리 많이 나와도 내용은 각각 다르다. 그렇기 때문에 날짐승, 길짐승, 물속에서 사는 짐승, 뛰는 짐승 중에는 아직 알려지지 않은 것이 있을 것이며, 산천초목에는 반드시 신비스러운 구석이 있을 것이며, 썩은 흙에서 지초가 돋으며, 썩은 풀에서 반딧불이 생긴다."고 지적한다. 이와 같은 지적의 중심에는 현재가 있는데, 현재란 곧 새로운 시간이라는 의미를 함유하면서 인류의 역사, 개인의 역사, 그리고 우주는 날마다 갱신하면서 흐르므로, 우리의 사유의 세계 또한 수시로 새로울 수밖에 없음을 내포하고 있다.

　우주의 원리와 우리의 현존성이 이러하다 해도, 박지원의 새로움이란 '법고' 혹은 불변체인 근원세계를 근원으로 하고 있다는 점을 간과할 수 없다. 이는 창작이란 법고창신의 원리 중에서도 '법고'의 원리에 보다 가까워야함을 내포한 관점이다. 그것은 박지원의 개인적 관점이자 이를 넘어서 우리 민족의 전통적 세계관을 상징하며 나아가 인류의 보편성으로도 확장되는 관점이다. 우리는 모두 인류 역사의 흐름 위에서 현존하는 역사적 존재인 까닭에 그러하다. 우리는 의식·무의식적으로 '법고'에 기울면서 또한 의식·무의식적으로 '창신'해야만 하는 존재인 까닭인 것이다. 그러면서도 그 정도의 차이는 존재할 수밖에 없으니 비교하여 보다 더 '법고'에 속하거나, 보다 더 '창신'에 속하거나 하는 차이가 있다.

　공광규와 강희안의 시세계를 비교하면, 공광규는 '법고'에, 강희안은 '창신'에 보다 더 기울인 시의 집을 지으면서도, 두 시집 모두 법고창

신의 원리에서 자유로울 수 없는 역사적 존재로서의 시인의 위상임을
은유하고 있다.

법고에 기울인－공광규

'하늘과 땅이 아무리 오래되었다고 하지만 끊임없이 새로운 것으로
존재하고, 해와 달이 아무리 오래되었다고 하지만 빛은 날마다 새로운
것'이라는 박지원의 지적처럼 공광규의 시의 집이 비록 '법고'에 기울어
있다 해도 그것은 비교적으로 기울어 있을 뿐, 그의 시세계 역시 '오늘'
이라는 새로움을 담고 있다는 점에서 예외일 수는 없겠으나, 그럼에도
그의 시는 보편적 소재라는 측면에서, 보편적 주제라는 측면에서, 전통
적 방법이라는 측면에서 보다 법고쪽에 치우쳐 있다. 곧 보편의 세계로
써 공광규는 보편의 원리를 일탈한 동시대에 비판적 시선을 투여한다.

> 벚나무와 느티나무가 나란히 서서
> 서로가 서로에게 물들고 물들이다가
> 땅에 내려와 몸을 포개고 있다
>
> 은행나무와 모과나무 잎도 그렇고
> 병꽃나무와 생강나무 잎도 그렇게
> 단풍으로 달아오른 몸을 포개고 있다
>
> 허리가 없고 배가 나온 초로의 남녀가
> 가을 나무 아래 팔짱을 끼고 간다
> 물든 마음을 서로 포개고 있을 것이다

공광규, 「가을 덕수궁」 전문

"허리가 없고 배가 나온 초로의 남녀가" '가을 나무'로 걸어가는 풍경은 역사 이전의 근원적인 풍경이며, 그것은 지금, 여기 우리의 법고로 살아있는 풍경임을 누구도 부인할 수 없을 것이다. 벚나무와 느티나무와 은행나무와 모과나무와 초로의 남녀가 전일체가 된 풍경은 지금은 낯선 풍경일 것이나, 그것은 우리의 근원이자 영원이라는 궁극의 세계이다. 이는 "나의 미천한 시력을 돌아보니 양생을 위한 시 쓰기였다…지금까지의 인생 역정에서 시를 배우고 시와 살아가면서 얻은 양생의 시학은 나의 81대 할아버지 공자의 언행을 기록한 『논어』에 고스란히 담겨 있다…인문주의 문학전통을 확립한 공자는 시를 한 마디로 말하면 '사무사(思無邪)'라고 하였다."는 그의 산문에서처럼 나무와 가을과 사람이 우주로 하나였던 시절에 시는 '정화된 마음'이 담긴 우주적 장르였다.

우주 시대의―과학으로 인한 우주시대가 아니라―시는 공자적 인문주의가 아니어도 우주를 닮아 저절로 사무사의 세계일 수밖에 없었다. 비록 지금 우주가 과학의 발 아래로 추락하고 있지만, 우주는 근원적이자 보편적으로 인문주의의 전범이었고, 그것의 효력은 지금도 변함없고 앞으로도 변함없을 것이며 미래 또한 양생하게 할 근원 세계인 것이다. 때문에 벚나무는 벚나무로, 느티나무는 느티나무로, 은행나무는 은행나무로, 초로의 남녀는 초로의 남녀로 각각이면서 각각이 아닌 전일체적 풍경으로 살아있게 한 공광규의 시적 시선은 "청계천 관광마차를 끄는 말이/광교 위에 똥 한 덩이를 퍽! 싸놓았다/인도에 박아놓은 화강암 틈으로/말똥이 퍼져 멀리멀리 뻗어가고 있다/자세히 보니 잘게 부순 풀잎 조각들/풀잎이 살아나 퇴계로 종로로 뻗어가고/무교동 인사동 대학로를 덮어간다/건물 풀잎이 고층으로 자라고/자동차 딱정벌레가 떼 지어 다닌다/전철 지렁이가 땅속을 헤집고 다니고/사람 애벌레가 먹이를 찾아 고물거린다."(「말똥 한 덩이」 전문)고 말똥과 청계천과 광교와 무교동과 인사동과 대학로와 전철과 지렁이들 또한 전일체로 엮고자 꿈꾸는 우주적이자 근원적 시선이다. 「말똥 한 덩이」의 전일체의 풍경은 「가을 덕수궁」의 '사무사'와 같은 '사무사'를 꿈꾸는 역설의 전일체적 풍경인 것이다. '법고'쪽에 치우친 관점일지라도 방법적으로는 현존적인 창신의 원리에서 자유로울 수 없음을 은유한 역설의 시선이 낳은 '말똥 한 덩이'의 풍경이다.

창신에 기울인 – 강희안

'하늘과 땅이 아무리 오래되었다고 하지만 끊임없이 새로운 것으로 존재하고, 해와 달이 아무리 오래되었다고 하지만 빛은 날마다 새로운 것'이라는 박지원의 '새로운 것'에는 여전히 하늘, 땅, 해, 달 등의 근원세계가 작용한다. 그의 새로움이란 대상의 새로움이 아니라 인간의 시간에 따른 인간적 새로움이듯이, 그의 법고는 창신과 다르지 않다고 할 수 있다. '새것을 만들어 내더라도 근거가 있다면 지금의 글이 옛날의 글과 마찬가지일 것'이라는 박지원의 지적이 이를 말하며, 또한 사회적 관점이 개인적 관점을 지배했던 박지원이 살았던 시절의 세상을 은유하는 관점이기도 하다. 개인의 세계관이란 당대 혹은 동시대성을 은유하는 것이기도 하는 까닭이다.

강희안의 시를 박지원의 관점으로 보면, 얼핏 '세상에는 허탄하고 괴벽한 소리를 늘어놓으면서 겁내지 않는 사람들이 나오고 있다. 이것은 임기응변의 조치를 막중한 법전보다 더 중히 여기고 유행하는 노래 곡조를 고전 음악과 같이 보는 격'이라고 해석될 수도 있겠으나, 강희안은 변화된 자기 시대에 충실한 방법적 창신에 따른 시의 집을 짓고 있다.

> 캠릿브지 대학의 연결구과에 따르면, 한 단어 안에서 글자가 어떤 순서로 배되열어 있는가 하것는은 중하요지 않고, 첫째번와 마지막 글자가 올바른 위치에 있것는이 중하요다고 한다. 나머지 글들자은 완전히 엉진창망의 순서로 되어 있지을라도 당신은 아무 문없제이 이것을 읽을 수 있다. 왜하냐면 인간의 두뇌는 모든 글자를 하나 하나 읽것는이 아니라 단어 하나를 전체로 인하식기 때이문다
>
> 너는 전후에 존재한다. 고로 나는 가운데토막이다
>
> 강희안, 「脫中心注意」 전문

위 시는 '탈중심주의'라는 제목답게 중심도 기준도 없다. 무엇보다도 글쓰기의 기본에 속하는 단어 사용에서 철자의 규칙적 배열이라는 기본조차 일탈함으로써 의미전달이라는 단어의 기본적 기능에서도 탈중심주의를 실현하고 있다. 강희안의 시는 의미의 시에서 무의미의 시로 일탈해온 한국 현대시사의 모더니즘 계보에서도 일탈하여 포스트모던적 탈의미의 시에 이름으로써 탈중심이라는 동시대적 현상을 방법적으로 은유한다. '창신'적 시 쓰기 중에서도 첨단에 속하는 강희안의 실험주의는 얼핏 실험을 위한 실험으로 보일 수 있으나, 실험 뒤에 내재된 의도는 인식의 새로움을 향한 의도로써 중심주의를 비판한다. 중심과 주변, 선진과 후진이라는 이분법으로 인해 둥근 우주라는 보편의 원리

를 소외시킨 근대의 틀에서 일탈하여 우주적이자 근원적인 존재원리를 회복하자는 비판적 의도이다.

「脫中心注意」와 달리 의미 체계가 살아있는 단어로 직조된 "나탈리 망세, 그녀는 다리를 벌리고 그 가랑이 사이에 첼로를 세워 품에 안고 연주했다. 알몸의 창녀가 무릎 꿇은 예수를 품에 안자, 당신의 손은 어디를 질척거렸던가. 고질적인 몸과 예수, 성경과 외설의 지퍼를 번갈아 더듬어 내리는 첼로는 권세였다. 보수적 낭설을 표방하는 클래식 성기였다. 그녀는 급기야 첼로의 나뭇결 속으로 걸어 들어갔다"(「나탈리 망세의 첼로」 일부)는 시에서도 강희안은 불경과 외설이라는 일탈의 언어로써 편협한 인식의 틀에 일격을 가하는 첨단적 창신의 시 쓰기를 지속한다. 그러나 '일탈적 창신'은 소재와 기법과 방법에 있을 뿐, 강희안이 의도한 세계는 둥근 우주처럼 중심과 주변의 구별이 부재하는 보편의 세계라는 점에서 '법고'와 무관하지 않다. 무의식적으로도 법고의 원리에서 자유로울 수 없는 것이 역사적이면서도 우주적인 존재로서 인간인 까닭이다.

이렇듯 일탈적 창신이 무기가 된 포스트모던의 시절에 공광규는 오히려 법고로써 새로운 시의 집을, 강희안은 동시대적인 첨단의 창신으로써 새로운 시의 집을 구축함으로써 시가 가야하는 새로운 시의 길을 그리고 우리가 지켜야 할 인문주의의 길을 환기시키고 있다.

제2부

순수의 참여

—김구용

자유와 절망

여기에서 다룰 구용의 시들은 시집 『시(詩)』(조광출판사, 1976)에 수록된 시 중에서 1953년 이전의 작품으로 53년 이전에 발표되었거나 미발표된 초기작품을 중심으로 한다. 시집에는 작품 말미에 창작년도가 게재되어 있는데, 창작년도와 발표년도가 같을 수도 다를 수도 있기 때문에 양자를 동일하게 본다. 이 시기는 시인으로서 구용의 출발을 알리는 시기이기도 하면서 한국현대사를 좌우한 일제강점기의 끝자락과 한국전쟁이 있던 시기라서 구용의 개인사적 의의와 함께 한국시문학사적 의의 또한 내포한다. 해방을 전후한 시기의 구용 시는 주로 '탈속의 순수를 지향하는 사색의 주체'로, 한국전쟁시기의 시는 전쟁이 야기한 절망적 현실에서 분열한 자아 내지는 자아 부정을 보여주고 있어서 구용의 초기 시세계는 해방과 분단이라는 한국현대사의 이율배반적인 면모처럼 이율배반적이다.

43년 이전 작품을 포함해서 한국전쟁이 끝난 시점인 53년도까지의 구용의 초기 작품세계는 순수의 참여가 지배한다. 구용이 지속적으로 추구하는 정신은 절대적인 진리와 순수의 정신인데, 해방을 전후한 시기에는 순수의 정신이 탈속의 세계로 구현되나 한국전쟁시기에는 참여의 태도로 나타난다. 그러나 순수를 꿈꾸는 사색의 주체가 전쟁시기에는 분열한 자아, 곧 탈주체화함으로써 이때 구용 시는 순수의 분열로 참여하게 된다. 절망적인 현실이 순수를 분열에 이르게 한 까닭이다. 그러면서도 의식과 분열의 경계에서 순수를 꿈꾸는 사색의 자화상도 견지한다.

이와 같은 구용 시의 특징적인 언술방식은 독백과 역설에 있다. 시가 근원적으로 시인의 독백이라는 점에 따를 때 독백을 구용 시의 특징이라고 일컫는 것은 오히려 비특징적임을 지시하는 일일 것이다. 그럼에도 구용 시의 특징이 독백인 것은 시선이 외부가 아니라 내면을 향하고 있는 데 있다. 대부분의 구용 시는 청자를 향한 말하기의 시이거나 이미지즘에 의한 보여주기의 시가 아닌 것이다. 특히 그의 독백체는 한문의 관념어가 포함되어 있어서 언어의 결이 낯선 것이 또 다른 특징이다. 이는 내면을 향한 독백체와 함께 '잘 읽히지 않는 시'라는 구용 시에 대한 중론의 이유에 해당한다. 외부로 향한 시선이 아니라 자아의 내면세계로 깊게 침투한 시선은 한문투와 관념적 언어의 결이 지닌 낯섦과 함께 소통차단의 효과를 만들고 있다. 이와 같은 경향은 해방 전후의 시에서 주도적이며 산문시에서 두드러진다.

그러는 중에도 「회고」(1936년)를 비롯해서 43년 이전까지의 작품들은 대부분 행과 연 구별을 뚜렷이 짓고 있으며, 외부의 사물에 포착된 이미지를 구현하고 있어서 이때의 시어는 관념을 벗고 구체화한다. 해방 전후의 시는 이미지즘 시와 내면세계에 대한 독백의 시가 특징적이며 소통차단이 아니라 소통의 세계를 추구하는데, 그것은 탈속을 향한 보편적 세계가 주도한다.

순수와 사색의 주체

노오란 밀초에다 불을 다려 켜논 뒤에
푸른 향 올리옵고 정화수를 바치오니
빛 안에 넘나논은 色, 香煙 솔솔 굽이쳐

살며시 치맛바락 외씨같은 버선 덮어
엎디어 두 손 몰 때, 가슴 안에 서리는 빛
빛 안에 곱게 켜진 빛, 빛과 빛이 맺히니

김구용, 「빛」 전문

한국문학사는 일제강점기가 끝나갈 무렵 문학하기의 어려움을 빗대어 암흑기라고 하듯이 구용도 이 시기에 고전을 비롯한 탈속으로 시의 방향을 설정한다. 위 시도 3행의 정형률을 비롯하여 음보도 시조의 4음보를 닮아있는데, 외형만 그러한 것이 아니라 시세계도 탈속의 정신에 닿아있다. 또한 '노오란 밀초'와 '푸른 향'의 대비된 배색의 배열과 이를 3행에 와서 '빛 안에 넘나노은 색, 향연 솔솔 굽이쳐'라고 의태어에 비유한 점, 또한 '불을 다려 켜논'이라고 기체를 물체에 비유한 수사적 장치들이 순수를 향한 주체의 사색을 돋우고 있다.

"살며시 치맛자락 외씨같은 버선 덮어/엎디어 두 손 몰 때, 가슴 안에 서리는 빛"의 순간에는 기도하는 여인과 촛불이 합일하고, 여인도 그 여인을 바라보는 주체도 모두 빛이 되어 절대적인 순수의 세계로 탈속한다. 이처럼 외부의 대상을 이미지즘화한 내밀성이 구용 시의 출발이었다면, 이는 해방이후 산문시에 나타난 사색의 독백과 다르면서도 같다. 대상을 이미지즘화한 것이냐 아니냐의 차이이다. 시적 대상이 외부에 있느냐 아니냐의 차이일 뿐 사색의 독백이라는 점에서는 같은 것이다.

> 투명한 思索의 날개, 이다지 숨 가쁜 밤, 못(池)은 고요하다. 창을 열면 두 별(星) 이상의 별이 視覺에서 연결하는 착잡한 角度와 線들의 그 接脈點을 집어낼 수는 없으나, 분명한 현실로서 저마다 빛나는 자유의 통솔에 놀라지 않을 수 없었다.
>
> 어느 곳에다 싸늘한 콤파스의 송곳을 박아, 한 圓 속에 쩔은 호흡과 바쁜 구두소리로 限界 없는 도가니 속 瞑想을 祭祀할까.
>
> 옛 瓶에 친구가 꽂아 주고 가버린 꽃봉오리 끝에 불이 켜진 밤, 空然한 초조일까 아스스 粉을 흩날리며 날아온 나비와 더불어 의논하는 것은, 이르지 못한 季節을 기다리기 위해서가 아니다.
>
> 김구용, 「思索의 날개」 전문

「빛」이 온전한 탈속의 세계를 묘사한 것이라면, 위 시는 탈속의 대상을 통해 자유를 향한 주체의 사색을 담고 있다. 그러나 그 자유는 단지 세속적 존재로서의 한계를 벗어나고자 한 자유가 아니라 해방공간의 혼란상과 무관하지 않은 자유이다. 그것은 특히 '저마다 빛나는 별의 자유의 통솔'을 '분명한 현실'이라고 하는 데서 두드러진다. 단지 밤하늘에서 밝고 자유롭게 빛나는 별의 자유를 노래한 것이 아닌 것이 "분명한 현실로서 저마다 빛나는 자유의 통솔에 놀라지 않을 수 없다"는 언술에 있다. '자유의 통솔'을 '통솔의 자유'로 보면, 해방은 되어서 자유는 있으나 통솔해야 할 국가의 체제가 잡히지 않은 현실에 대한 은유적 비판이다. 곧 좌우로 대립한 정치 현실에 대한 비유적 비판이다. 특히 '싸늘한 콤파스의 송곳', '바쁜 구두소리로 한계 없는 도가니 속 명상의 제사', '나비와 더불어 의논하는 것' 등이 현실에 대한 불만과 비판과 자괴감을 은유한다.

이때부터 구용 시는 한문투가 혼합되고 산문화되면서 추상적 언어와 사물이 결합하고, 일상적 세계와 이미지즘의 세계는 벗어나는데, 이와 같은 시어는 구용 시를 낯설게 하며 소통을 차단하는 효과를 발현한다. 그러면서도 사물에 대한 시인의 섬세한 관찰력을 반영하는데, "창을 열면 두 별(星) 이상의 별이 視覺에서 연결하는 착잡한 角度와 線들의 그 接脈點을 집어낼 수는 없으나" 등에서처럼 세밀한 묘사에 사색의 세계가 결합하여 다변적 산문시를 추상화시킨다. 시어의 추상화와 관념적 언어가 주체의 사색의 태도를 은유한다.

열매들 고운 살이 흐물어질 때 달빛 푸른 산 가슴에 스며, 골짜기마다 조개처럼 흩어진 희끄무레한 뼈다귀도 굶주린 짐승들의 검붉은 주둥이도 꿈이 殘照로운데, 소슬한 빗발 흐느끼면 썩은 씨 움트는 기약 어둡기도 하더니, 십오야 밝은 빛 올올이 받아 사모칠 듯 향기로운 샘 곁에, 외로운 국화야 다시 꽃 폈건만, 숲 사이 아롱지는 바람도 없고, 짙은 밤 온 산은 잠이 깊고녀.

김구용, 「山中夜」 전문

‘산중야’도 한문투라서 이와 같은 시어는 한문이 생활어인 구용의 일상을 엿보게 한다. 물론 ‘산중야’가 한문투라고 해도 「산중야」의 언술방식이 모두 그러하지는 않다. 우선 ‘달빛 푸른 산’이 그러하고, “숲 사이 아롱지는 바람도 없고, 짙은 밤 온 산은 잠이 깊고녀”가 그러하다. 물론 “굶주린 짐승들의 검붉은 주둥이도 꿈이 殘照로운데”의 ‘잔조로운 꿈’이라는 어휘는 생경하며, ‘십오야 밝은 빛’의 십오야가 산중야와 다르지 않은 한문투로 시의 낯섦에 기여한다. 그러면서도 전체적인 사물의 언어와 어울린 ‘십오야, 잔조로운, 산중야’ 등의 한문투는 생경한 낯섦보다는 오히려 산속의 풍경과 결합하여 시의 새로움에 기여한다.

시는 보름달빛 밝은 가을의 산중에서 만물은 잠이 깊건만 시인만 홀로 깨어 국화향기를 맡고 있는 순수를 노래한다. “소슬한 빗발 흐느끼면 썩은 씨 움트는 기약 어둡기도 하더니”, “십오야 밝은 빛 올올이 받아 사모칠 듯 향기로운 샘 곁에, 외로운 국화야 다시 꽃 폈다”는 것은 가을밤의 산중에서 주체가 사색하는 시간의 흐름에 따른 변모상이다. ‘어둡기도 하던 기약이 어느 새 다가와 있다’고 무상한 시간을 사색하게 하는 가을밤이며 무상한 시간 끝에서 탈속의 주체 또한 홀로임을 확인하게 하는 산 중의 가을밤이다. 산속이라는 탈속의 세계에서, 그것도 ‘짙은 밤 온 산은 잠이 깊은’ 순수의 세계에서 ‘소슬한 빗발’을 ‘흐느끼는 빗발’로, ‘십오야 밝은 빛’을 ‘사모칠 듯 향기로운 샘’으로 느끼는 것은 가을밤이 야기한 정취 때문인 까닭이다.

참여와 분열한 자아

나는 죽었다. 또 하나의 나는 나를 弔喪하고 있었다. 눈물은 흘러, 호
롱불이 일곱 빛 무지개를 세웠다. 그 다리 위로 珊瑚뿔 흰 사슴이 와서,
쓰러진 내 가슴에 날개를 펴며 구 구 구 울었다. 나는 저만한 距離에서,
또 하나의 이러한 나를 보고 있었다.

김구용, 「希望」 전문

위 시는 희망 없는 상황을 희망이라고 역설화하여, 출구 없는 전시
에서 분열한 자아를 은유하고 있다. '나는 죽었고, 그 죽은 나를 또 하
나의 내가 弔喪하고 있었다'나 '저만한 거리에서 또 하나의 나를 보고
있었다' 등에서 자아는 살아있는 나와 죽어있는 나, 과거의 분열한 나
와 과거를 조망하며 회상하는 현재의 나로 다중적으로 분열한다. 현재
의 자아는 죽음 같은 현실에서도 희망을 꿈꿨던 과거를 회상하는 자아
이다. 희망은 현재의 자아가 꿈꾸는 미래의 희망으로도 과거의 자아가
꿈꿨던 현재에의 희망으로도 읽힌다. 그러면서도 죽음 같이 희망 없는
상황의 희망은 역설적 희망이며 희망 없는 현실에서 순수는 순수를 지
탱할 수 없으므로, 분열한 자아로써 참여한다.

무수한 主義에 의하여 한 實體가 여러 가지 色彩로 나타났다. 제각기
有利한 直感의
　重疊과 交替된 焦點들로부터 일제히 해결은 火炎으로 화하였다. 이러
한 세력들은, 圭角
　은 分裂로 구렁으로 모든 것을 싸느랗게 崩壞시켰다.
　거리마다 鐵彈이 어지러히 날아, 음향에 휩쓸린 방 속 나의 넋은 파
랗게 질려 압축되

었다. 한 벌 襤褸의 世界地圖에 옴츠린 내 그림자마저 무서웠다.

生·死의 兩極에서 발가벗은 本能은 思考와 歷史性이 없었고, 祖上이 未知 앞에 꿇어

엎드렸던 바로 그 姿勢였다.

그러나 지식과 과학이 인간을 부정함에, 만질 수 없는 容貌, 보이지 않는 救護를 힘

없는 입술로 불렀다.

역시 神은 한 가지도 아쉰 것이 없으니까, 누구나 상상할 수 있는 限의 행복·尊嚴·

美·全能으로 슬픈 바탕에 나타날 수 있다. 그러나 빛나는 목숨의 太陽을 버리고 절대

는 있을 수 없었다. 아니라면 오늘날의 난리는 神의 뜻으로 이루어진 傑作일 것이다.

피투성이의 현실을 外面하고 眞理의 길은 없었다.

김구용, 「脫出」 일부

50년대 모더니즘 시의 한 특징이 장시에 있듯 구용의 50년대 시도 「탈출」을 비롯하여 산문에 의한 장시가 많다. 또 다른 50년대 모더니즘 시의 특징이 신의 죽음이듯 전쟁은 시인들에게 신의 죽음을 체험하게 한 폭력의 현장이었으며 전쟁에 대한 분노는 신을 향한 원망과 분노로 표출되었다. 신을 향한 분노의 표출과 신의 존재성에 대한 회의를 원망과 탄식어린 태도로 직접적으로 드러낸 말하기가 장시를 탄생시킨 것이다. 그러나 「탈출」에서는 직접적 드러내기가 아니라, "신은 한 가지도 아쉰 것이 없으니까", 혹은 "오늘날의 난리는 신의 뜻으로 이루어진 걸작일 것"이라는 등의 역설 속에 분열한 자아의 자학과 자조를 표출한다. 신은 폭력으로 존재하므로, 주체 또한 분열한 자아일 수밖에 없

다는 자조적 참여이다.

전쟁이 야기한 폭력과 절망적 상황에 대한 시어는 추상적 언어와 구체적 대상이 은유로 결합한 것이 특징적이다. "한 실체가 여러 가지 색채로 나타났다"라고 실체의 구체화를 위해 색채로 대신한 것 등이다. 물론 "유리한 직감의 중첩과 교체된 초점들"이라는 한문투의 언술방식은 낯설게 하기와 소통단절에 기여하며, "해결은 화염으로 화하였다"의 역설어법도 낯설게 하기와 동시에 소통단절을 강화한다.

이렇듯 "파랗게 질려 압축된 나의 넋"과 "한 벌 남루의 세계지도에 옴츠린 내 그림자마저 무서웠다."처럼 자학과 자조와 역설은 분열한 자아에 의한 방법적 참여이다. 그것은 "생·사의 양극에서 발가벗은 본능은 사고와 역사성이 없었고, 조상이 미지 앞에 꿇어/엎드렸던 바로 그 자세였다."로 은유된 전쟁 때문이다. 구용이 시를 통해 찾고자 한 길이 진리의 길이나, "피투성이의 현실을 외면하고 진리의 길은 없었다."처럼 진리의 길이자 시의 길은 피투성이의 현실에서는 갈 수 없는, 곧 탈출조차 도모할 수 없는 현실에 대한 역설로써 탈출구 없는 피투성이의 현실을 은유하며 순수를 해체한다.

너는 사람 탈을 쓴 굶주린 짐승
옛 壁畵에 서성거리는 나의 그림자

이 밤 가냘픈 등불인 양 빗발에 떨며
오롯이 돌아가는 時針에 몰리노니

아아 病든 꽃술 무거이 벌어져
섬벅 아롱질 듯 氷柱같은 이빠디여

오오 비린내를 풍기는 모진 咆哮들

물결 위로 솟는 해를 더듬으며
수많은 屍體에서 일어서는

오늘도 나는 사람 탈을 쓴 굶주린 짐승
잎으로 알몸의 피를 씻으며
낡은 壁畵에 꿈을 담는 사나이

김구용, 「半獸身」 전문

‘반수신’, 곧 ‘사람 탈을 쓴 굶주린 짐승’은 해체된 주체이자 분열한 자아의 은유이다. 또한 자아는 ‘옛 벽화에 서성거리는 그림자’로도 분열한다. 자학은 주체로서의 ‘사색의 날개’를 펼 수 없고 탈출구 없는 상황에서 비롯되며 이때 자아는 분열하고 의식은 역설적으로 해체된다. ‘수많은 시체’와 함께하는 전쟁의 현장에서 살아있는 자로서의 자괴감을 ‘반수신’으로 은유하며 분열한 자아로 참여하는 것이다.

「희망」과 「탈출」이라는 제목이 희망과 탈출을 꿈꾸는 역설의 언어라면, 「반수신」은 자학의식을 보다 직접적으로 표출하면서 분열한 자아를 은유한다. 분열한 자아에 대한 은유는 마지막 연인 “오늘도 나는 사람 탈을 쓴 굶주린 짐승/잎으로 알몸의 피를 씻으며/낡은 壁畵에 꿈을 담는 사나이”에서 극명해진다. 특히 ‘사람 탈을 쓴 굶주린 짐승’으로 표출한 자학의식이 ‘잎과 알몸의 피’, ‘낡은 벽화와 꿈을 담는 사나이’에 이르러 「희망」과 「탈출」에는 부재한 희망의식과 탈출의식으로 바뀌면서 또 다른 역설을 동반한다. 역설은 절망에 대한 대응이자 자아

분열의 은유이며 분열적 참여이다.

의식과 분열의 경계에서

다음의 시도 52년 작(作)이지만 전쟁이 야기한 피투성이 현실에서 닫아버렸던 사색으로의 탈출을 시도하고 있어서 환기력이 돋보인다. 의식과 분열의 경계에 있는 자아는 자유와 순수와 탈속의 절대세계를 꿈꾸면서 유리창과 일체가 된다. 유리창은 의식과 분열의 경계에 있는 자아를 의식의 주체 쪽으로 유인하는 매개체이다.

나는 이 유리창이라고 생각한다. 이처럼 季節마다 가지가지로 변하는 壁畵는 없을 것이다. 전등을 죽여도 창에 해와 달과 별이 끓어올라 심심하지 않다. 날씨를 살피며 기다리던 사람이 오후의 길을 오는 것이 보이는, 나는 이 유리창이라고 생각한다. 왜 이런 생각을 하느뇨. 암만하여도 나는 그 순수한 투명이 좋은가 보다. 아지랑이를 따라 꽃에서 꽃으로 날으는 나비의 기쁨도, 책상너머 바깥에서 오래동안 더위를 씻어주던 綠陰이 낙엽지는 고요도, 잘 익은 果實나무 아래서 생각하던 사람이 부르는 목소리도, 다 그대로 전하여 주는 나는 이 유리창이라고 생각한다. 나는 어두움을 차별하지 않기에 한 쌍의 제비가 단꿈 꾸는 그믐밤도 미워하지 않는다. 이 유리창과 나를 分離할 수는 없다. 눈보라 칠때 유리는 추위가 방안을 침범 못하도록 막아주건만, 방안의 나는 젊은 소경이 피리를 삐이삐이 불며 지나가는 것을 무심히 듣는 나를 슬퍼한다. 그러나 이 유리창이 맑음을 잃고, 추위에 복잡한 꽃무늬로 凍結하는 것이, 내 아름다운 슬픔의 形象임을 보기도 한다.

김구용, 「나는 유리창을 나라고 생각한다」 전문

위 시에서 유리창이 주요한 모티프로 작용하는 것은 '유리창이 나'

이기 때문에 그러하며, 유리창은 '계절마다 가지가지 벽화'로 변하기 때문에 그러하고, '해와 달과 별'이 끓어오르기 때문에 그러하다. 유리창이 있어서 '나'는 '기쁨도 고요도 미움도 슬픔도' 느낄 수 있으므로, '나는 유리창'이 될 수 있는 것이다. 더욱이 유리창은 낯설게 하기도 차단도 아니라 소통이고 전달이며 순수한 투명이기 때문에 구용 시세계를 새롭게 환기하는 모티프로 작용한다.

그러나 차단이 아니라 소통인 유리창은 차단으로도 작용하여 분열 쪽에 기우는 자아를 의식에서 멈추도록 차단한다. '추위가 방안을 침범 못하도록 막아주는' 유리창은 차단이다. 그러나 그 차단은 소통을 동반한 차단으로 자학과 자조와 역설에 의한 자아 분열과 자아 부정을 의식의 주체로 정지시키며 자아분열을 저지한다. 때문에 희망도 유리창에 있고, 탈출도 유리창으로 가능하다. 그래서 '나'는 유리창과 일체가 되어야만 하고 유리창과 일체가 된다. 이때에 자아는 사색의 주체로 회복하고 근원의 순수도 회복된다. 의식과 분열의 경계에서 자아는 사색의 주체로 기우는 것이다.

사물놀이 혹은 길놀이

—오규원

이율배반적 의식의 놀이

오규원의 시집 『길, 골목, 호텔 그리고 강물소리』(1995)의 날개 글은 "시인은 집요하게 풍경을 재단한다. 시인의 눈은 고감도의 정밀한 렌즈와 같아서 나타남이 곧 사라짐일 수밖에 없는 한 풍경을 영원한 풍경으로 찍어낸다. 그것은 시인의 끈질긴 욕망의 소산으로, 세상은 이제 시를 통해 순수한 '있음' 그 자체가 된다. 그 '있음'은 삶도 죽음도 더 이상 지워버릴 수 없는 강력한 메시지다."라고 하고, 황현산은 "풍경에 대한 소묘가 언어에 대한 성찰을 겸하는 것은 물론 당연하지만, 시인에게서 가장 초극하기 어려운 대상으로서의 언어에 대한 초극의 노력이 자기 초극의 그것과 평행하는 것도 당연하다. 언어에 있어서도, 거기에 기대는 의식에 있어서도 초극은 매순간의 일이다. 확실한 사실이지만, 오규원에게서 초극의 공간은 결코 유현하게 파악되지도 표현되지도 않는다."라고 해설한다.

'삶도 죽음도 지워버릴 수 없는 강력한 메시지로서 순수한 있음'과 '유현하게 파악되지도 표현되지도 않는 초극의 공간'이라는 양자의 지적은 다르게 보이면서도 유사하다. '파악되지 않는 초극의 공간'과 '강력한 메시지로서 순수한 있음'은 공통적으로 시적 대상 혹은 세상과 타자의 관계에 있는 시인의 시선에서 기인한다. 그것은 시적 태도이면서 시인의 실제 삶과 일치한 것으로도 보인다. 이와 같은 '순수한 있음'으로서 '풍경 혹은 삶에 대한 소묘'인 오규원 시는 '방법으로서의 사물놀이'이자 '타자로서의 길 놀이'로 모아진다. 시인은 탈속하지 않았으나 탈속과 다르지 않은 일상을 영위했으며, 그렇다고 탈속적 사물과의 동일화를 추구하지도 않은 채 삶에서도 타자의 위치에 있었다. '타자로서의 사물놀이이자 길 놀이'가 '방법으로서의 사물놀이이자 길 놀이'에 속하는 오규원 시의 초극은 직접적으로 다가오지 않으며 사물은 '순수하게' 존재한다. 시적 주체가 사물놀이에 직접 개입하지 않은 '순수한 있음'이며, '방법으로서 있음'이고 '타자로서의 있음'이다. 놀이의 주체인 놀이꾼은 사라지고 사물만이 놀고 있는 놀이터가 『길, 골목, 호텔 그리고 강물소리』의 풍경이다. 『길, 골목, 호텔 그리고 강물소리』는 사물의 놀이터이자 사물과 다르지 않은 오규원의 길 놀이인 셈이다.

"놀이터 안은 절대적이고 고유한 질서가 지배한다. 놀이는 질서를 창조하며 질서 그 자체이다. 놀이는 불완전한 세계 속으로, 혼돈된 삶속으로 일시적이고 제한된 완벽성을 가져다 준다. 놀이는 절대적이며 최고인 질서를 요구한다. 놀이는 아름다워지려는 경향이 있다. 이러한 미적 요소는 질서 잡힌 형식을 창조하고자 하는 충동과 어쩌면 동일한 것인데, 그 질서 잡힌 형식이야말로 놀이에게 생명력을 불어넣어 준다. 놀이는 사물을 결합하고 해체한다.”고 하는 호이징하는 “고도로 조직된 형태의 사회에서는 종교, 과학, 법률, 전쟁, 정치 등이 문화의 초기단계에서는 그렇게도 분명했던 놀이와의 연관성을 서서히 잃어버리는반면, 시인의 기능만은 여전히 그 기능이 태어난 곳인 놀이 영역 속에굳건히 남아 있다.”고 『호모 루덴스』에서 지적하고 있다. 그는 “시에서‘사물’은 ‘일상 생활’에서 갖는 외관과는 매우 다른 외관을 갖는다”는것이다.

그러나 놀이꾼이 사라진 오규원 시의 ‘방법으로서의 사물놀이’이자‘타자로서의 길 놀이’는 ‘시간과 시간 사이에서의’ ‘초극도 그리고 동화도 할 수 없는 자의 방황’과 ‘그에 따른 비극적 의식’을 동반하고 있어서, ‘시의 원시적 놀이성’을 굳건히 지키기보다는 근대인의 이율배반적 의식의 놀이에 기울어 있다. 주체로서 누리는 즐거운 놀이나 성스러운 놀이가 아닌 타자로서의 놀이에 잉태된 비극적 의식이 고도로 조직된 근대 사회에 속한 시인의 어두운 심층에 가깝다. 어느 쪽에도 속하지 못한 시인이 타자의 위치에서 시적 자아조차 타자화시킨 까닭이다. 오규원의 타자의 길이 보다 더 이율배반적 비극적으로 다가오는 까닭은 더 이상 그가 이 세상에 시를 내놓을 수 없는 현 상황에 기인하는것에도 있다. 죽음이라는 삶의 타자이자 시간의 타자에 이르기 전에도오규원의 삶은 타자의 삶이었으므로, 길과 골목과 호텔과 강물과 우주를 누비는 길 놀이는 오규원의 일상이자 억눌린 욕망의 길을 은유한다. 욕망을 은닉한 채 여러 갈래로 갈래진 오규원 시의 길은 집으로 이어진 길과 마을로 이어진 길, 거리의 길, 강물의 길, 우주의 길 등으로 지상과 천상을 왕래하는 길이자 이율배반적 의식의 놀이터인 셈이다.

지상에서

높은 곳으로 올라간 길은 흔히
작은 집을 만난다 그 집은
나뭇가지 끝에서도 발견된다
그 집은 수액을 받기까지는 오랜
시간이 걸린다 그런 집에 눌려
부러지거나 꺾인 가지도 있다

골목은 꺾어지기를 즐긴다
꺾인 길이 탄력을 즐긴다
그곳을 지나가는 사람도 흔히
발끝이 들린다 집을
좋아하는 길은 자주 막힌다

창을 뚫어놓은 집은
모두 나무를 키운다 자란
나무들은 잎을 들고
집의 창 곁에 서고
하늘 앞에 선다 방에서
자주 서성거리는 사람들의
발자국 소리와 그 소리를
따라다니는 땅 밑의
뿌리를 직접 본 사람은 없다

골목에는 알몸의 아이들이 논다
집 안 침대에서는

어른들이 논다 알몸의 놀이터에서
그림자도 옷을 벗는다 몸이
가벼워진 알몸의 길이 함부로 집을
들었다가 놓을 때도 있다

층계에는 구두 한 켤레가 흔히
버려져 있다 옆으로 뻗은
층계의 길이 간혹 저지르는
납치의 흔적이다 그 길은
항상 좌우가 끊어져 있다

하늘에는 집이 없다
너무 멀리 간 길은
무덤 없는 하늘에 묻힌다

오규원, 「집과 길」 전문

　가장 상투적인 모티프인 길이 오규원의 시에서 상투적이지 않은 여러 갈래의 '길'로 새롭게 탄생한다. 그중에서도 길이 가장 상투적일 때는 인생을 은유할 때가 될 것이나 오규원의 시는 이와 같은 상투성을 철회한다. 먼저 "높은 곳으로 올라간 길은 흔히 작은 집을 만난다"가 길의 상투성을 벗고 길을 날 이미지로 은유한다. '높은 곳으로 올라간 <나>는 흔히 작은 집을 만난다'로 새롭게 읽힌다. '높은 곳'의 '작은 집'은 '높은 곳의 나의 집'으로 읽히며, "골목은 꺾어지기를 즐긴다"를 '나는 꺾어진 골목길 걷기를 즐긴다'로 혹은 '나는 꺾어진 골목길을 걸어서 높은 곳의 나의 작은 집으로 즐겁게 돌아간다'로 읽을 수 있다. 그 '골목'에는 '알몸의 아이들'이 놀고, 남루할 것 같은 '골목의 층계'

에는 '버려진 구두 한 켤레'가 있어서 인간과 집과 골목길이 어우러진 생활 속에서 타자가 된 '나의 길'이 구별된다.

　이처럼 인생을 은유하는 상투적인 길도 오규원의 '길 놀이' 속에서는 미학적 길로 새로워지며 사물들은 날 이미지로 새롭게 결합하고 생명력을 부여받는다. 일상 생활의 '골목길과 작은 집과 구두와 나'는 사물놀이 속에서 질서 잡힌 형식으로 새로워진다. 지상의 길 놀이는 천상에 길을 만들기도 하나 "하늘에는 집이 없다"고, 곧 '나는 아직 하늘에 이르지 않았다' 하여, '지상의 나'로 돌아온다. '나는 아직 하늘에' 이르지 않았으나, "너무 멀리 간 길", 곧 '너무 멀리 간 나의 시선'은 "무덤 없는 하늘에 묻혀서" 일상을 초월하는 '순간의 초극'에 이르는 듯도 싶다. 이때 초극에 이르기 위해 중요한 포즈는 '지상에서 너무 멀리 간 길 혹은 나의 시선'에 있다. 단지 길이 아니라 너무 멀리 간 길에서 이루어진 순간의 초극이란 '파악되지도 표현되지도' 않는 초극이 '표현된 초극'일 수 있으나, 또한 초극하고 싶지 않은 이율배반적 의식의 포즈일 수도 있다. '무덤 없는 하늘에 묻혀서 초극하기'보다는 아직은 지상의 길 위에서 서성거리고 싶은 타자의 무의식적 욕망이거나, 아직은 지상의 집에 속하고자 하는 의식일 것이다. 길 놀이 속에서 지상의 사물은 질서 잡힌 형식으로 결합되나 우주 앞에서 지상의 사물의 질서는 해체되면서 순간의 초극을 이루고 날 이미지로 살아난다.

> 마을에서 외딴 강변의 그 흰 슬라브집은
> 떡쑥의 무리가 창궐하는 서쪽 땅에 있습니다
> 서쪽으로 가는 길은 어느 곳에서나
> 아무도 아무것도 방해하지 않습니다

여기서도 그 흰 슬라브집의 녹슨 대문까지는
직선으로 망초가 달리다 턱 멈춘 길입니다
앞뜰은 온통 서쪽 하늘이 꽉차서 작은
쇠박새나 굴뚝새 외는 들어설 곳이 없습니다
집은 그 하늘에 반쯤 잠겨 떠 있고
반투명의 한 중년 사내가 맨발로 삽니다
그가 앉은 거실의 책상 위에는 쥐라기의
공룡들이 오늘도 다른 초원으로 이동하고 있습니다
거대한 공룡도 무리 속에 있어야 자기로부터
해방됩니다 되기 위하여 모래 구름을 일으키며
하늘의 앞뜰에 파놓은 계곡 같은 발자국들
맨발로 그 발자국 속으로 달려가버린 그의
책상 한구석에는, 실종의 지문 같은, 흐린
초록 스탠드와
빨간 전화기

오규원, 「초록 스탠드와 빨간 전화기」 전문

"마을에서 외딴 강변의 그 흰 슬라브집"을 찾아가는 나그네의 앞을 "아무도 아무것도 방해하지 않는다"는 것은 높은 곳에 위치한 작은 집을 찾아가는 타자의 사물놀이 혹은 길 놀이와 같다. 그런데 이때의 길은 의식의 길 놀이에서 비롯된 시적 길만이 아니라는 사실을 또한 각인해야 할 일이다. 일상 생활에서 길어 올린 시적 길 놀이, 곧 '아무도 아무것도 방해하지 않는 길'을 지나 '흰 슬라브집'을 찾아가는 시적 길 놀이는 시인의 일상 생활과 일치한 타자로서의 일상 생활에서 발현된 테제이다. "반투명의 한 중년 사내가 맨발로 사는" 그 흰 슬라브집이 '하늘에 반쯤 잠겨 떠 있듯이' 일상의 시인도 시적 자아도 반쯤은 하늘에 잠기고, 반쯤은 지상에 떠 있는 타자라는 사실이다. "거대한 공룡도 무리 속에 있어야 자기로부터 해방되는데", 무리 속에 섞이지 못하고 '반투명체'로서 반투명체의 '흰 슬라브집'을 지키는 자아는 세속에서 타자가 된 시인의 자화상을 날 이미지로 반추한다.

시인과 무리를 이루는 것들은 쇠박새나 굴뚝새를 비롯한 공룡의 발자국이요, 모래 구름이며, 집이 반쯤 잠겨 있는 하늘이다. 보다 가까이에는 초록 스탠드와 빨간 전화기가 있는 책상이 있다. 이러한 것들과 무리를 이루는 시인의 '흰 슬라브집'은 '망초가 달리다 턱 멈춘 길' 앞이거나 길 뒤에 있고, 시인도 시적 자아도 '흰 슬라브집'처럼 '망초가 달리다 턱 멈춘 길' 앞이거나 길 뒤에 있다. 일상에서 길어 올린 길 놀이는 타자가 된 시인의 의식의 길 놀이이며 거기에는 어느 시간에도 소속되지 못한 타자로서의 비극이 함께한다. 또한 '반투명체의 집'에서 탈출하여 사람들의 마을에 이르고자 하는 무의식적 욕망이 은폐되어 있다. "무릉에서는 마을로 가려면 흐르는/강을 등에 져야 합니다 함부로/길을 떠나지 않는 집들이 있는 마을은/몸이 들어가는 길이라서/몸에 붙어 있는 두 다리로/걸어서 가야 합니다 등줄기를 치는/물소리를 뒤에 두고 가다보면/담장에 자주 막혀 길이 혼자/허옇게 골목을 돌아 산으로/가기도 합니다 마을로 가려면/이 길을 둘둘 되말아 가야 합니다/경운기로는 길이 잘 찢어져서/싣고 가기 힘이 듭니다/길은 그러나 때로 가벼워서 들고/가도 그다지 무겁지는 않습니다/무릉에서는 마을로 가려면/길이 하나인 산을 지나/길이 많은 들로 가야 합니다"(「마을을 향하여」 전문)라고, '길이 하나인 산'을 벗어나 '길이 많은 들'로 가고자 하는 이루지 못한 욕망을 새롭게 반추한다.

시간과 시간 사이를
　　쇠비름이 파고든다
　　시간과 시간에 밀려
　　잎과 잎의 얼굴이
　　달라진다
시간과 시간 사이의
　　쇠뜨기가
　　살갈퀴가
　　엉겅퀴가
　　지상에 몸을 둔다
　　먼저 몸을 둔 것들은
　　이미 자기를 닮는다
시간과 시간 사이의
　　씀바귀가
　　뽀리냉이가
　　떡쑥이
　　엉뚱한 곳에서
　　인간의
　　길을 좁힌다
　　바람은 땅이 아닌
　　하늘에서
　　구름을 몬다
시간과 시간 사이를
　　한 시인이 지나간다
　　시간의 아니 장소의
　　흙냄새가
　　신발 밑에 붙는다

오규원, 「잡풀과 함께」—황동규에게, 전문

　상투적인 인생 길 중에서도 가장 상투적으로 비유되는 길은 시간의 길이며, 그 길은 엄밀히 말해 시간과 시간 사이에 놓인 지상의 길이다. 그러므로 "시간과 시간에 밀려 잎과 잎의 얼굴이 달라지는 것"처럼 "시간과 시간 사이를 한 시인이 타자로서 지나가고", 삶이 지나간다. 삶이란 시간과 시간 사이를 지나가는 행위에 다름 아니듯이 인간이 지나가는 삶은 유한하고 시간은 인간의 삶을 초월하여 영원하다. 영원할 수 없는 세속의 인간이나, 그 세속에서도 타자인 시인은 삶을 단독자로서 서성거리며 잡풀과 함께 서성거린다. 세속의 타자는 세속의 초극에 몰입하기보다는 아직은 잡풀과 함께한 지상의 길을 지나가고, 이때 잡풀도 나그네도 날 이미지로 새로워진다.

　물론 잡풀과 함께한 시간은 세속 시간에서의 초극일 수도 있고, 세속의 길이 좁아진 시간일 수도 있다. 잡풀과 함께한 시간은 탈속과 다르지 않은 시간이므로 그러하다. 그러므로 시인은 세속의 '시간'을 부인하고 탈속의 '장소'를 옹호한다. '시간의 흙냄새'가 아니라 '장소의 흙냄새'가 신발과 함께하면서 '나'와 함께한다는 초극의 포즈이다. 사물과의 동일화를 추구한 것이 아니라 사물과 타자임을 견지하던 시인도 이때는 지상의 사물과 순간적으로 동화된다. 집과 마을과 길을 배회하던 나그네는 신발의 흙과 함께 탈속적인 사물에게 붙잡히고 '시간의 흙냄새'가 아니라 '장소의 흙냄새'는 상투적인 시간의 인생 길을 새롭게 환기시킨다.

　　감동할 시간도 주지 않고 한 사내가
　　간다 감동할 시간도 주지 않고
　　뒷머리를 질끈 동여맨 여자의 모가지 하나가

여러 사내 어깨 사이에 끼인다
급히 여자가 자기의 모가지를 남의 몸에
붙인다 두 발짝 가더니 다시
모가지를 남의 어깨 위에 붙여놓는다 나는
사람들을 비키며 제자리에 붙인다
감동할 시간도 주지 않고 한 여자의
핸드백과 한 여자의 아랫도리 사이
하얀 성모 마리아의 가슴에
주전자가 올라붙는다 마리아의 한쪽 가슴에서
물이 줄줄 흐른다 놀란 여자 하나
그 자리에 멈춘다 아스팔트가 꿈틀한다
꾹꾹 아스팔트를 제압하며 승용차가
간다 또 한 대 두 대의 트럭이
이런 사내와 저런 여자들을 썩썩 뭉개며
간다 사내와 여자들이 뭉개지며 감동할
시간을 주지 않고
나는 시간을 따로 잘라내어 만든다

오규원, 「거리의 시간」 전문

잡풀과 함께한 시간과는 달리 시인에게 '거리의 시간'은 '감동할 시간도 주지 않고 남자가 가고 여자가 가는 시간'이다. 또한 '아스팔트를 제압하며 승용차가 가고, 사내와 여자들을 뭉개며 트럭이 가는 시간'이다. 감동할 시간도 주지 않고 가는 거리의 시간과 시간 사이에 서 있는 나그네는 감동할 시간을 위해서 '시간을 따로 잘라내' 만들어야만 하는 거리의 타자인 것이다. '나의 일상'이 아니라 '사내와 여자와 승용차와 트럭'이 있는 '거리의 일상'에서 타자가 된 나그네와 순간이나마 동일화될 수 있는 장소는 잡풀과 함께한 장소였으며 잡풀의 흙과 함께한 시간이었다.

　지상의 시간과 천상의 시간 사이에서의 타자이나 지상에서도 어느 장소에 있느냐에 따라서 타자는 보다 더 타자로 남는다. '거리의 시간'에서 타자는 보다 더 타자이므로 '나'의 "시간을 따로 잘라내어 만들어야" 한다. 이때 거리의 시간에서 타자는 '방법으로서의 타자'와 '타자로서의 길 놀이'에서 일탈하여 '나'를 말하는 '주체'가 되기도 한다. '감동할 시간도 주지 않고 남자가 가고 여자가 가는 아스팔트의 거리'에서 자아는 잡풀과 함께한 탈속으로의 초극을 꿈꾸는 주체로 일탈한다. 거리의 시간은 '나'의 감동의 시간이 잡풀과 함께한 시간이었음을 역설적으로 은유한다. '나의 시간의 길'에 대립된 '거리의 시간의 길'이 시간의 길이라는 상투적인 인생의 비유를 새롭게 하는 오규원의 길 놀이인 셈이다.

천상으로

　　물에서 나온 사내가 강을 돌아보며
　　돌밭에 올라선다 강은
　　주저하지 않고 사내가 빠져나간
　　자리를 지운다 대신 땅에 박힌
　　돌이 사내의 벗은 몸을 세운다
　　얼굴을 닦으며 강 건너편을 바라보는
　　사내의 몸에서 몸으로 들어가지 못한 것들이
　　두 다리와 남근으로 각각 모여들어
　　몇 줄기 물을 이룬다
　　강 건너에서는 산으로 가던 길이
　　산속에 몸을 숨겨버린다 처음도 끝도

숨기고 있는 길을 보며 사내는 곁에 있는
갯버들 가지를 움켜쥐고 턱 하고
꺾는다 하늘로 가던 나무의 길이
하나 사라지고 그와 함께 지상에서
그 길이 거기 있었다는
사실도 사라졌다

오규원, 「물과 길 1」 전문

　땅 위에 있는 지상의 길은 '사내가 빠져나간 자리'를 지우지 않는 길
이다. 그러나 같은 지상의 길일지라도 물 혹은 "강은 주저하지 않고 사
내가 빠져나간 자리를 지우고", "강 대신 땅에 박힌 돌이 사내의 벗은
몸을 세운다." 물은 길을 지우고 땅은 길을 만듦으로 삶은 물 위에 있
는 것이 아니라 땅 위에 있다. 그러므로 타자는 강물에 용해되지 않고,
강물 위로 빠져나와 땅 위에서 길을 내고자 한다. 그러나 땅 위에도 타
자인 '사내'의 길은 없다. 물이 사내의 길을 흡수하지 않아도, "하늘로
가던 나무의 길"이 사라지면서 '사내'의 길도 지상에서 사라진다. 사물
이 사라지면 지상의 길도 사라지고 지상의 사내도 사라진다. 그 길은
집과 마을의 길이 아니라 의식의 길이므로, '나무의 길'이 꺾이고 사라
질 때, 나무를 꺾던 사내의 의식의 길도 꺾인 나무처럼 지상에서 사라
진다. 삶의 길은 무리진 사물 속에 있어야 하므로 사라진 길은 사내의
의식이 지상에서 사라진 것과 같다. 그러나 아직은 땅의 시간 위에 서
있으나 사라진 길처럼 타자는 여전히 땅 위에 길을 내지도 천상에 이
르지도 못한 '사이'에 있다. 타자가 된 자아는 지상의 사물이 우주의
질서 속으로 해체되는 입구에 서서 사물들이 날 이미지로 새로워지도
록 바라보는 자아이다.

사물놀이 혹은 길놀이　　219

> 돌밭에서도 나무들은 구불거리며 하늘로
> 가는 길을 가지 위에 얹어두었다
> 어떤 가지도 그러나 물의 길이
> 끊어진 곳에서 멈춘다
> 나무들이 멈춘 그곳에서 집을 짓고
> 새들이 날아올랐다 그때마다
> 하늘은 새의 배경이 되었다 어떤 새는
> 보이지 않는 곳에까지 날아올랐지만
> 거기서부터는 새가 없는
> 하늘이 시작되었다

오규원, 「물과 길 2」 전문

이제 지상의 사물과 사물의 길 사이에 서 있는 지상적 존재가 초극에 이르고자 꿈꾸는 하늘의 길이 분리된다. 사물을 자연의 질서 속에서 독립시키면서 일탈하게 하는 분리의 시선은 시인의 의도된 의식으로 이루어지지 않고 주어진 우주의 질서로 이루어진다. 우주의 질서는 사물을 독립적으로 통합하는 질서의 길이므로 시인의 시선을 견인한다. 우주의 질서를 따르는 시인의 사물놀이는 사물들만의 놀이가 아니라 인간의 길과 서로 연관된 놀이이다. 인류 문화의 초기 단계와는 달리 놀이의 주체가 아니라 타자로서의 놀이일지라도, 이는 방법적 차이일 뿐 문화적 행위로서 사물놀이이자 길 놀이라는 점에서는 원시인과 근대인의 그것이 다르지 않다. 사물놀이로서 그리고 길 놀이로서의 근대적 구현에 오규원 시의 날 이미지가 있으며, 독립적이자 통합적 놀이로서 사물놀이라는 오규원 시의 의의가 있다.

"새가 없는 하늘이 시작되는" 우주의 입구에서 집을 찾아가던 나그네도 물에서 빠져나온 사내도 사라지고, 그 자리에 우주의 질서만이 남는다. 나그네는 새가 되어 "보이지 않는 곳에까지 날아올랐고", '거기서부터는 하늘이 시작된 우주의 입구'이므로, '새가 없는 하늘이 시작된 자리'에서 지상의 질서가 해체된다. 결합됐던 지상의 사물이 '하늘이 시작된 자리'에서 해체된 놀이의 대상으로 남으며 우주의 질서가 날 이미지로서의 형식미를 완성한다.

가지 하나, 벽을 타넘고 있다
가지 하나, 벽을 타넘고 있는
      가지를 넘고 있다
가지 하나, 지나가는 새를
      가지 위에 앉혀놓고
모가지와 몸통을 가볍게
따로 분리시키고 있다
가지 하나, 분리된 몸과 머리를
      다시 꿰매고 있다
가지 하나, 뻗는 가지와 솟구치는
      가지 사이를 가고 있다
아무도 가지 않는 길을
막고 있지 않다
가지 하나, 허공에
      중독되어 있다

오규원, 「뜰 앞의 나무」 전문

뜰 앞의 잣나무가 밝은 쪽에서 어두운 쪽으로 비에 젖는다
서쪽 강변의 아카시아가 강에서 채전 방향으로 비에 젖는다
아카시아 뒤의 은사시나무는 앞은 아카시아가 가져가 없어지고 옆구리로 비에 젖는다
뜰 밖 언덕에 한 그루 남은 달맞이가 꽃에서 잎으로 비에 젖는다

> 젖을 일이 없는 강의 물소리가 비의 줄기와 줄기 사이에 가득 찬다
>
> 오규원, 「우주 2」 전문

우주의 길에는 인간이 없다. 부재중인 인간은 은폐된 시적 자아일 수도 있고, 타자가 된 시적 자아일 수도 있으나, 오규원 시의 우주의 길에서 인간은 철저히 배재된다. 인간이 없는 우주의 길은 인간의 길을 초극하고 우주만이 존재하는 초극의 길이다. "뻗는 가지와 솟구치는 가지 사이를 가고 있는 가지 하나가 아무도 가지 않는 길을 막고 있지 않는" 길이 우주의 길이다. '아무도 가지 않는 길'이므로 뻗어 있는 가지도 아무도 막지 않는 가지가 된다. '막는다'와 '막지 않는다'의 사이에서 인간은 '막는다'에서도 '막지 않는다'에서도 타자로 배재된다. 근대의 주체는 사물놀이의 타자이면서 우주의 타자이므로 그러하다. 사이에 서 있는 이율배반적 존재인 타자의 시선이 우주의 길을 근원의 날 이미지로 환기시킨다.

> 길을 벗어난 곳에 사당이 있다
> 동서로 기울어져 있는 지붕에서 쏟아져
> 내리는 햇볕에 저희들끼리 모여서
> 뱀딸기들이 닥치는 대로 나무와
> 그늘에 붉은 몸을 내려놓고 있다
> 그래도 잎은 붉은 몸과 함께 파랗게
> 물결친다 사당에서도 개미들은
> 자기의 그림자에 발이 젖어 있다
> 사당을 세운 자들은 이미 사라지고
> 처마 밑에 진을 친 거미는
> 속이 없는 진중을 오가며

아직 무겁게 몸을 다스린다 그러나
나팔꽃 줄기는 담장의
중간쯤에서 더 오르지 않고
흔히 본 그런 꽃을
서너 개 내려놓고 있다

오규원, 「사당과 언덕」 전문

　지상의 타자는 천상으로 향할 때 길에서 온전히 벗어나고 사당에 무위적으로 갇힌다. "사당은 길을 벗어난 곳에 있으므로", 사당은 지상의 길을 막으면서 지상의 삶이 닫히는 곳이다. 길을 벗어난 곳에 있는 사당이므로 이 역시 인간이 배재된 우주의 길과 다르지 않다. 우주의 길은 인간의 길이 멈춘 곳, 혹은 인간의 길을 막는 곳이기 때문이다. 인간의 길이 막힌 우주의 길에는 '뱀딸기들이 저희들끼리 모여서 닥치는 대로 나무와 그늘에 붉은 몸을 내려놓고 있고', '사당을 세운 자들은 이미 사라지고' 없다. 그러나 '처마 밑에 진을 친 거미가 무겁게 몸을 다스리는' 풍경은 아직은 온전히 초극하지 못한 지상적 시인의 의식을 은유한다. 천상으로 향하는 길에서 새처럼 가벼워지기를 꿈꾸는 초극의 의식을 은유하는 것이다.

　그러나 인간이 배재된 우주의 길에 자아의 비극적 의식이 선회한다. 인간이 배재된 우주의 길은 근대적 인간을 비극의 풍경으로 남게 한 풍경이다. 집이, 마을이, 거리가, 인간이, 사내가, 주체가 온전한 타자가 되는 곳은 모든 지상의 길에서 일탈하는 지점이며, 그 지점이 사당이 있는 언덕이기도 하다. 시간과 시간 사이에 있는 근대의 비극적 주체는 동일화되지 못한 사물과 삶의 가장자리에서 심화된 비극의 주인공이다.

지상의 길에서도 천상의 길에서도 근대의 비극적 주체는 나그네로서, 타자로서의 놀이꾼인 셈이다. 그러므로 천상으로의 길은 꿈꾸는 의식 안에 존재하며, 희생된 타자에 의해 우주의 길은 탈관념적으로 새로워 진다.

허무의 행보

여러 갈래의 길로 갈래진 오규원의 『길, 골목, 호텔 그리고 강물소리』 에는, 그러나 제목과는 달리 호텔이 없다. 호텔에 대한 소묘도 기호도 없는 시집명에 호텔을 포함시켰다는 사실은 호텔을 향한 오규원의 무 의식적 욕망이나 호텔의 거리에서 타자였던 오규원의 현실을 짐작해 볼 수 있게 한다. '길, 골목, 호텔, 강물소리'들은 어울리기에는 서로에 게서 멀리 있는 것들이면서도 또 무관하지도 않다. '삶으로의 욕망과 초극하고자 하는 이율배반적 욕망'을 위해서 시인은 멀리 있는 것들을 한 데 모아온 듯 싶다. '길, 골목, 강물소리' 뒤에 은폐된 '호텔 풍경'이 야말로 지워버릴 수 없이 깊이 잠재된 시인의 세속으로의 욕망일 것이 다. 순간의 렌즈 속에 포착되지 않는 호텔의 기호화가 시인의 무의식을 대변하는 것으로 읽히는 것은 그의 생전의 일상에서 비롯됨을 어쩔 수 없다.

때문에 타자로서의 시선은 탈속적인 방법으로서의 시선이자 역설적 이게도 그 탈속의 시선 속에 환속의 욕망을 은폐하고 있는 아이러니한 시선으로 보인다. 사물과의 동일화를 추구하지도, 세속의 무리에 속하 지도 못했던 시인은 아이러니하게도 환속의 욕망을 은닉한 타자였던 셈이다. 그러므로 순수한 있음은 순수한 있음을 넘어서 '욕망'이 은폐된 '비극'으로 있으며, '유현하게 파악되지도 표현되지도 않는 초극'은 '꿈꾸지도 않았던 초극'이거나 '좌절된 초극'이다. 비록 순간적으로는 사물과의 동일화 현상을 보이거나, 초극의 태도를 취하며, 거리의 시간 위에서 '나'를 찾기도 하나, 이는 매우 이례적이거나 순간의 포즈일 뿐, 결국 오규원 시는 사물과 분리된 자아와 삶에서 격리된 자아가 누비는 허무로 남는다. 보다는 '남는 허무'가 아니라 '출발이 허무'였으므로, '시간과 시간 사이에서의 타자'의 허무일 수밖에 없는 사물놀이이자 길놀이인 것이다. 혹은 날 이미지의 시를 위하여 타자로 희생된 시인의 방법적 놀이이기도 할 것이다.

시인의 빛

−이 탄

기억의 빛

이 탄 시인은 떠났지만 시는 남아서 우리를 그와 함께 했던 시간으로 친근하게 유인한다. 그것은 우리의 기억이 환기하는 그의 빛이자 "참 시인은 죽어도/빛은 살아 있다//윤동주의 빛은/지금/너에게 쏟아지고 있다."(「윤동주의 빛」일부)와 같은 그의 시가 지닌 빛이다. 기억은 꺼지지 않는 빛의 샘이 되어서 사라지려고 소멸하려고 하는 것들을 붙잡아 저장하는 영원의 보고이므로, 저장된 빛은 문득문득 의식 위로 솟아올라 잠들었던 우리를 일깨우며 잃어버린 것들을 우리에게 찾아준다. 이 탄의 빛이 그러하며, 그의 시의 빛 또한 바로 이와 같은 그의 기억의 샘에서 출발하고 있다.

그의 기억의 샘에 각인된 원체험은 한국전쟁으로 인한 부조리에 있고, 아이러니하게도 한국전쟁이 낳은 어두운 샘에서 비롯된 그의 시의 빛은 더러는 고독한 자화상으로 사랑의 빛으로 전환되어 반짝인다. 어두운 기억이 빛으로 전환하는 길목에서 그의 시는 어둠과 빛, 과거와 현재, 절망과 희망, 삶과 죽음, 생명과 소멸 등의 이율배반적인 삶의 이중주를 연주한다. 그것은 부조리한 현실에 존재할 수밖에 없는 고독한 인간을 어루만지는 부드러운 빛이자 폭력에 대한 항거가 내재한 은밀한 이중주의 독주이며, 이를 극복하려는 그의 실존적 사투이다.

전쟁과 기억

지표 위의 시간이 인다.
도미의 피리소리와
사원입구의 목탁소리
그리고 저 산언덕의 포성
내가 오늘 기억할 수 있는 것들은
전부, 꽃잎같이 지표 위에 쌓여 있다.
지난밤, 어머니의 신음소리도 어느 나무등걸 밑으로 떨어져 있을 것
이다.
「신라 마지막 임금의 애화도 깊은 갈잎 속에 묻혀 있을 테지.」

어느해 가을
코스모스 핀 묘지에서
나는 이상한 꽃을 보았다.
소녀 소년, 노인과 아주머니의 얼굴을 한 꽃송이들
생명의 빛깔들.

세계의 공기가 엷은 목에서 흘러내리고
가냘픈 손을 흔들면, 손 사이로 흐르는 애정의 감도와

세월의 매듭,
지구의 한모퉁이에서 접히는
생명의 나래.
십여년전 낯선 고장의
피난살이와 풍물은
지나간 것일까.

절망이 천장보다 낮아
목을 주리며
1950년 이후의 거리와
실내에서
항시 난무하듯 헝클린
머리칼
당시 이백간통의 아이들과 그녀석들의 철없는 시간은
비듬처럼 떨어져/地表를 덮었다.

이 탄, 「바람불다」 일부

등단작인 위 시에서 지상의 시간은 시인에게 피리소리 목탁소리 산
언덕의 포성에 대한 기억으로 열린다. 기억으로 열리는 지상의 시간은
'뿌리 밑의 시간'이 열리는 시간과 같으며 시인의 어제와 오늘을 연결
하는 근원의 시간과 같다. 그것은 동시에 질문해야 하는 시간이고 회의
해야 하는 시간이며 설명이 있어야 하는 시간이고 사랑해야 하는 시간
이다. 또한 절망의 시간이고 희망의 시간이며 죽음의 시간이고 생명의
시간이다. 이 모든 시간을 한 군데로 모이게 하는 것은 기억의 바람이
고 자연의 바람이다. 그러면서도 바람은, 불고 싶은 대로 부는 자연의
바람은 생명을 일게 하고 사랑을 일게 하는 데 보다 집중한다.

기억 속의 부조리한 시간은 지금 여기에서도 여전히 부조리하게 지

속되나, 그러나 지금 여기 "바람 부는 지표 위의 시간"은 폭력의 목적을 설명하도록 부추기는 바람이며, 여인을 사랑하게 하는 바람이고, '나'의 정체성을 내지는 존재성을 숙지하도록 일렁이는 생명의 바람이다. 부조리한 기억은 아이러니하게도 생명의 바람을 타고 혹은 시간의 바람을 타고 생명의 꽃잎으로 일렁이며 생명의 빛으로 치환된다.

'어머니의 신음소리'도 '신라 마지막 임금의 애화'도 전쟁 때의 피난살이와 풍물도 시간 앞에서는 모두 지나가버린 혹은 나무등걸 밑으로 갈잎처럼 떨어져버린 과거의 어두움으로 남는다. 과거는 어두웠고 혹은 어두운 과거만이 지배하는 기억의 샘은 시의 빛으로 살아나서 시인의 체취에 쌓인 슬픈 역사를 일으켜 세우고 있다. 삶은 죽음을 동반하고 죽음에 대한 기억과 사유는 지금 여기 시인의 실존태를 회의하며 머물게 하는 원체험으로 작용한다. 기억은 그렇게 시인을 과거와 함께 살아있게 하는 체험의 저장고이며, 과거와 현재를 동시에 울리는 독주의 샘이 되고 있다. 기억이 있어서 시가 있고 시인의 빛이 빛난다.

> 산, 등성이를 얼마동안 보고 있으면
> 왜 바위가 없어지나
> 왜 바위가 없어지고
> 뭉클어진 戰死者의 등이 나오나.
>
> 이웃이여 왜 우린 이런 生命의 뭉클어짐을 보아야 하는가.
> 戰爭이란 밥상 어느 머리위에 있어야 할 생선 토막이기나 하냐?
>
> 잠깐 있다 스러지는
> 그 잠깐 사이를
> 彈皮가 날고

마른잎 타듯
전부 타버린 자리엔
이별마저 남은 게 없다.

풀잎보다 못한 火藥은
무엇을 願하는 것일까
끈덕지게 무엇을 願하고 있는 것일까.

싱그러운 구름이여
대답하라.
절룩이는 우리집 마당의 강아지가 祖國을 알고 있는지.

이 탄, 「꽃과 병정」 일부

이 탄에게 과거가 지나간 시간이 아니고 현재진행형의 시간인 까닭은 무엇보다도 깊게 각인된 기억 때문에 있고 다음으로는 소실되지 않고 현재에도 보존된 과거의 현장 때문에 있다. 전쟁은 "산, 등성이를 얼마동안 보고 있으면/왜 바위가 없어지나/왜 바위가 없어지고/뭉클어진 戰死者의 등이 나오나."처럼 있어야 할 것은 없게 하고, 대신에 있어야 할 것 자리에 있지 말아야 할 것이 있게 한 것으로 기억의 샘에 각인된다. 전쟁이 야기한 현실도 삶의 끈을 이어주는 현실인가라는 의문 아닌 의문을 낳는 기억의 회오리인 것이다.

때문에 회의와 질문과 의문은 지속되고 "戰爭이란 밥상 어느 머리위에 있어야 할 생선 토막이기나 하냐?"라는 의문 아닌 의문은 "싱그러운 구름이여/대답하라./절룩이는 우리집 마당의 강아지가 祖國을 알고 있는지."로 이어진다. '산등성이에서 왜 뭉클어진 전사자의 등이 나오나?', '왜 이런 생명의 뭉클어짐을 보아야 하는가?', '풀잎보다 못한 화약은 끈덕지게 무엇을 원하는 것일까?'에서는 "싱그러운 구름이여,/산, 등성이를 얼맛동안 보고 있으면/왜 바위가 없어지나/왜 바위가 없어지고/꽃들이 무더기로 피지 않나/왜 피지 않나."라고 자연의 순리조차 소멸된 현장에 대한 기억으로 절규한다.

산에는 바위가 있어야 하고 꽃이 피어야 하는 자연의 공간일지나 바위는 없어지고 꽃들도 무더기로 피지 않는 산에는 전사자가 된 병정의 뭉클어진 시신만이 남아서 뒹굴고 있다는 이 탄의 자조가 위험한 삶, 방향없는 전쟁의 폭력에 억압된 자의식을 은유한다. 산에는 바위가 있어야 하고 꽃이 피어야 하는 자연의 순리는 부조리한 전쟁의 폭력 앞에서 반자연이자 반순리에 이르렀고 이 탄에게도 반순리의 현장으로 꽃과 병정을 기억하게 한다. 꽃과 병정의 이중주는 폭력의 전쟁이 야기한 반자연의 이율배반적 울림을 은유하면서도 전쟁의 기억이 낳은 사라진 꽃의 영광이자 꽃의 빛에 대한 환기이다.

고독한 자화상

수면(水面) 위에서
바람의 얼굴을 만난다.
水面 위에서 마침내 마음의 줄을 풀고
물 속 깊이
일그러진 감정의 아가미를 낚는다.

어둠의 뼈
비늘 같은 눈물,

한평생 인간은 줄을 풀고
얽힌 줄을 풀어내고
자신을 만든다.

저만큼
물 위에 반짝인 햇빛의
點 하나

빈 낚싯대 같은 人生을 모두 불러다
點 하나를 낚는다.

이 탄, 「줄풀기」 전문

　위 시는 줄과 점, 수면과 낚싯대가 대립하듯 서로 견주면서도 한 마음에 이르는 고독한 자화상을 직조하고 있다. 이제 이 탄은 전쟁이 심어준 어두운 기억의 심연에서 현상학적 고독으로 전환하였다. "수면 위에서 바람의 얼굴을 만나고, 수면 위에서 마음의 줄을 '마침내' 푼다"는 전언에는 그동안 풀지 못했던 고통스런 기억에 대한 줄을 놓는 시인의 마음이 담겨있다. 때문에 '풀어놓은 마음의 줄은 물 속 깊이까지 일그러진 감정의 아가미로 남는다.'

　그러면서도 '어둠의 뼈, 비늘 같은 눈물'을 한평생 얽힌 줄을 풀 듯 풀어내며 자신을 만들어가는 빈 낚싯대 같은 인생은 '물 위에 반짝인 햇빛의 점 하나'를 낚기 위한 것에 있다는 고독한 자조는 여전히 시적 시선이 전쟁의 기억에 닿는 자의식의 심연을 벗어나지 않았음을 지시한다. 때문에 이 탄에게 인생은 '줄감기'가 아니라 '줄풀기'로 모아진다. 줄풀기는 역설적으로 감긴 줄을 은유하며 맺혀있는 응어리를 풀어내는 과정 속에서 인생은 진정으로 빈 낚싯대처럼 비어지리라는 염원이 담긴 시인의 고독한 자화상을 은유한다. 줄풀기는 줄감기가 있었어야 비로소 할 수 있는 일이듯이 세월의 역사가 인생의 줄을 감게 했다면, 세월의 순리는 감은 인생의 줄을 풀게 함을 '빈 낚싯대 같은 고독한 자화상'으로 대변한다. 줄감기와 줄풀기의 되풀이가 풀기 위해 감는다는 역설적인 인생의 이중주를 연주하는 도구로 작용한다.

우리 여름은 항상 푸르고
새들은 그 안에 가득하다.

새가 없던 나뭇가지 위에
새가 와서 앉고,
새가 와서 앉던 자리에도 새가 와서 앉는다.

한 마리 새가 한 나뭇가지에 앉아서
한 나무가 다할 때까지 앉아 있는 새를
이따금 마음속에서 본다.
이 가지에서 저 가지로 옮겨 앉지 않는 한 마리의 새, 보였다 보였다
하는 새.
그 새는 이미 나뭇잎이 되어 있는 것일까.
그 새는 이미 나뭇가지일까.
그 새는 나의 言語를 모이로
아침 해를 맞으며 산다.
옮겨 앉지 않는 새가
고독의 門에서 나를 보고 있다.

이 탄, 「옮겨 앉지 않는 새」 전문

'옮겨 앉지 않는 새'는 창공을 자유롭게 유영한다는 새의 일반적인

이미지를 불허하며, '옮겨 앉지 않아서 고독한 새'라는 고독한 내면의 눈에 포착된 새의 새로운 이미지를 낳는다. "우리 여름은 항상 푸르고/ 새들은 그 안에 가득"해도 "한 마리 새가 한 나뭇가지에 앉아서/한 나무가 다할 때까지 앉아 있는 새를/이따금 마음속에서 보는" 시인에게 새는 항상 창공에 가득한 새와는 다른 새로 환기되며, 고독한 자화상과 결합한다. 그것은 세월의 역사가 가져온 마음 속의 새이며 고독한 내면으로 포착한 이 탄만의 새인 것이다.

자유를 꿈꾸면서도 자유로울 수만은 없는 현실과의 관계를 외면하지 않는 시인의 고뇌가 푸른 창공을 나는 자유로운 새와 달리 '옮겨 앉지 않는 새'를 포착하고 있다. 때문에 이 탄은 "우리 여름은 항상 푸르고/ 새들은 그 안에 가득해도", "한 마리 새가 한 나뭇가지에 앉아서/한 나무가 다할 때까지 앉아 있는 새를/이따금 마음속에서 본다./이 가지에서 저 가지로 옮겨 앉지 않는 한 마리의 새"를 향해 '옮겨 앉지 않은' 마음을 투사하고 있다. 자유와 고독이 빚은 이중주의 독주이며, 고독 속에서 꿈꾸는 자유라는 역설적이고도 고독한 자화상의 독주이다.

사랑의 빛

> 못생긴 여자를 보거나
> 잘생긴 여자를 보거나
> 당신은 꽃
> 오래 오래 피어 있을
> 이름 모를 꽃
> 내 심장을 바쳐
> 꽃잎 하나 만드는 것을

즐거움으로 알고 지낸다

당신은 꽃, 그러나
당신이 진짜 좋은 꽃이 되려면
시간이 있어야 한다는 것을.

언제, 우리가 마음껏 뒹굴어
산천이 모두 웃는 얼굴이 될는지

가진 것 없어도
웃음만 지니고 태어난다면
못생긴 남자나
잘생긴 남자나
당신은 꽃

그 꽃을 기다려 꽃잎 하나를
만든다

이 탄, 「당신은 꽃」 전문

    사랑은 '너와 나'를 하나 되게 하여 행복에 이르게 하는 평화의 빛이다. '당신'이 있어서 '내'가, 그리고 '나의 사랑'이 있으므로, 위 시에서 '나의 사랑'은 '당신' 없이는 무의미하거나 존재하지 않는다. 때문에 '당신이 꽃'이라고 여기는 시인에게 사랑은 실존적 자기애에서 출발하는 것이 아니라 '당신'에게서 비롯되므로, 그 사랑의 빛은 당신이 낳는 웃음과 평화와 행복의 빛에 이르는 아가페적 사랑과 같다. 당신이라는 꽃의 영광 속에서 아가페적 사랑의 빛이 함께 하는 것이다.

    아가페적 사랑을 위해서는 혹은 웃음이라는 꽃잎 하나를 만들기 위해서는 '시간이 있어야 한다'고 역설하고 있다. 웃음이 없는 꽃은 혹은 당신은 진짜 꽃 혹은 진짜 당신이 아니므로, 진짜를 위하여 필요한 것은 시간이며 시간 속에서 피어난 당신의 웃음은 당신을 진짜 꽃이게 한다는 아가페적 사랑 혹은 삶의 빛과 소망을 지향한다. 진짜와 가짜 사이에서 이 탄은 진짜인 당신의 빛을 그리고 사랑의 영광인 아가페를 갈망하는 것이다.

그러면서도 '당신이 꽃'인 까닭은 '당신이 사실적인 꽃'이므로 그러할 수도 있지만, 사랑의 빛 때문이기도 하다. '나'의 사랑의 빛으로 당신이 꽃이 될 수 있다는 역설은 '나'는 '너'로 인해 '나'이며, '너' 또한 '나'로 인해 '너라는 사실로써 꽃인 당신도 그리고 '나'도 비로소 사랑의 빛으로 존재한다. 그러므로 기쁨과 슬픔을 낳는 사랑의 이율배반적 이중주는 시간 속에서 아가페적 사랑에 이르며 사랑의 영광인 참 빛을 낳는다. 이 탄의 소망은 당신의 빛이자 꽃의 빛이며 사랑의 빛과 합일하는 데 있다.

어디가 좀 아파서 누구에게
이야기하고 싶어도 그냥 참는다

하루에 한끼를 먹어도
그냥 견디기로 작정을 했다

주어진 일을 마치려고 애를 쓰지만
애를 쓴 만큼 게으른 자신
밉지만 어쩔 수 없다

그렇다고 무슨 말을 내가 한다고 들릴 것이냐

> 당신은 너무 멀리
> 떨어져 있는 얼굴
>
> 밤새 잠을 못 이루는
> 나는 사실주의
>
> 멀리, 너무 멀리 있기만 한
> 당신
>
> 내가 가진 것은 하이얀 종이 한 장밖에
> 아무 것도 없구나.

이 탄, 「멀리 있는 님」 전문

때로는 멀리 있는 당신을 향한 '나의 사랑'은 행복 대신에 고통을 가져오기도 한다. 그것은 아가페적 사랑을 향한 과정 속의 '나의 욕망'인 까닭이다. 때문에 '너무 멀리 떨어져 있는 당신'을 향한 욕망은 '당신이 너무 멀리 있어서' 고통으로 치환되고, '나의 무기력'으로 인해 또한 고통스럽다. "내가 가진 것은 하이얀 종이 한 장밖에/아무 것도 없는" 잠 못 이루는 밤은 더욱이 '당신이 있어서' 그리고 '없어서' 더욱더 고통의 밤이 되는 것이다.

거리는 물리적 거리이거나 심리적 거리이거나 어느 쪽이건 혹은 양쪽 모두이건 그건 중요하지 않다. 물리적으로도 심리적으로도 자아는 '사랑하는 당신'으로 인해 더욱더 고통스럽다는 사실이 중요하다. 욕망의 빛과 어둠이라는 이율배반적 이중주가 낳은 고통인 것이다. 그것은 '나의 사랑'으로 인한 고통이므로, 사랑하는 대상이 누구이든 혹은 무엇이든 '나의 고통'은 지속되는 고통이다. 멀리 있는 님이거나 가까이

있는 님이거나 '나의 고통'을 적게도 많게도 하는 것은 그대가 아니라
바로 '나의 욕망'으로 인한 까닭이다.

우리들의 사랑이
바다 멀리서 온다는 것은
거짓말입니다

바닷가에서
감성은 모래알처럼 작아지고
그 안에서 모든 것은 만날 수 없습니다

모래알 살갗
별을 보며 주고받는 이야기
그러나 그러한 것들은
지금 형편에 어울리지 않습니다
우리들의 사랑이
바다 멀리서 온다는 것은
정말
거짓말입니다

파도가 칠 때마다
모여드는 모래알
텀벙거리는 아이들이
그 물의 이야기를
추억으로 남기며
물결을 바라볼 뿐입니다
그리고는 또 다른 이야기에 빠져듭니다
이따금 구름이 높이 떠서
이야기를 엿듣고 있습니다

누가 이야기를 엿들어도
사랑이란 우리 마을에 우물을 파고
목마를 때면 언제나 마실 수 있는 것입니다

저 깊은
155마일 철조망 밑으로
흐르는 물,
그런 물 말입니다.

이 탄, 「물 이야기」 전문

이 탄에게 사랑의 세계는 개인적이면서도 민족적이고 욕망적이면서
도 아가페적이다. 그의 기억의 원체험이 한국전쟁에 있었듯이 아이러
니하게도 사랑 역시 그곳에서 출발한다. 때문에 그의 사랑은 개인적
사랑과 민족적 사랑이 하나로 통합될 때 온전한 빛으로 반사할 것임을
「물 이야기」에서 말하고 있다. 그것은 그의 소망이 이루어지는 순간이
므로 그러하며, 온전한 사랑의 빛은 고통이 기쁨으로 승화되는 순간에
보다 더 빛나는 빛으로 남는 까닭에 그러하다. 그것은 민족의 역사를
빛내는 통일이라는 빛인 까닭에 그러한 것이다.

분단된 조국이 통일되면서 조국은 보다 밝게 빛나는 빛이 될 것이듯
이 '나와 너'로 분리된 우리도 하나될 때 개인적 사랑의 빛 또한 보다
밝게 빛나는 빛이 되리라는 사실을 분리가 불가능한 물의 이미지로 승
화시키고 있다. 때문에 "사랑이란 우리 마을에 우물을 파고/목마를 때
면 언제나 마실 수 있는 것"으로 정의된다. 목마를 때면 '언제나' 마실
수 있는 물처럼 사랑이 생명의 근원으로 치환된다. 그 물은 "저 깊은

/155마일 철조망 밑으로/흐르는 물,/그런 물"과 같은 물이어야만 개인
적 사랑의 빛으로, 민족적 사랑의 빛으로 '언제나' 목마를 때면 마실
수 있는 근원적 생명의 물이 되는 것이다. 여기에 이 탄이 사랑을 노래
한 근원적 까닭이 있으며, 부조리한 전쟁의 기억과 고독한 실존을 극복
하는 시인의 빛이 빛나게 되는 까닭 또한 함께 한다.

원시성의 마력

—오탁번

해학과 초월의 미학

원시성의 마력은 그 폭과 깊이를 가늠하기가 불가능하다는 측면에서 말로써 형언할 길 없다. 지금·여기 현대의 우리와 무한히 멀리 있는 세계이기 하여서도 그러하며, 무한히 멀리 있으나 여전히 지금·여기의 우리를 유야무야 지배하는 세계이기 하여서도 또한 그러하다. 그것은 시원이며 우리의 현재이고 미래인 까닭에 더욱 형언하기 어려운 것이다. 이와 같은 원시성은 현대 시의 세계를 지배하여 진부한 첨단으로 작용한다. 시원의 세계여서 진부하며 무염의 낯선 세계가 되어버려서 첨단적이다.

형언할 길 없는 원시성의 마력이 오탁번의 시에서는 남루한 일상을 해학적이며 초월적으로 건너가게 한다. 지상의 삶은 궁핍하여 남루하고 이와 같은 남루를 건너가야만 하는 것이 지상적 존재인 우리가 걸어야할 숙명의 길이듯 우리의 숙명의 길에 원시성의 마력은 때로는 즐거운 동반자로 때로는 쓸쓸한 동반자로 그리고 궁극의 세계가 되어 우리를 유인한다. 궁핍하고 남루한 풍경을 남루하지 않게 건너고 있는 오탁번 시의 활보는 지금·여기, 그리고 저기에 있는 우리들의 숙명을 견지하며 초월하도록 유인하는 힘인 것이다. 오탁번의 시는 일상의 근거리와 시원의 원근거리를 오가면서 남루한 삶을 해학과 초월에 이르게 하는 마력의 울림이다.

해학과 초월은 원시성의 마력이 이룬 해탈일 수도 있고, 원시성의 시학에서 비롯된 미학일 수도 있으며 시원의 세계가 모티프로 작용한 것일 수도 있다. 오탁번의 시가 구축한 해학과 초월은 이와 같은 세 가지 경우 모두를 아우르고 있으며, 이는 시학이자 모티프이며 오탁번의 지향태이다. 때문에 그가 머문 흔적마다에서 우리는 마력의 해학과 초월을 만나며, 초월의 정신이 점철된 시원의 세계를 만난다. 비록 원시성의 한 켠이 거칠고 적나라하여 서글픈 해학을 심화시킨다 해도 그 마력의 유인력이 현대인의 불가항력적 힘임을 부인할 길은 없다.

남루한 원시의 풍경, 하나

삼동(三冬)에도 웬만해선 눈이 내리지 않는
남도(南道) 땅끝 외진 동네에
어느 해 겨울 엄청난 폭설이 내렸다
이장이 허둥지둥 마이크를 잡았다
─주민 여러분! 삽 들고 회관 앞으로 모이쇼잉!
눈이 좆나게 내려부렸당께!

이튿날 아침 눈을 뜨니
간밤에 또 자가웃 폭설이 내려
비닐하우스가 몽땅 무너져내렸다
놀란 이장이 허겁지겁 마이크를 잡았다
—워메, 지랄나부렀소잉!
어제 온 눈은 좆도 아닝께 싸게싸게 나오쇼잉!

왼종일 눈을 치우느라고
깡그리 녹초가 된 주민들은
회관에 모여 삼겹살에 소주를 마셨다
그날 밤 집집마다 모과빛 장지문에는
뒷물하는 아낙네의 실루엣이 비쳤다

다음날 새벽 잠에서 깬 이장이
밖을 내다보다가, 앗!, 소리쳤다
우편함과 문패만 빼꼼하게 보일 뿐
온 천지(天地)가 흰눈으로 뒤덮여 있었다
하느님이 행성(行星)만한 떡시루를 뒤엎은 듯
축사 지붕도 폭삭 무너져내렸다

좆심 뚝심 다 좋은 이장은
윗목에 놓인 뒷물대야를 내동댕이치며
우주(宇宙)의 미아(迷兒)가 된 듯 울부짖었다
—주민 여러분! 워따. 귀신 곡하겠당께!
인자 우리 동네 몽땅 좆돼버렸쇼잉!

오탁번, 「폭설(暴雪)」 전문

  '남도 땅끝 외진 동네에 내린 폭설'과 그 이하의 풍경은 진정 아름답
기만 한 풍경이어야 할 것이나, 한편으로는 남루한 풍경으로 다가오는

것은 무엇에 연유함인가? '좆심 뚝심 다 좋은 이장'처럼 '좆심 뚝심'이 삶의 유일한 무기로 보인다는 사실 때문일 것이다. '남도 땅끝 외진 동네에 내린 폭설'처럼 그것 또한 원시성의 마력임에는 분명하나 문명시대에 문명과 무관한 삶의 한 자락이자 무기라는 사실로써 해학에 이른다. '땅끝 외진 동네'의 쓸쓸한 이미지처럼 "이장이 허둥지둥 마이크를 잡았다/—주민 여러분! 삽 들고 회관 앞으로 모이쇼잉!/눈이 좆나게 내려부렸당께!"와 같은 풍경은 초월의 해학이면서도 서글픈 해학의 모티프 그 자체 또한 아우르고 있다.

땅끝 외진 마을에 울려퍼진 마이크소리와 원색의 비속어가 융합된 방언의 조화도 해학적 조화를 생산한다. "—워메, 지랄나부렀소잉!/어제 온 눈은 좆도 아닝께 싸게싸게 나오쇼잉!"이나, 나아가 "—주민 여러분! 워따. 귀신 곡하겠당께!/인자 우리 동네 몽땅 좆돼버렸쇼잉!"이라고 원색어를 가속하는 이장의 언어는 이승과 저승의 구별을 무의미하게 하는 마력의 언어이자 문명과 원시의 구별을 무의미하게 하는 초월의 언어이다. 그것은 남루한 일상의 해학이자 지상의 초월이며 문명의 파편적 후광을 비트는 시원의 유인력이다. 원시성이 첨단 문명시대에 무한한 마력의 무기가 되어 그 힘을 난무하는 것이다.

남루한 원시의 풍경, 둘

수수밭 김매던 계집이 솔개그늘에서 쉬고 있는데
마침 굴비장수가 지나갔다
—굴비 사려, 굴비! 아주머니, 굴비 사요
—사고 싶어도 돈이 없어요

메기수염을 한 굴비장수는
뙤약볕 들녘을 휘 둘러보았다
―그거 한 번 하면 한 마리 주겠소
가난한 계집은 잠시 생각에 잠겼다
품 팔러 간 사내의 얼굴이 떠올랐다

저녁 밥상에 굴비 한 마리가 올랐다
―웬 굴비여?
계집은 수수밭 고랑에서 굴비 잡은 이야기를 했다
사내는 굴비를 맛있게 먹고 나서 말했다
―앞으로는 절대 하지 마!
수수밭 이랑에는 수수 이삭 아직 패지도 않았지만
소쩍새가 목이 쉬는 새벽녘까지
사내와 계집은
풍년을 기원하며 수수방아를 찧었다

며칠 후 굴비장수가 다시 마을에 나타났다
그날 저녁 밥상에 굴비 한 마리가 또 올랐다
―또 웬 굴비여?
계집이 굴비를 발라주며 말했다
―앞으로는 안 했어요
사내는 계집을 끌어안고 목이 메었다
개똥벌레들이 밤새도록
사랑의 등 깜빡이며 날아다니고
베짱이들도 밤이슬 마시며 노래 불렀다

오탁번, 「굴비」 전문

"수수밭 김매던 계집이 솔개그늘에서 쉬고 있는데/마침 굴비장수가
지나가는" 풍경은 땅끝 외진 마을에서 '좆심 뚝심'이 무기인 이장이 사

는 마을보다 더 외진 땅끝 마을의 원시성의 풍경으로 보인다. 그래서 "메기수염을 한 굴비장수는/뙤약볕 들녘을 휘 둘러보았다/―그거 한 번 하면 한 마리 주겠소"라고, 굴비장수가 적나라하게 구애하는 풍경이 남루한 일상의 해학을 넘어선다. 그러면서도 '가난한 계집이 잠시 생각에 잠겨 품 팔러 간 사내의 얼굴을 떠올리는 것'은 궁핍하고 남루한 현실의 존재태를 은유하고 있어서 가난한 일상의 성은 남루하기도 혹은 초월적이기도 하다.

그러나 "―앞으로는 절대 하지 마!"라던 남편의 당부처럼 "―앞으로는 안 했어요/사내는 계집을 끌어안고 목이 메었다/개똥벌레들이 밤새도록/사랑의 등 깜빡이며 날아다니고/베짱이들도 밤이슬 마시며 노래 불렀다"는 아름다운 원시성의 사랑의 밤풍경도 아름답지만은 않아서 사랑은 남루하고 성은 쓸쓸한 해학으로 남는다. 남루한 사랑은 혹은 쓸쓸한 성은 땅끝 외진 마을보다 더 외진 일상의 쓸쓸함에 닿아, 끝내는 '굴비'의 유인력보다도 더 채워지지 않는 일상의 남루로 머물기도 한다.

남루한 원시의 풍경, 셋

하루 걸러 어머니는 나를 업고
이웃 진외가 집으로 갔다
지나가다 그냥 들른 것처럼
어머니는 금세 도로 나오려고 했다
대문을 들어설 때부터 풍겨오는
맛있는 밥냄새를 맡고
내가 어머니의 등에서 울며 보채면
장지문을 열고 진외당숙모가 말했다

-언놈이 밥 먹이고 가요
그제야 나는 울음을 뚝 그쳤다
밥소라에서 퍼주는 따끈따끈한 밥을
내가 하동지동 먹는 걸 보고
진외당숙모가 나에게 말했다
-밥때 되면 만날 온나

아, 나는 이날 이때까지
이렇게 고운 목소리를 들어본 적이 없다
태어나서 젖을 못 먹고
밥조차 굶주리는 나의 유년은
진외가 집에서 풍겨오는 밥냄새를 맡으며
겨우 숨을 이어갔다

오탁번, 「밥냄새」 전문

'태어나자마자 먹어야 할 젖조차 못 먹고 밥조차 굶주린 유년'을 "진외가 집에서 풍겨오는 밥냄새를 맡으며/겨우 숨을 이어갔다"는 풍경에서 오탁번의 개인적 시원의 세계이자 우리의 집단적 시원의 세계를 확인한다. 누구에게나 유년은 삶의 보고로 작용한다. 풍성한 유년이었건 궁핍한 유년이었건 기억으로 환기되는 유년은 우리의 풍성한 생명의 샘이듯이 시인에게야 생명이자 창작의 샘이니 더 이상 이를 말이 없다. '밥조차 굶주린 오탁번의 유년'이 오탁번만의 유년이 아니라는 점으로 「밥냄새」 혹은 '밥냄새'는 서정의 깊이와 동일성의 효과를 배가한다.

"밥소라에서 퍼주는 따끈따끈한 밥을/내가 하동지동 먹는 걸 보고/진외당숙모가 나에게 말했다/-밥때 되면 만날 온나//아, 나는 이날 이때까지/이렇게 고운 목소리를 들어본 적이 없다"는 회상, 곧 60여 년, 어쩌면 70여 년 전의 일이 생생하게 현재로 살아있는 오탁번의 창작의 샘을 상징한다. 가난은 역설적이게도 '진외가, 진외당숙모, 어머니, 나' 등의 가족을 긴밀한 유대감 형성에 기여한 집단적 모티프이자 시인의 창조적 모티프인 것이다. 뿐만 아니라 "―언놈이 밥 먹이고 가요/그제야 나는 울음을 뚝 그쳤다"는 웃지 못할 사실이 '호랑이'보다 더 무서운 '밥'의 위력을 해학화한다. 유년의 '밥냄새'는 오탁번의 현재진행형의 밥냄새로 살아 있는 개인적 원시성이자 우리의 집단적 원시성인 것이다. 유년의 '밥냄새'가 역설적이게도 곤궁한 우리의 문명적 일상을 초월에 이르게 하는 시원의 마력으로 작용한다.

그리고 순결한 시원

1.

하늘과 땅 사이가 너무 가까워 장백소나무 종비나무 자작나무 우거진 원시림 헤치고 백두산 천지에 오르는 순례의 한 나절에 내 발길 내딛을 자리는 아예 없다 사스레나무도 바람에 넘어져 흰 살결이 시리고 자잘한 산꽃들이 하늘 가까이 기어가다 가까스로 뿌리 내린다 속손톱만한 하양 물매화 나비날개인 듯 바람결에 날아가는 노랑 애기금매화 새색시의 연지빛 곤지처럼 수줍게 피어있는 두메자운이 나의 눈망울 따라 야린 볼 붉히며 눈썹 날린다 무리를 지어 하늘 위로 고사리 손길 흔드는 산미나리아재비 구름국화 산매발톱도 이제 더 가까이 갈 수 없는 백두산 산마루를 나 홀로 이마에 받들면서 드센 바람 속으로 죄지은 듯 숨죽이며 발걸음 옮긴다

2.

솟구쳐오른 백두산 멧부리들이 온뉘 동안 감싸안은 드넓은 천지가 눈앞에 나타나는 눈 깜박할 사이 그 자리에서 나는 그냥 숨이 막힌다

하늘로 날아오르려는 백두산 그리메가 하늘보다 더 푸른 천지에 넉넉한
깃을 드리우고 애꿎은 우레소리 지나간 여름 한 나절 아득한 옛 하늘이
내려와 머문 천지 앞에서 내 작은 몸뚱이는 한꺼번에 자취도 없다 내
어린 볼기에 푸른 손자국 남게 첫울음 울게 한 어머니의 어머니 쑥냄새
마늘냄새 삼베적삼 서늘한 손길로 손님이 든 내 뜨거운 이마 짚어주던
할머니의 할머니가 백두산 천지 앞에 무릎 꿇은 나를 하늘눈 뜨고 바라
본다 백두산 멧부리가 누리의 첫새벽 할아버지의 흰 나룻처럼 어렵고
두렵다

   3.
   하늘과 땅 사이는 애초부터 없었다는 듯 천지가 그대로 하늘이 되고
구름결이 되어 백두산 산허리마다 까마득하게 푸른 하늘 구름바다 거느
린다 화산암 돌가루가 하늘 아래로 자꾸만 부스러져 내리는 백두산 천
지의 낭떠러지 위에서 나도 자잘한 꽃잎이 되어 아스라한 하늘 속으로
흩어져 날아간다 아기집에서 갓 태어난 아기처럼 혼자 울지도 젖을 빨
지도 못한다 온 가람 즈믄 뫼 비롯하는 백두산 그 하늘에 올라 마침내
바로 서지 못하고 젖배 곯아 젖니도 제때 나지 못할 내 운명이 새삼 두
려워 백두산 흰 멧부리 우러르며 얼음빛 푸른 천지 앞에 숨결도 잊은
채 무릎 꿇는다

오탁번, 「백두산(白頭山) 천지(天池)」 전문

남루한 원시의 풍경을 건너 이제 오탁번은 순결한 시원의 세계에 이
른다. 순결한 시원의 세계는 '하늘과 땅의 사이'가 애초에는 없었던 세
계일 것이다. 그러나 사이가 생기면서 순결은 남루해지고 그 사이에
'과'가 등장하여, '과'로 연결된 하늘과 땅은 각각이면서도 연결된 통일
체에 이른 것이다. 이와 같은 하늘과 땅 사이를 현대에 이르러 우주 탐
험대가 연결지으려고도 하나, 백두산에 오르면 "하늘과 땅 사이가 너
무 가까워 장백소나무 종비나무 자작나무 우거진 원시림 헤치고 백두

산 천지에 오르는 순례의 한 나절에 내 발길 내딛을 자리는 아예 없는", 그래서 '과학적 탐험절차가 전혀 불필요한 초월의 세계를 확인하게 된다'고 오탁번은 노래한다.

"하늘로 날아오르려는 백두산 그리메가 하늘보다 더 푸른 천지에 넉넉한 깃을 드리우고 애꿎은 우레소리 지나간 여름 한 나절 아득한 옛 하늘이 내려와 머문 천지 앞에서 내 작은 몸뚱이는 한꺼번에 자취도 없다"는 시원의 세계에 흡수된 시인의 목소리가 초월적이다. "하늘과 땅 사이는 애초부터 없었다는 듯 천지가 그대로 하늘이 되고 구름결이 되어 백두산 산허리마다 까마득하게 푸른 하늘 구름바다 거느리는" 시원의 세계 앞에서 오탁번은 "내 운명이 새삼 두려워 백두산 흰 멧부리 우러르며 얼음빛 푸른 천지 앞에 숨결도 잊은 채 무릎 꿇는다"고, 순결의 세계를 새삼 자각한다. 순결한 시원의 세계 앞에서 거칠고 적나라한 원시성의 언어조차 빛이 바래는 순간이다.

비 내릴 생각 영 않는 게으른 하느님이
소나무 위에서 낮잠을 주무시는 동안

쥐눈이콩만 한 어린 수박이
세로줄 선명하게 앙글앙글 보채고
뙤약볕 감자도 옥수수도
얄랑얄랑 잎사귀를 흔든다

내 마음의 금반지 하나
금빛 솔잎에 이냥 걸어두고
고추씨만 한 그대의 사랑 너무 매워서
낮곁 내내 손톱여물이나 써는 동안

하느님이 하늘로 올라가면서
재채기라도 하셨나
실비 뿌리다가 이내 그친다

오탁번, 「실비」 전문

순결한 시원의 시심은 「실비」에 이르러 동심으로 상징된다. "하느님이 하늘로 올라가면서/재채기라도 하셨나"라는 '실비'가 하느님의 재채기라면, 소나기는 잠시 그쳤다 다시 우는 하느님의 눈물일 터이고, 하루 종일 주룩주룩 내리는 장맛비는 하느님의 속마음 깊이 묻어둔 한의 눈물일지도 모를 일이다. 어쨌거나 중요한 것은 실비/비는 하느님처럼 하늘과 땅 사이를 연결해 주는 '과'의 실체이자 통로라는 사실이며, 무엇보다도 중요한 것은 동심이 실비 타고 지상을 초월하기도 한다는 사실이다. 수직적 초월은 동심 같은 순결한 시원의 시심으로 하늘에 오르는 일인 것이다.

"비 내릴 생각 영 않는 게으른 하느님이/소나무 위에서 낮잠을 주무시는 동안"에는 "쥐눈이콩만 한 어린 수박이/세로줄 선명하게 앙글앙글 보채고/뙤약볕 감자도 옥수수도/얄랑얄랑 잎사귀를 흔들면서" 제 몸을 키운다는 동심의 시심이 하늘과 땅의 '사이'는 애초에는 없었음을 찬미한다. 애초에는 없었던 하늘과 땅의 사이이므로 하늘 향한 수직적 초월이 불필요한 시원의 세계로서 동심의 마력이자 시원의 마력이다. 시원을 상징하면서 동시에 하늘과 땅 사이에 부재하는 사이를 은유하는 동심인 것이다. 원시성은 순결한 동심 속에서 그 마력의 폭과 깊이를 융숭하게 수놓는다.

낭만적 위반

—이가림

　이가림의 본명은 이계진이다. 본명보다는 '가림', '이가림'이 시인명으로서의 반향이 더 커 보인다. 이를 언명하는 것은 그 발음의 반향이 유연한 낭만성을 환기시킨다는 데 있다. '시인 이계진'으로 시를 썼다면, '이가림'의 시와는 다른 시의 길을 내었을 것이 틀림없다. 물론 낭만이란 유연성만을 의미하지 않는다. 낭만주의는 역사적 낭만주의 이래 그 명칭에 어울리게도 역사적 시점에서 종결되지 않고 낭만의 파장을 지속적으로 그리고 다변적으로 파생시켜온 까닭이다. 때문에 '낭만성이 무엇인가'란 한 마디로 정의할 수 없다는 데, 어쩌면 한 마디로의 정의가 불가능하다는 데 그 특성이 있을 것이다. 우리는 실체가 불확정적인 것을 지시할 때도 낭만을 쓰곤 할 뿐만 아니라, 그처럼 실체가 불확정적인 것을 매우 사랑한다는 사실에 낭만이 지닌 특별하고도 열린 유인력이 있다. 무엇보다도 현대사회에서 낭만이라는 기호가 '시인'의 은유 내지는 우리들의 시적인 내면에 대한 은유이기도 하다는 사실이 낭만의 또 다른 매력이며 낭만주의의 열려 있는 행보이다.

　그 실체의 불확정성에도 불구하고, '이가림'에 준하듯 그의 시세계가 '낭만적 위반과 실존적 휴머니즘'이라는 사실이 낭만에 대한 의미규정을 필요하게 한다. 그것은 자유이며 초월이고 앙가쥬망의 은유이다. 또한 고독이자 외로움이며 꿈이고 위반의 은유이다. 위반된 세상을 위반의 시선으로 바라보는 실존이란 외롭고 고독할 수밖에 없으며, 고독 위에서 진정한 휴머니즘의 길을 내는 낭만주의자에게 실존의 지평은 오직 꿈꾸기로 열려있을 뿐이다. 이가림에게 꿈과 실존은 각각으로 분리되어 대립된 것이 아니라 하나인 것이다. 그러므로 낭만적 실존자에게 시는 꿈의 은유이며 단단한 휴머니즘의 동아줄이다.

> 인천 용현동 물텀벙 집에서
> 물텀벙을 먹으며
> 충청도 태안 파도리가 고향인
> 벼랑끝 전술로 하루하루 버팅긴다는
> 부도난 중소건설회사 사장 고씨가
> 내게 이렇게 말했다.
>
> "오랜만에 고향 뒷산
> 깎아지는 바위에 올라갔다가
> 「자·살·금·지」라는 팻말을 보았는데유,
> 그걸 워떻게 읽어야 바로 읽는 것인지
> 저는 정말 모르겠데유
>
> 그걸 오른쪽에서부터 읽어보니께
> 「지·금·살·자」가 되는데유
> 그렇게 읽어도 괜찮치 않어유,
> 선생님은 워떻게 읽어야 할지

잘 아시것지유?”

난 잠시 망설이다가 대답했다.

“글쎄, 「자·살·금·지」라는 말이나
「지·금·살·자」라는 말이나
뜻은 다 똑같은 것 같은데
이왕이면 오른쪽에서 왼쪽으로 읽는 게
좋겠구면…”

고씨가
알쏭달쏭하다는 듯 고개를 갸웃하더니
“그러지만서두유, 저한테는
「자·살·금·지」가 더 강한 것 같어유…”
라고 대꾸했다.

그 순간 내 뇌리에 번뜩
언젠가 찾아갔던 몰운대(沒雲臺),
제 몸통보다 몇 배나 큰 바위를 밀치고
오백년도 더 산 늙은 소나무가
앞으로 오백년을 더 버틸 자세로
오연한 고사목이 되어 뻣뻣이 서 있는
낭떠러지가 떠올랐다.

그래서 난
무슨 번개 같은 묘수(妙手)라도 깨친 듯
고씨에게 즉시 말했다.

“몰운대를 가 본적이 있소?
안 가봤으면, 한번 가보시오.

> 거기 아찔한 벼랑 위에 서 있는 소나무한테
> 글자 읽는 법을 물어보시오.
> 왼쪽부터 읽어야 할지
> 오른쪽부터 읽어야 할지를!"

이가림, 「파도리 고씨의 팻말 읽기」 전문

'물텀벙, 몰운대, 파도리'와 '자·살·금·지, 지·금·살·자'처럼 다르나 유사한 반향의 유음유의적인 어휘들은 시의 낭만성으로 작용한다. 그 낭만성은 위반의 시선이 포획한 반향이며, 위반의 시선은 위반된 세상에서 비롯된 시선이자 그와 같은 세상을 향한 시선이다. 그러므로 위반의 시선은 위반된 세상의 은유이기도 한 셈이다. 낭만적 실존자에게 세상의 길은 불편한 의장인 까닭에, 위반 속에서 실존적 휴머니즘의 길을 찾아가는 외로운 행보를 지속한다. 그것은 지속할 수밖에 다른 길은 없는 독자적인 행보인 것이다.

'자·살·금·지'를 왼쪽에서부터 읽어야 한다는 세상 규칙에 따르면, '자', '살', '금', '지'가 되나, 오른쪽에서부터 읽을 수도 있다는 위반으로 읽으면, '지', '금', '살', '자'가 된다는 통찰이 '살아 있어야 한다'는 실존적 명제의 위의성을 지시한다. 그것은 낭만성이 낳은 위반의 통찰이자 실존적 위의성이 낳은 성찰적 통찰이다. 이가림에게 낭만주의는 실존주의와 이음동의어인 것이다. 그러면서도 "「자·살·금·지」라는 말이나/「지·금·살·자」라는 말이나/뜻은 다 똑같은 것 같은데/이왕이면 오른쪽에서 왼쪽으로 읽는 게/좋겠다"고 위반 쪽으로 기울인 언명이 이가림이 꿈꾸는 진정한 휴머니즘의 방향을 담지한다. 낭만주의가 실존주의를 아우르듯이 사르트르 이래 '실존주의는 휴머니즘'인 까닭이다.

그러나 한편으로는 "「자·살·금·지」가 더 강한 것 같다"는 '망설임'은 낭만적 위반이 세상 규칙은 아니라는 사실 앞에서의 망설임이다. 이가림의 망설임은 현실과 위반, 세상 규칙과 위반 사이에서 어느 쪽으로도 확정짓지 않은 채, '몰운대 아찔한 벼랑 위에 서 있는 소나무한테 글자 읽는 법, 곧 왼쪽부터 읽어야 할지 오른쪽부터 읽어야 할지를 물어봐야 한다.'고 세상 규칙뿐만이 아니라 위반조차 '알쏭달쏭'하게 빗겨간다. 그것은 인생이란 불확정적인 채 이승이라는 공간에 머물다 가는 것일 뿐이라는 낭만성과 불확정적인 혹은 알쏭달쏭한 인생 사이에 처한 선택적 망설임이다. 인생이라는 길의 방법적 해답은 고독한 행보로써 찾아야한다는 전언을 은유하는 망설임이자 실존적 휴머니즘이 나아갈 방향을 찾는 망설임이다.

> 오늘 새로이 인생의 첫 걸음을 내딛는
> 신랑과 신부에게
> 내가 평생 실험실에서 현미경으로
> 기생충을 들여다 본 학자로서
> 짧게 한 마디 하겠습니다.
> 무엇보다도
> 말미잘이 소라게에게 기생하듯이
> 그렇게 상리공생(相利共生) 할 것을
> 당부하고 싶습니다.
> 개미와 진딧물, 콩과 뿌리혹박테리아
> 그런 사이만큼만 사랑을 해도
> 아주 성공한 삶이 될 것입니다.
> 다시 한번 강조하지만,

해삼과 숨이고기처럼
한쪽만 도움받고 이익을 보는
편리공생(片利共生) 하지 말고
서로가 서로의 밥이 되는
아름다운 기생충이 되세요
이상

　　　　　　　이가림, 「어느 노(老) 생물학자의 주례사」 전문

　인생의 규칙, 세상의 규칙이란 것은 언제나 '인간의, 인간에 의한, 인간을 위한' 것으로 지켜지는 것은 아니라는 성찰이 '노(老) 생물학자의 실험실 현미경'의 위반 아닌 위반의 시선에 포착되어 있다. 그것은 '해삼과 숨이고기'의 관계처럼 편리공생의 사랑법이 아니라, '말미잘이 소라게'에게 기생하듯이, 그리고 '개미와 진딧물', '콩과 뿌리혹박테리아'가 서로 상리공생하듯이 사랑할 때 '아주 성공한 삶'이 되는 인생의 규칙이라는 언명이다. "서로가 서로의 밥이 되는 아름다운 기생충이 되라"는 주례사는 '인간을 향한 인간다운 주례사'를 넘어서 '인간을 향한 기생충다운 주례사'라는 아이러니를 낳고 있다.

　'노(老) 생물학자의 주례사'는 기생충들의 관계보다 못한 인간들의 관계 앞에서는 주례사도 인간다운 언명이 아니라 기생충다운 언명이 더 부합하다는 전언을 은유한다. 한 때는 인간이 만물의 영장이었을지 몰라도, 더 이상은 그러하지 않음을 지적하는 낭만적 위반이 기생충을 만물의 영장 위의 영장에 위치 지우고 있다. 이때 위반은 웃음을 낳고, 시는 위반의 웃음으로 일탈한다. 그러나 이때의 웃음은 즐거우나 즐거울 수만은 없는 아이러니한 웃음이다. 아이러니한 웃음 속에 이가림이 꿈꾸는 실존적 휴머니즘의 길이 내재되어 있다.

그는 수우프보다는
팥죽빛 갯벌의 말랑한 진흙을
즐겨 먹는다

그는 푸른 강낭콩보다는
비둘기 모이 같은 모래알 별들을
즐겨 주워 먹는다

그는 밀빵보다는
땡볕에 뜨겁게 달궈진 조약돌을
즐겨 깨물어 먹는다

그는 포도주보다는
한 잔의 뭉게구름차를
즐겨 마신다

그는 쇠고기 갈비보다는
E.T.용 자전거 바큇살을 즐겨 뜯어 먹는다

그는 스파게티보다는
찬 이슬 맺힌 거미줄을
즐겨 먹는다

날마다
저녁 식사를 마친 뒤
하늘의 오솔길 따라
굴렁쇠를 굴려
은하수까지 갔다 오는 사람,
그는 맥(貘)의 친구로서
특히 꿈을 즐겨 먹는다

이가림, 「멋진 식도락」 전문

외로운 낭만적 실존은 고독한 꿈꾸기가 있어서 단단하므로, 이가림에게 꿈은 상상의 세계를 넘어서 실존적 현실과 다르지 않다. 때문에 그가 즐겨 먹는 것 혹은 즐기는 것은 '진흙, 별, 조약돌, 뭉게구름, 자전거, 이슬 맺힌 거미줄, 은하수, 굴렁쇠, 맥(貘), 꿈' 등이다. 이들과 동반하는 이가림의 실존태를 우리는 '시인'의 실존'이라고 언명할 수 있으리라. '뭉게구름차'를 마시고 '은하수'에 이르는 꿈속에서 존재하는 이가림에게 꿈과 현실 사이의 간극은 무마될 수밖에 없을 것이므로 그러하다. 이때 그의 존재성은 외로움과 위반 위에서 꾸는 '꿈의 식도락'에서 성립한다.

위를 향해 팔을 벌리고 있는
헐벗은 겨울나무를 보고 있으면
한사코 천국 가까이 다가가려는
하늘의 뿌리 같아서
그 앞에선
저절로 고개가 숙여지네

이가림, 「하늘의 뿌리」 전문

초록 줄무늬 암말이 낳은
커다란 알을
삶지도 않고
날 것으로 쪼개어
한 조각씩 나눠먹는 사람들

기이한 나라의 부족이 벌이는
무슨 흥겨운 여름 잔칫날인가

동네 사람들 다 모여
춤은 추지 않고
적녹색(赤綠色) 초생달 하모니카를
신나게 불고 있다

이가림, 「수박 먹는 사람들」 전문

외로움과 낭만적 위반 위에서 꾸는 꿈이 현실이 되는 실존은 '아낌없이 주고 헐벗은 겨울나무' 앞에서 성찰적으로 혹은 융합적으로 고개 숙인다. 그것은 하늘의 뿌리는 하늘 향해 두 팔 벌린 허공중에 있다고 깨닫는 겸허한 성찰이다. 허공은 하늘과 땅 사이에서 혹은 꿈과 현실 사이에서 낭만주의자의 실존을 분리시키지 않고 하나 되게 하는 자유와 초월의 공간이다. 그곳은 참된 자유가 살아있는 빈 공간이자 낭만의 근원이 되는 열린 공간이다. 허공중에 있는 하늘의 뿌리는 낭만적 실존자의 실존적 뿌리인 것이다.

이때 위반의 시선은 인간의 규칙, 세상의 규칙을 온전히 벗어나 둥근 근원과 융합한다. '허공, 하늘 밑, 하늘 뿌리'와 융합한 시선은 '수박'을 '수박'이 아니라 '초록 줄무늬 암말이 낳은 커다란 알'로 바뀌는 순간과 융합하고, '적녹색 초생달 하모니카'로 일탈하는 순간과 융합한다. 사이 혹은 경계가 무마되는 순간에 일어나는 융합이 위반의 시선을 근원으로 유인한다. 그것은 내밀한 영혼이 이르는 궁극의 통일된 세계이며, '기이한 나라의 부족이 벌이는 흥겨운 잔치처럼 수박 먹는 사람들' 위로 흐르는 자유와 초월이자 그들과 통합된 세계이다. 여기에서 이가림이 꿈꾸는 겸허하나 단단한 실존적 휴머니즘의 행보를 재차 확인한다.

변신의 생명성

—최승호

생명성의 근원인 변신

‘모든 것은 카오스에서 시작되었다’는 명제로 오비디우스의 서사시 『변신이야기』는 출발한다. 형상도 질서도 없는 하나의 덩어리에 지나지 않는 카오스 상태에서 천지창조가 이루어졌다는 변신의 논리는 ‘창조는 변신’이라는 원리를 대신한다. 사물로 굳어지지 못하고 밀치락달치락하고 있는 카오스 상태가 변신하여 만물의 형체로 탄생했으며, 자연은 ‘하늘로부터는 땅을, 땅으로부터는 물을, 대기로부터는 맑은 하늘을 떼어놓았고, 서로 떨어질 수 없는 지경에서 이들을 떼어내고는 서로 다른 자리를 주어 평화와 우애를 누리게 했다.’는 것이다.

이렇듯 인간과 인간을 둘러싼 자연환경이 변신하며 그 생명성을 유지한다는 사실은 오비디우스의 『변신이야기』가 아니어도 가까이는 씨앗이 발아하는 현상에서도 찾을 수 있다. 봄여름가을겨울 그리고 또다시 봄으로 계절이 변신하며 순환하고 애벌레가 성충으로 탈바꿈 하는 것도 생명체의 존재원리인 변신에 있다. 넓은 범주에서 변신이란 둔갑, 변모, 변용, 변장 등을 포함하며 통째로 신체가 변하는 변신 외에도 신체의 부분적인 변신 또한 변신이다. 변신이란 만물의 근원적 존재태일 뿐만 아니라 그레고리 잠이 벌레로 변신한 카프카의 소설『변신』이 시사하듯 인간의 창작적 모태 또한 그러하다.

최승호의 시적 논리도 이와 같은 변신의 논리가 원리로 작용한다. 그의 변신의 논리는 '인간의 인간에 의한 인간을 위한' 이성의 논리에 익숙한 우리의 시야를 혼란시키면서 이성의 논리 인간중심의 논리는 자연의 존재원리를 망각하게 한 폭력의 논리였다는 점을 환기시킨다. 또한 질서의 세계인 자연보다는 무질서의 세계인 카오스를 향하는 것으로 보이는 최승호의 변신의 논리는 카오스가 생명체의 근원적인 세계라는 사실을 환기시키면서 화석화된 인간중심의 논리에 공격을 가한다. 최승호의 변신은 자못 그 진폭을 가늠할 수 없다는 데 그만의 변신의 위상이 있다. 이번 시집『아메바』도 '아메바'가 시사하듯 몸의 태도가 일정하지 않은 원생동물에조차 그의 변신의 촉수가 미치고 있는데, 무형태인 아메바는 유영하며 자유를 꿈꾸는 그의 시세계를 은유한다. 무형의 카오스적 세계로 변신하며 화석화된 인간중심의 세계에 공격을 가하는 그의 시심에서 근원적인 자유에 이르고자 하는 그의 지향태를 만난다.

때문에 변신하며 유영하는 그의 시적 대상들은 '오징어, 두개골, 유령, 쥐, 북어, 나비, 변기, 늙은 말, 소금, 석탄, 고무호스' 등처럼 한국의 현대시에서 흔하게 접하지 못했던 사물들이 등장한다. 대상뿐만 아니라 제목 또한 <01>이라는 번호에서 출발하여 <01-1>, <01-2>, <01-3>, <01-4> 등의 부차적 순번을 동반하고 있어서 순번 사이사이의 여백이 시읽기의 넉넉함을 제공하는데, 이 또한 그의 변신적 시쓰기의 일환이다. 변신은 그의 시작의 원리이자 이르고자 하는 그의 꿈의 세계인 것이다. 해체와 의인화를 비롯한 수사학의 변신을 비롯해서 지상과 천상을 넘나드는 공간적 변신, 인류의 시원의 세계에서 현재에 이르는 시간적 변신 등이 자연만물을 통합하는 최승호의 변신의 시학을 일구고 있다. 손만 닿으면 어떤 것이든 금으로 변하는 마이더스의 손처럼 그의 손에서 언어는 아메바처럼 유영하며 자유로이 변신한다. 그 방향은 자연주의 내지는 지구주의를 향하는데, 인간중심을 해체시키며 근원에 이르고자 하는 지구주의이자 자연주의이다.

의인화의 변신

> 그 오징어 부부는
> 사랑한다고 말하면서
> 부둥켜안고 서로 목을 조르는 버릇이 있다
>
> 최승호, 「01 그 오징어」 전문

의인화는 자연물과 인간을 통합하는 가장 오래된 수사학이겠으나 한국시사에서 그것은 주로 식물성의 자연이 주 대상이었다면, 최승호의 자연은 동물성의 자연이며 그중에서도 어류, 벌레 등과 같이 친숙하지 않은 시적 대상들이라는 데 그의 변신의 새로움이 더한다. 오징어, 벌레 등이 시적 동반자로 새롭게 부상하는데, '오징어 부부가 사랑한다'

고 말하면서 '부둥켜안고 서로 목을 조르는' 장면을 연상하는 일은 즐겁다. 우리가 질겅질겅 씹던 오징어다리가 오징어들이 서로 부둥켜안고 목을 조르는 그 다리라는 연상이 일차적으로는 즐겁지 않을 수 없다.

> 그 오징어 부부는
> 싸울 때
> 서로의 얼굴에 먹칠을 한다
>
> 최승호, 「01-1」 전문

오징어먹물이 '오징어 부부가 싸울 때 서로의 얼굴에 먹칠하는 무기'로 사용된다는 사실을 새삼 인지하면서, 그 또한 즐겁다. 그러면서도 한편으로는 먹물로 은유되는 인간의 무지한 지식이 야기하는 '먹물'임을 의도한 것으로 보여 즐거울 수만은 없다.

> 그 오징어 부부는 죽을 때
> 다리가 뒤엉킨 채
> 징하고 징그러운 세월을 살아왔다
>
> 최승호, 「01-2」 전문

인간들이여, 인간들만이 '징하고 징그러운 세월을 부부로 사는 게' 아니라는 사실을 알라고 외치는 것 같다. 그러면서도 '징그러운 오징어 부부의 세월'이 징그러운 인간의 세월과 똑 같이 연상되지는 않아서, 이 역시 '먹물 든 인간'을 향한 외침이리라.

> 그 오징어는 죽을 때

혼자
다리로 얼굴을 감싸고 울지 모른다

최승호, 「01-3」 전문

　생명 있는 것은 무엇이든 죽음 혹은 소멸이라는 변신에 이르듯 인간이 죽을 때 그리고 죽은 자의 뒤에 남은 살아있는 자가 얼굴을 감싸고 울듯이 '오징어도 죽을 때 그 긴 다리로 얼굴을 감싸고 혼자 울지 모른다'는 메시지는 만물은 소멸이라는 궁극적 변신에 이른다는 사실을 환기시킨다. 더불어 죽음은 생명의 반대편이 아니라 그 다음의 생명 출현을 향한 변신이라는 관점으로 자연의 일부인 인간 또한 생사를 순환하는 자연의 원리에서 자유로울 수 없다는 최승호의 자연주의를 읽는다.

눈이 축구공만한 초대왕오징어는 길이 9미터의 허무를 끌고 캄캄한
심해의 고요 속을 돌아다닌다, 라고 눈 오는 밤 백지에 쓴다

최승호, 「01-4」 전문

　왜 하필 '길이 9미터의 허무'인가가 궁금하나 '9미터'가 중요해 보이지는 않는다. '허무를 끌고 심해의 고요 속을 돌아다닌다'는 사실이 중요하다. 여기에서 그동안의 즐거움은 사라지고 오징어먹물 같은 깊은 허무가 돌출되는 것은 어쩔 수 없는 인간의 한계로 보인다. 죽음을 내재한 삶이란 변신의 한 절차일 뿐이라고 치부해버리기엔 인간의 먹물의 세월이 짧지 않은 까닭이다. 허무를 야기한 죽음이란 만물의 영장이든 아니든 뛰어넘을 수 없는 시간적 존재로서 만물의 그리고 인간의 한계라는 것에 대한 인식이리라. 시간의 신인 크로노스 앞에서 만물의

영장인 인간의 위상이 초라해 보이는 순간이다.

우주적 변신

> 쥐들이 날아온다
> 너펄거리는 날개 큰 쥐들이
> 쥐라기 이전의 까마득한 어둠을 끌고
> 널찍하게 텅 빈 밤의 하늘을 날아다닌다

최승호, 「08 쥐」 전문

'쥐들이 날아온다'는 명제는 지상의 동물을 우주에 이르게 하는 변신의 수사학에서 가능하다. '너펄거리는 날개 큰 쥐들'이라고 하니 얼핏 박쥐를 연상해볼 수도 있다. 박쥐는 '널찍하게 텅 빈 밤의 하늘을 날아다니는' 쥐의 일종임에는 틀림없다. 그러나 쥐와 박쥐는 언어기호가 다르니 '쥐들이 날아온다'고 한 수사를 '박쥐들이 날아온다'로 변경할 수는 없다. '나는 쥐들'이란 우주적으로 변신한 쥐일 것이나 그 이면에는 쥐에게 닥친 불행이 내재되어 있음을 간과할 수 없다.

> 쥐불을 놓자 쥐불을 놓자
> 쥐들이 뛰쳐나오게 쥐불을 놓자
> 연기 자욱하게 쥐불을 놓자
> 불타는 빈 들 위로
> 재들이 너울너울 날아다니게 쥐불을 놓자

최승호, 「08-1」 전문

쥐불은 인간에 의한 인간을 위해서 쥐를 태워 죽이는 인간중심의 관습이라서 얼핏 쥐가 불타는 빈 들 위로 너울너울 날아다니며 죽는 것이 마땅하다는 논리로 보인다. 그러나 '인간의 불행을 방지하기 위한 쥐의 희생은 매우 다행한 일이 아니냐'는 역설적 담화로써 고정화된 인간중심의 사고에서 일탈한다.

> 정월 대보름
> 짚으로 엮은 사람이 불탈 때,
> 제웅이 논바닥에 자빠져
> 연기와 재 흘리고 있을 때,
> 얼마나 나에게 액운이 없기를 기원했던가
>
> 최승호, 「08-2」 전문

인간인 우리는 '나에게 액운이 없기'를 기원하기 위해 쥐의 생사를 비롯한 인간 밖에 있는 자연의 생사는 관심 밖에 둔다. 자연의 자연스런 사슬을 차단하고 여기에 인위적으로 개입한 인간의 위력은 불을 사용하는 문명적 존재라는 데 있다. 문명적 위력으로 인간에게 가해지는 자연의 액운을 깡그리 불태우려는 불가해한 인간중심의 욕망에 대한 최승호의 역설적 일탈이자 공격이다.

> 쥐가오리만한 파도들이 방파제를 덮칠 때
> 쥐가오리가 연주하는 파이프오르간을 나는 상상한다
> 바다에서 들려오는
> 장엄하고 신비로운 파이프오르간 소리
>
> 최승호, 「08-3」 전문

쥐가 '쥐가오리'로 전이적으로 변신하면서 쥐는 그리고 쥐가오리는 바다의 파도를 파이프오르간처럼 연주하는 주체로 변신한다. 하늘로 날아오르던 쥐는 바다의 쥐가오리로 변신하여 궁극의 자유에 이른 것으로도 보인다. 하늘로 나는 쥐든 파도를 연주하는 쥐가오리든 인간지배에서 벗어나는 변신을 꿈꾸면 그로써 족한 것이라는 최승호의 지구주의적 메시지를 읽는다.

우리는 거대한 증발접시 안에서 속이 타는 물방울 같은 존재들인지 모른다

최승호, 「19 우리는」 전문

우리가 바람이 되어
다시 만날 때

서로 얼굴을 알아볼 수 있는 것일까

최승호, 「19-1」 전문

우리가 노을이 되어
다시 만날 때
서로의 붉은 뺨을 어루만질 수 있는 것일까

최승호, 「19-2」 전문

지, 수, 화, 풍, 공,
우리는 흩어지고 다시 뭉쳐지면서
재활용되는
윤회의 4원소, 혹은 5원소들이다

최승호, 「19-3」 전문

우리가 '거대한 증발접시 안에서 속이 타는 물방울 같은 존재들'이
라는 변신이 '바람이 되어 다시 만날 수도', '노을이 되어 다시 만날 수
도' 있으리라는 우주적 변신에 이른다. '지, 수, 화, 풍'에 '공'이 더하
여 우주로 흩어지고 다시 지상에 뭉쳐지면서 지상과 천상은 하나가 된
다는 자연의 변신이자 최승호가 이르고자 한 우주적 변신이다. 지상적
존재가 우주적 변신을 꿈꿀 때 코스모스적 존재는 카오스적 상태를 유
영할 수 있다는 자유로의 이행이다.

자아의 변신

전생(前生)에 나는 해마였다 아버지의 배주머니 속에서 아버지의 간
섭을 받아야 했다 이제 나는 누구의 간섭도 받지 않는다 고래의 너털웃
음에 공포를 느끼지 않는다 멍게의 울음에 연민을 느끼지 않는다 온갖
해마적인 감정이 증발하였다 내가 살던 해마의 마을에 평화가 왔는지
알 수가 없다 그물의 그물코가 넓어야 개네들이 평화롭게 살 텐데……
새우그물은 얼마나 촘촘하고 튼튼했는지 새우들의 이마뿔이 부러지고
왕새우의 왕초도 구멍 하나 뚫지 못했다 정작 구멍이 뚫린 것은 내 살
이다 요즘 나는 계속 해체되는 중이다 하기야 내 살은 바다가 잠시 빌
려줬던 것이니까 해체되면서 성하(聖河)의 흐름을 따를 수밖에 없다 자
그럼 절여진 해마는 이만 안녕

최승호, 「11 전생」 전문

전생과 현생의 관계도 변신에 의해 가능하다. '내가 해마였던 나의
전생에서 나는 아버지의 배주머니 속에서 아버지의 간섭을 받아야 했
다.' 그러나 전생에서 변신하는 혹은 해체하는 '나는 계속 해체중 혹은
변신중'이므로, '이제 누구의 간섭도 받지 않는다.' 아버지의 간섭에서

변신한 '나'이듯 자아의 변신은 전생으로부터 부모로부터 유년으로부터 해체하며 이루어진다.

변신의 중심에는 시간이 있으며 시간 속에서 자아의 변신도 전생과 현생을 넘나든다. 전생의 해마이든 절여진 해마이든 해체되는 해마이든 자아가 여러 개의 해마가 될 수 있는 원리는 변신이라는 자연의 존재원리에 그 근원이 있다.

인류의 변신

> 나는 간빙기(間氷期)의 인간이라고 한다. 거대한 얼음의 시간과 얼음의 시간 사이에 살고 있다는 것이다. 크로마뇽인들은 빙하기에도 살아남았다 한다. 대단한 사람들이다. 하지만 다 죽었다.
>
> 최승호, 「25 나는 간빙기의 인간」 전문

최초의 인류가 따뜻한 간빙기에 출현한 것처럼 인간이 살 수 있는 시기도 간빙기라고 하듯 '나는 간빙기의 인간'이라고 선언하는 간빙기가 최초의 간빙기를 뜻하는지 지금을 뜻하는지는 불분명해도 인간이 살 수 있는 간빙기를 지시한 것은 틀림없다. 한편 오비디우스의 『변신 이야기』에 따르면 '신들과 별들이 천상에 자리를 잡고, 물은 아름다운 비늘을 번쩍거리는 물고기들의 거처가 되었고, 대지는 짐승들 몫으로 돌아갔다. 흐르는 대기는 새들을 맞아들였다. 이 짐승들보다는 신들에 가깝고, 지성이라는 것이 있어서 다른 생물을 지배할 만한 존재는 없을 때 인류가, 인간이 창조되었다.'고 한다. 이 인간은 '다른 동물들이 머리를 늘어뜨린 채 늘 시선을 땅에다 박고 다니는 데 비해 머리가 하늘

로 솟아 있어서 별을 향하여 고개를 들 수도 있었다.'고 하는데, 이와
같이 창조된 인류는 살아남거나 아니거나 하면서 거듭 변신의 역사를
만들어 가고 지구 또한 빙하기에서 간빙기로 그리고 빙하기로 변신하
면서 지구의 그리고 자연의 생명성의 원리에 따른다.

> 나는 지구온난화 시대의 인간이다. 북극의 얼음이 녹고 해수면이 높
> 아지는 불길한 별에 살고 있는 것이다. 마당으로 부엌으로 밀려들어오
> 는 바다, 투발루 사람들은 섬을 떠났다. 하지만 다시 고향으로 돌아가지
> 못할 것이다.

최승호, 「25-1」 전문

변신하는 인류와 변신하는 지구의 역사 속에서 이제 인류는 지구온
난화 시대의 인간으로, 지구는 지구온난화라는 간빙기로 변신했다. 문
제는 '바다가 마당으로 부엌으로' 밀려들어오는 지구온난화 시대로 변
신한 지구에서는 '다시 고향으로 돌아가지 못할 지구'라는 사실이 중요
하다는 메시지다. 최근 일본의 지진과 해일이 마을을 바다로 변신하게
했듯 인간은 이제 '사라져버린 고향으로 다시 돌아가지 못한다'는 메시
지가 지구의 변신이 야기한 인간의 불행인지, 인간에 의한 인간을 위한
인간의 변신이 지구의 불행인지 그 향방을 가늠키 어려워도 분명한 것
은 지구의 불행은 인간의 불행과 함께한다는 사실이다.

> 냉장고 문이 열리면서
> 북극곰들이 걸어나오는 일은 없는 것일까
> 냉장고 문이 닫히면서
> 남극의 펭귄들이 문을 두드리는 일은 없는 것일까

최승호, 「25-2」 전문

자연의 혜택을 잃은 지구는 북극곰은 북극에 살지 않고 '지구온난화 시대의 인간의 집 냉장고'에 살든지, 또한 남극의 펭귄들도 더 이상 남극에 살지 않고 '지구온난화 시대의 인간의 집 냉장고'에 살든지 하는 '이상한 변신'의 시대에 처해 있다. 이는 이상한 변신의 변신이 수시로 찾아올 것이라는 지구주의에 대한 경각심을 환기시킨다.

온몸이 눈송이뿐인 새를 설붕(雪崩)이라고 하자. 설붕은 무척 크다. 우리가 한 조각 파도라면 설붕은 해일이요 우리가 한 송이 눈이라면 설붕은 거대한 눈보라다. 이런 설붕도 지구온난화에는 미쳐버려서 머리가 비틀린 새처럼 뒤집힌 채 날아다니며 지구 곳곳에 기상이변을 일으킨다.

최승호, 「25-3」 전문

'온몸이 눈송이뿐인 새'인 설붕이란 눈사태로 인해 온몸이 눈으로 덮인 지구에 대한 은유다. '지구온난화에 미쳐버려서 머리가 비틀린 새처럼 뒤집힌 채 날아다니며 지구 곳곳에 기상이변을 일으키는 설붕'처럼 드디어 지구는 그리고 인간은 자연적 변신을 벗어나 비틀리고 뒤집힌 이상한 변신의 회오리에 직면하고 있다는 경고성 메시지가 시의 둘레조차 벗어나고 있다.

경고적 메시지는 시의 환기력을 넘어서 목적적 목소리를 띠고 있으나 이 또한 인간이 개입한 이상한 변신이라는 점으로, 인간의 인간에 의한 인간을 위한 논리가 지구의 운명을 경각에 이르게 하여 인간의 운명조차 바람 앞의 촛불 같다는 인간의 당면과제를 환기시킨다. 지구는 설붕도 파도도 해일도 눈보라도 공존하는 그리고 쥐와 오징어와 해마와 인간이 공존하는 만물의 터전인 까닭에 최근과 같은 이변이 자연

스런 지구의 변신이 아니라는 목소리를 간과하는 것은 위험하다는 최승
호의 메시지다. 지구주의를 위한 경고성 메시지가 등장한지 어제오늘이
아니지만 지속적으로 되풀이된다 해서 과유불급의 사안은 아니리라.

슬픔의 친화력

―문태준

사물이 시인의 시선 속에서 포착될 때 그 사물은 '사물 그대로' 포착되기도 하고 '친화적으로' 혹은 '배타적으로' 각색되어 새로운 사물로 탄생하기도 한다. 문태준의 시선 속에 포착된 사물들은 '친화적'인 시적 상관물이 되어서 새롭게 탄생하고 있는데, 그것이 '슬픔으로 친화적'이라는 데 문태준 시의 특징이 있다. 그런데 그 슬픔이 페시미즘적 슬픔이 아니라 생명력을 고양시키는 역설적 슬픔이라는 데 문태준 시의 남다른 특장이 있다. 이는 또한 그의 시가 한국시의 전통적 한 축인 비극적 서정에 닿아있음을 말한다. 전통의 계승이란 분명 문태준뿐만 아니라 현대 한국 시인의 특장에 속할 것이나 전통에서 자유롭지 않다는 것은 한편으로는 역사적 존재인 현대 시인으로서의 동시대성을 일견 외면한 것으로 보일 수도 있다. 창작이 새로움을 은유한다고 볼 때 전통 쪽으로 기울어진 시에서 우리는 친숙한 정서를 만나면서 무의식적으로 과거로 퇴행해야 하기 때문이다.

우리가 우리에게 친숙, 슬픔, 친화력, 생명력을 환기시키는 전통의 세계로 진입하기 위해서 과거로 퇴행하는 것은 집단적 무의식 속으로 잠입하는 행위이다. 우리의 집단적 무의식 속에는 세계와 동일시됐던 원형의 시절이 원형적 생명력을 견지하고 있는 까닭이다. 친숙한 세계인 과거가 현재의 우리를 성찰하게 하는 시공이라는 점에서 전통은 현재의 역설적 새로움으로 작용한다. 곧 문태준은 과거로 회귀하는 것이 아니라 과거 속에서 현재를 견지하기 위한 창작적 새로움을 찾아내어 온 것이다. 그런데 전통적 정조인 '슬픔의 친화력'이 우리의 생명력을 고양시키는 힘이라는 점에서 이는 역설이자 현대의 아이러니한 정조임에 틀림없다. 때문에 문태준의 시도 본래적인 생명력, 곧 자연 그대로의 생명력이 현대에 와서 왜곡됐음을 은유하면서 역설적인 현대시의 한 면모를 과시한다.

작은 언덕에 사방으로 열린 집이 있었다
낮에 흩어졌던 새들이 큰 팽나무에 날아와 앉았다
한놈 한놈 한곳을 향해 웅크려 있다
일제히 응시하는 것들은 구슬프고 무섭다
가난한 애비를 둔 식구들처럼
무리에는 볼이 튼 어린 새도 있었다
어두워지자 팽나무가 제 식구들을 데리고 사라졌다

문태준, 「팽나무 식구」 전문

전통적인 수사학인 사물의 의인화는 사물을 인간과 친화적이게 하는 통로로 작용한다. 인간의 주관적 시선으로 사물을 인간화한 의인화는 인간이 사물을 소유하는 절차에 속하므로, 이는 사물에게는 폭력에 해당할 것이다. 그러나 사물에게 행해진 폭력으로 탄생한 시는 왜곡된 우리를 원형의 존재로 환기시키는 기제로 작용한다는 점에서 현대에서의 의인화는 아이러니에 속한다. 아이러니로 인해 자연풍경은 "가난한 애비를 둔 식구들처럼/무리에는 볼이 튼 어린 새도 있었고/어두워지자 팽나무가 제 식구들을 데리고 사라진" 슬픔으로 친화적인 의인화의 풍경이 된다. 인간인 문태준의 슬픈 시선이 팽나무와 새의 가족을 슬픔으로 채색하고 있는 것이다. 팽나무는 팽나무로, 어린 새를 동반한 새의 가족은 새의 가족으로 저마다의 자연으로 존재할 것이나 인간인 문태준의 슬픈 시선 속에서 이들은 슬픈 존재로 새롭게 탄생한다. '어두워지자' 제 식구들을 데리고 '어둠' 속으로 떠나는 팽나무의 행보는 원형의 자연에 슬픔으로 친화적인 문태준의 행보를 은유한다.

특히 '가난한 애비'는 '가난한 팽나무 식구'를 은유하면서 우리들의 시대적 가난도 은유한다. 이는 문태준의 슬픈 시선의 출처가 역사적 가난의 한 어귀에 있음 또한 은유한다. 그러므로 문태준의 슬픈 시선은 그의 개인적인 슬픔에서 벗어나 우리들의 역사적 슬픔이자 이 땅의 팽나무와 이 땅에서 서식하는 새의 가족조차 슬픈 상관물로 치환하는 보편적 슬픈 시선에 속한다. 보편적 슬픔의 기제인 가난이 페시미즘적 슬픔 속에 함몰되지 않고 생명의 친화력으로 작용한다는 것이 문태준 시가 지닌 동시대적 아이러니이자 특장인 것이다.

山竹 사이에 앉아 장닭이 웁니다

묵은 독에서 흘러나오는 그 소리 애처롭습니다

구들장 같은 구름들은 이 저녁 족보만큼 길도 두텁습니다

누가 바람을 빚어낼까요

서쪽에서 불어오던 바람이 산죽의 뒷머리를 긁습니다

산죽도 내 마음도 소란해졌습니다

바람이 잦으면 산죽도 사람처럼 둥글게 등이 굽어질까요

어둠이, 흔들리는 댓잎 뒤꿈치에 별을 하나 박아주었습니다

문태준, 「수런거리는 뒤란」 전문

　'수런거리는 뒤란'의 풍경이 오래되어서 낯선 풍경이라는 사실도 동시대의 아이러니한 풍경이면서 동시에 그것이 슬픈 친화력의 세계라는 점 또한 아이러니하다. '산죽 사이에 앉아 우는 장닭'은 자신의 삶의 징조를 표시하느라 울겠으나, 그 울음은 문태준의 시선 속에서는 '묵은 독에서 흘러나오는 애처로운 소리'가 되어 슬픔의 친화력으로 새롭게 탄생한다. '산죽 사이에 앉아 장닭이 울고, 서쪽에서 불어오던 바람이 산죽의 뒷머리를 긁고, 어둠이 흔들리는 댓잎 뒤꿈치에 별을 하나 박아주는' '수런거리는 뒤란'의 풍경은 우리를 과거로 퇴행시키면서 동시에 우리가 잃어버린 것들을 성찰하도록 환기시킨다.

　장닭의 울음소리와 산죽의 뒷머리 긁는 소리와 어둠 속에서 빛나는 별빛이 살아있는 뒤란의 수런거림은 한때는 현실이었으나 이제는 현실이 아니라 우리에게 슬픔의 친화력으로 살아있는 원형이자 시적 상관물일 뿐인 것이다. 현실적인 뿌리를 잃어버린 원형적인 것들이 시적 상관물로 새롭게 탄생하여 우리에게 생명력의 메아리를 '수런거리면서'

들려준다. 어둠이 있어서 별이 빛나듯 원형의 과거가 있어서 우리는 우리의 현재를 반추할 수 있으며, 그것이 슬픔의 생명력이라는 역설적 사실에 따르면서 우리는 과거와의 친화력을 견지한다.

겨울 찬 하늘 한 켜 살껍질을 누가 벗겼나

어느 영혼이 지난밤 꽃살문 같은 꿈을 꾸었나

갓 바른 문풍지 같고 공기로만 빚은 동천産 첫물

사락사락 조리로 쌀을 이는 소리가 난다

문태준, 「서리」 전문

「서리」는 과학과 시가 부딪혀서 서로가 깨지지 않고 둘이 하나라는 사실을 환기시키면서 새로워진다. "겨울 찬 하늘 한 켜 살껍질"과 같은 서리, "어느 영혼이 지난밤 꽃살문 같은 꿈을 꾼" 것과 같은 서리, "갓 바른 문풍지 같고 공기로만 빚은 동천産 첫물"인 서리, "사락사락 조리로 쌀을 이는 소리"처럼 서리 내리는 소리는 과학의 서리가 시의 서리로 탄생한 원형적 순간의 소리다. 서리가 있어서 「서리」가 탄생하듯이 우주도 삶도 문태준의 친화력 속에서 하나로 융합한다.

우리는 우리들의 원형적 청력을 상실한 상실의 시대를 건너고 있으므로, 우리는 겨울이 와도 '서리' 내리는 소리를 들을 수 없을 뿐만 아니라 듣지 않는다. 이와 같은 때에 원형적 청력을 간직한 문태준의 시심은 슬픔의 친화력으로 깊디 깊은 융합의 샘을 파고 있어서 의미깊다. '겨울 찬 하늘, 꽃살문 같은 꿈, 갓 바른 문풍지, 조리로 이는 쌀'의 시대를 잃어버린 우리들은 더 이상 '꽃살문 같은 꿈을 꾼 영혼'의 소유자가 아니라 상실과 분열의 영혼을 소유한 자들이므로 문태준의 원형을 향한 친화력이 슬픔의 친화력으로 읽히는 것은 당연하다.

비질하다 되돌아본
마당 저켠 하늘

벌떼가 뭉텅, 뭉텅
이사 간다

어릴 때
기름집에서 보았던
깻묵 한덩어리, 혹은

누구의 큰 손에 들려 옮겨지는
둥근 항아리들

서리 내리기 전
시루와 솥을 떼어
하늘이불로 둘둘 말아

밭두렁길을 지나
휘몰아쳐가는
이사여,

아, 하늘을 지피며 옮겨가는
따사로운 모닥불!

문태준, 「모닥불」 전문

　'비질하는 마당'도 '기름집'도 '깻묵 한 덩어리'도 '둥근 항아리들'도 '시루와 솥'도 '밭두렁길'도 '하늘이불'도 '모닥불'도 문태준의 그리고 우리들의 마음 속 깊은 곳에 살고 있는 원형적 상관물이다. 그것은 모닥불이 피어오르듯 마음 속 깊은 곳에 슬픔으로 살면서 우리들을 천상으로 고양시키는 통로로 작용한다. 아이러니하게도 잃어버린 지 오래되어서 오히려 새로운 것들은 우리들을 과거로 퇴행시키면서 동시에 천상으로 고양시키고 있는 것이다. 존재물이 천상으로 승화될 때 그것들은 소멸하는 것도, 단순히 과거로의 퇴행도 아닌 채 마음 속 깊은 곳에 살면서 우리들을 영원으로 견인하는 힘으로 작용한다. 원형적인 것이 영원한 생명력이라는 문태준 시의 전언이다.

낮잠에서 깨어나면
나는 꽃을 보내고 남은 나무가 된다

혼(魂)이 이렇게 하루에도 몇 번
낯선 곳에 혼자 남겨질 때가 있으니

오늘도 뒷걸음 뒷걸음치는 겁 많은 노루꿈을 꾸었다

꿈은, 멀어져가는 낮꿈은
친정 왔다 돌아가는 눈물 많은 누이 같다

낮잠에서 깨어나 나는 찬물로 입을 한번 헹구고
주먹을 꼭 쥐어보며 아득히 먼 넝쿨에 산다는 산꿩 우는 소리 듣는다

오후는 속이 빈 나무처럼 서 있다

문태준, 「짧은 낮잠」 일부

친화적인 생명력을 고양시키는 문태준의 슬픔이자 우리들의 슬픔은 "친정 왔다 돌아가는 눈물 많은 누이"처럼 '꿈'조차 '눈물'로 치환시켜 슬픔의 생명력으로 고양에 이르게 한다. '친정 왔다 돌아가는 누이'는 '눈물 많은 누이'가 아니어도 슬픈 이미지를 상징하는 전통적 상관물로 작용해 왔다. 친정, 누이, 눈물, 이 모두는 가난한 애비처럼 슬픔의 친화력 속에서 생명력을 고양시키는 전통적 상관물로 작용하는 것이다.

'꽃을 보내고 남은 나무가 된' 시적 자아는 '낯선 곳에 혼자 남겨진 혼'이나 '오늘도 뒷걸음 뒷걸음치는 겁 많은 노루꿈', 그리고 '친정 왔다 돌아가는 눈물 많은 누이'로 치환되면서 궁극에는 '속이 빈 오후의 나무'가 된다. 눈물도 비어내는 것이요 가난도 비어있는 상태이듯이 오후도 비어있는 시간이고 꽃을 보내고 남은 나무도 비어있는 상관물이다. 비어있는 것들은 모두다 버려버려서 슬픔으로 친화적이면서도 역설적이게도 신선한 생명력을 환기시키는 시적 상관물로 작용한다. 슬픔은 우리들의 속을 비어내게 하면서 생명력을 고양시키는 아이러니한 친화력인 까닭이다.

　자루는 뭘 담아도 슬픈 무게로 있다

　초봄 뱀눈 같은 싸락눈 내리는 밤 볍씨 한 자루를 꿔 돌아오던 家長
이 있었다 그 발자국 소리를 듣고 일어나면 나는 난생처음 마치 내가
작은댁의 자궁에서 자라난 것을 알게 된 것처럼 입이 뾰족한 들쥐처럼
서러워서 아버지, 아버지 내 몸이 무러워요 내 몸이 무러워요 벌써 서
른 해 전의 일이오나 자루는 나를 이 새벽까지 깨워 나는 이 세상에 내
가 꿔온 영원을 생각하오니

오늘 봄이 다시 와 동백과 동백 진다고 우는 동박새가 한 자루요 동
박새 우는 사이 흐르는 銀河와 멀리와 흔들리는 바람이 한 자루요 바람
의 지붕과 石榴꽃 같은 꿈을 꾸는 내 아이가 한 자루요 이 끊을 수 없는
것과 내가 한 자루이오니

보리질금 같은 세월의 자루를 메고 이 새벽 내가 꿔온 영원을 다시
생각하오니

문태준, 「자루」 전문

"자루는 뭘 담아도 슬픈 무게로 있다" 하니, 이보다 더 슬픈 시인의
시선이 또 있을 것 같지 않아 보인다. 그것은 자학적 슬픔으로 보이면
서도 근원적인 슬픔으로도 보인다. 상실의 세월속에서 형성된 슬픔이
기 때문일 것이다. 상실의 세월 속에서 형성된 슬픔은 '자루, 볍씨, 家
長, 작은댁, 동백, 동박새, 은하, 석류꽃, 보리질금, 보리질금 같은 세월,
영원'조차 슬픔의 친화력으로 환기시키고 있다. 이는 우리가 잃어버린
우리들의 초상이자 무의식 속에 살아있으면서 생명력을 고양시키는 슬
픔의 상관물들인 것이다.

"보리질금 같은 세월의 자루를 메고 이 새벽 내가 꿔온 영원을 다시
생각"할 수 있는 것도 '보리질금 같은 세월'의 슬픔이 환기시키는 영원
으로의 환기력이다. '봄과 동백과 동백 진다고 우는 동박새와 동박새
우는 사이 흐르는 은하와 흔들리는 바람과 바람의 지붕과 석류꽃 같은
꿈을 꾸는 내 아이가 모두 한 자루'라는 은유는 슬픔으로 친화적인 은
유이며 영원의 생명력으로 고양되는 슬픔의 아이러니이다. 자루 안에
든 슬픈 생이자 슬픈 삶이며 슬픈 세월이나 그것은 아이러니한 시대를
넘어서 영원으로 이어지는 순수의 통로이자 순수한 힘이다. 그러므로

슬픈 삶은 소멸하는 것이 아니라 미래로 향하는 순수의 통로로 작용하
여 우리를 순수로 유인한다.

어물전 개조개 한 마리가 움막 같은 몸 바깥으로 맨발을 내밀어 보이
고 있다
죽은 부처가 슬피 우는 제자를 위해 관 밖으로 잠깐 발을 내밀어 보
이듯이 맨발을 내밀어 보이고 있다
펄과 물속에 오래 담겨 있어 부르튼 맨발
내가 조문하듯 그 맨발을 건드리자 개조개는
최초의 궁리인 듯 가장 오래하는 궁리인 듯 천천히 발을 거두어갔다
저 속도로 시간도 길도 흘러왔을 것이다
누군가를 만나러 가고 또 헤어져서는 저렇게 천천히 돌아왔을 것이다
늘 맨발이었을 것이다
사랑을 잃고서는 새가 부리를 가슴에 묻고 밤을 견디듯이 맨발을 가
슴에 묻고 슬픔을 견디었으리라
아── 하고 집이 울 때
부르튼 맨발로 양식을 탁발하러 거리로 나왔을 것이다
맨발로 하루 종일 길거리에 나섰다가
가난의 냄새가 벌벌벌벌 풍기는 움막 같은 집으로 돌아오면
아── 하고 울던 것들이 배를 채워
저렇게 캄캄하게 울음도 멎었으리라

문태준, 「맨발」 전문

"죽은 부처가 슬피 우는 제자를 위해 관 밖으로 잠깐 발을 내밀어
보이듯이 맨발을 내보이고 있다"는 '어물전 개조개'와 그의 '맨발'은
문태준의 맨발이자 가난한 애비의 맨발이며 가난을 건너온 우리들의
슬픈 맨발을 은유한다. 우리는 가난의 시대를 건너오면서도 죽음의 순
간에서조차 '슬피 우는 제자를 위해 관 밖으로 발을 내밀어 보이는 부

처'처럼 '너의 가난'을 염려하면서 '나의 가난'은 스스로 감내하는 슬픈 족속이었다. 우리들의 가난의 맨발은 '사랑을 잃은 맨발'이기도 했고, '부르튼 맨발로 양식을 탁발하러 거리'를 헤매기도 한 맨발이었다. 이와 같은 '너'를 위한 '나의 맨발'은 무의식적으로 친화적인 슬픔과 슬픔의 생명력으로 작용하는 '나의 희생'을 은유한다.

보호막 없는 길거리에서 보호막 없는 맨발로 하루 종일을 헤매는 맨발의 애비는 "가난의 냄새가 벌벌벌벌 풍기는 움막 같은 집으로 돌아오면/아— — 하고 울던 것들이 배를 채워" 울음도 멎듯이 남루한 맨발의 하루를 '희생적으로' 잠재우는 존재이다. '자루는 뭘 담아도 슬픈 무게로 있듯이' '맨발'은 누구의 맨발, 무엇의 맨발이어도 슬픔의 통로로 비어있다. 희생이란 맨발처럼 비어내는 것이자 버리는 것과 같으며, 단지 슬픔의 친화력으로 채워질 뿐인 것이다. 지나온 희생의 세월이 슬픔의 친화력이 되어 우리를 순수의 생명으로 유인하는 힘으로 작용한다는 문태준 시의 장력을 확인한다.

산수유나무가 노란 꽃을 터트리고 있다
산수유나무는 그늘도 노랗다
마음의 그늘이 옥말려든다고 불평하는 사람들은 보아라
나무는 그늘을 그냥 드리우는 게 아니다
그늘 또한 나무의 한해 농사
산수유나무가 그늘 농사를 짓고 있다
꽃은 하늘에 피우지만 그늘은 땅에서 넓어진다
산수유나무가 농부처럼 농사를 짓고 있다
끌어모으면 벌써 노란 좁쌀 다섯 되 무게의 그늘이다

문태준, 「산수유나무의 농사」 전문

　　교훈주의 지평으로 열려있는 「산수유나무의 농사」는 문태준 시에서 드물게 나타나는 직설적 교훈주의이다. 문태준의 시는 교훈주의적이기보다는 슬픔으로 친화적인 비극적 서정, 곧 서정적 내밀화가 돋보이는 것이 특징이나, 문태준은 이른 봄날 다른 꽃나무 보다 먼저 노란 꽃망울을 터트린 산수유나무로 인해 벅차오른 감동을 절제하지 못하고 「산수유나무의 농사」를 탄생하게 한 것으로 보인다. "마음의 그늘이 옥말려든다고 불평하는 사람들"을 향하여 '산수유나무의 농사를 보라'고 외치는 것은 벅찬 감동이 아니고서야 토해낼 수 없는 명령이리라.

　　"나무는 그늘을 그냥 드리우는 게 아니다/그늘 또한 나무의 한해 농사/산수유나무가 그늘 농사를 짓고 있다/산수유나무가 농부처럼 농사를 짓고 있다"는 의인화는 농부의 농사짓는 행위도 산수유나무의 농사짓는 행위에서 닮아오지 않았겠느냐는 문태준의 전언을 은유한다. '불평'이라는 것을 모르는 채 "꽃은 하늘에 피우지만 그늘은 땅에서 넓어지는" 산수유나무의 그늘은 아이러니하게도 '불평'이나 일삼는 우리들을 위한 그늘이라는 전언을 또한 은폐하고 있다. 그러나 교훈주의 시 역시 문태준의 슬픈 시선에서 자유롭지 않다. '불평이나 일삼는 사람들'과 달리 '불평없이' 농사짓는 '농부와 산수유나무'는 희생적 상관물이므로 그러하다.

　　이처럼 잃어버려서 슬픈 원형적 상관물도, 희생적이어서 슬픈 세월의 상관물도, 문태준의 슬픈 시심으로 채색된 상관물도 모두 문태준 시의 생명의 친화력을 견인하는 상관물이며, 역설적으로 동시대성을 반추하는 상관물이다. '죽음'의 이미지를 형상화한 「가재미」와 「가재미 2」, 「가재미 3」을 제외한 문태준의 시는 슬픔의 친화력을 생명을 견인

하는 통로로 설정하여 과거를 현재화하는 창작적 새로움의 지평을 확
장하고 있다.

신인간 풍속도

―양해열

현대사회의 풍속도에는 '신'자가 빈번히 등장한다. 현대란 현재이고, 현재가 '새롭다'는 의미를 함축하고 있는 까닭일 것이다. 현재가 분명 과거보다는 현격히 새로운 풍속들로 채워져 있는 것은 틀림없다. 가령, 신자유주의, 신고전주의, 신낭만주의, 신페미니즘, 신맑스주의 등, 때로는 '신'자 대신에 포스트맑스주의, 포스트자본주의, 포스트모더니즘, 포스트페미니즘처럼 '포스트'가 등장하기도 한다. 이는 역사란 과거와 함께 진행한다는, 곧 이와 같은 '신'자가 '역사가 되풀이 된다'는 사실을 유야무야 증명해주고 있는 셈이다. 인간은 태어나서 개인인 자신의 삶을 살다가 이승을 떠나나, 인류사는 일차적으로 그와 같은 개인들의 종족 보존 욕망이 지속되는 과정에서, 이차적으로는 그들의 삶의 양식이 의식·무의식적으로 다음 세대에 전승되는 경과이기 때문인 것이다.

그러므로 새로 태어난 2세들, 곧 자연적 관계에 의해서 태어난 다음 세대들을 '신'인간이라 칭하는 것이 마땅할 것이나, 현대사회의 풍속도에 등장한 '신인간'이란 이와 같은 의미가 아니다. 자연적 관계에 의해

서 태어난 인간들은 신인간이기보다는 우리가 인간이라고 칭해왔던 그
대로의 인간이며, 현시점에서는 이들이 '자연적 인간' 혹은 '과거적 인
간'이라는 점에서 신인간과의 변별성을 찾을 수 있다. 자연적 관계에
의한 출생은 현대와 같은 첨단문명사회에 이르기 전에는 새생명 내지
인간의 후대를 지속하게 한 유일한 방법이었던 것이다. 때문에 '신인간
풍속도'의 주체인 신인간은 과거의 자연적 인간과는 탄생방식이 현격
하게 다르다는 점이 무엇보다도 '새로운 신'의 특징이다. 신인간의 이
와 같은 특징으로 가능한 추정은 개인인 신인간의 삶이 죽음으로 마감
되지 않을 수도 있다는 데 있다. 이는 신이 창조한 인간보다 탁월한 인
간에 의한 신인간의 탄생을 증명하는 일로, 마침내 인간이 신의 능력을
능가하기에 이른, 믿을 수 없으나 믿어야만 하는 현대의 신인간 풍속이
다. 곧 종교가 된 과학의 위상인 것이다.

　양해열의 시는 이와 같은 신인간 풍속을 포착하고 있으나, 신인간
풍속을 찬미하는 것이 아니라 풍자하고 있다. 그의 시의 아이러니는 신
인간 풍속을 풍자하는 역설을 낳고 있는데, 이는 양해열이 신인간이 아
니라 과거적 인간형이자 자연적 인간형임을 은유한다. 과거적 인간형
인 양해열은 신인간의 탄생이 그다지 축복해야 할 일이 아님을 아이러
니하게 환기시키고 있는 것이다. 신인간은 축복으로 사는 것이 아니라,
신의 축복이 없어도 영원히 살 수 있는 '축복의 기능'을 내재한 채 탄
생하는 인간이라고 풍자한다. 이처럼 양해열의 신인간 풍속도에는 '신
과 인간', '인간과 신인간', '자연과 기술', '과거와 현재' 등이 혼융되
어 있어서 미래 또한 예견 가능한 시간으로 지시된다. 이제 예견 가능
한 미래란 신의 영역이 아니라 '인간의, 인간에 의한 시간'인 것이다.

때문에 양해열 시의 상상력의 폭은 역사, 문명사만큼 넓으면서도 문명사를 넘어선다. 역사 내지 문명사에 대한 시적 조망이 단지 현재의 풍속도를 조망한다고 해도 거기에는 과거와 미래가 동시에 내재되어 있기 때문이며, 이와 같은 과거와 미래를 아우르는 상상력의 폭이 시를 탄력적이고 동력적이게 한다. 특히 현재의 풍속도는 과거 그 어느 때와 비교해도 비교가 불가능한 상상 초월의 문명 세계인 관계로 초월적인 시적 상상력의 세계조차 초월한다고 할 수 있다. 그러면서도 유사 이래의 문명사가 시적 상상력을 좇아서 진화했음은 간과할 수 없는 사실이다. 시의 초월적 상상력이 문명의 진화에 앞서 노래됨으로써 인간의 첨단적 문명화 및 문명사를 견인했던 것이다.

그러나 이제 시는 발달 일변도의 문명사를 비판하는 역할에 앞장서고 있다. 초월적 상상력의 세계인 우주는 더 이상 초월의 세계로 작용하지 않는다. 잃어버린 근원인 것이다. 때문에 현대의 서정시는 잃어버린 것을 찾아가는 슬픈 그리움의 노래를 부르는 비극적 서정으로 자리한다. 비극적 서정의 완곡한 비판과는 달리 직접적으로 비판하고 문명 사회를 풍자하는 풍자시는 그리움의 노래대신 비인간화를 전경화하여 첨단 문명, 문명인, 기술인 등, 신인간의 풍속을 비판하고 풍자하는 데 앞장선다. 이때 비판과 풍자의 기능을 위해서 주입된 언어유희가 양해열 시의 또 다른 탄력성으로 작용한다. 자연적인 삶의 질서가 전도된 사회는 조작된 사회이므로, 언어유희는 이와 같은 사회상에 대한 풍자적 은유인 셈이다.

　　당신 머릿속에 자궁이 있어요

넌 어디에서 태어났니? 침대 위에서? 보리밭 샛길에서? 자동차 속에
서? 아니 시험관에서…… 아이 진부해, 이 자판기는 아기를 팔아요 투
입구에 30캐럿 다이아몬드 넣고 스타트버튼을 누르세요 반죽에 소스,
토핑 없고 피자 한 판 굽듯 3분이면 돼요 흰 피부 검은 머리 붉은 입술
백설공주도 맞춤형 아기의 원조예요

벤자민 버튼의 거꾸로 가는 시간1)을 보았나요 늙은이로 태어나 나이
들수록 젊어지고 어린 아이가 되어 핏덩이로 죽어가는 악성 바이러스에
감염된 미스터 버튼, 아이도 하나 낳았는데 혹, 자기 닮지 않았나 갓난
애 손가락 발가락을 지폐 세듯 넘기더군요

아아 내 아이는 나를 닮지 않았으면 좋겠어요 손오공의 키 삼장법사
의 귀 저팔계의 코와 머리통을 물려주긴 싫어요 버튼을 누를 거예요 랄
랄랄라 어서오세요 원하시는 대로 고르세요 랄랄랄라 아이큐 190 키도
190 그래 푸른 눈의 장동건이 좋겠어요 하버드 거쳐 신밧드 담요 타고
할리우드로 가는 내 아들, 신나잖아요

나오미 캠벨처럼 늘씬한 당신, 뱃속에 아기를 키우다니요 주문하면
돼요 아이보리 글러브를 낀 지 십년이 넘었어요 권투하는 느낌의 섹스,
나 이제 지겨워요 처음부터 오랏줄로 묶었어야 했어요 21세기 탄생의
정관(定款), 내 죄 많은 호스 말이예요 하하하하 저기 죄 짓지 않은 아이
가 있어요 사이보그처럼 뭐든지 알아서 척척, 저 유전자를 사올 거예요
아기자판기 버튼을 힘차게 눌러요 우리,

당신은 머릿속에 자궁이 있어요

양해열, 「베이비 디자이너」 전문
―배아복제 1

---

1) F. 스콧 피츠제럴드 원작 단편소설 「The Curious Case of Benjamin Button」을 개
　작하여 만든 데이빗 핀처 감독 브래드 피트 주연의 영화.

전도된 사회에 대한 풍자는 '자궁이 머릿속에 있다'고 시작하면서, 자연의 자궁이 인간의 출생지가 아니라, 인간의 머리가 출생의 자궁으로 전도되었다고 은근히 질타한다. '머릿속에 자궁이 있고, 자판기는 아기를 팔고, 늙은이로 태어나 나이 들수록 젊어지고 어린 아이가 되어 핏덩이로 죽어가는 악성 바이러스에 감염된 미스터 버튼의 「거꾸로 가는 시간」'처럼 첨단 문명의 삶은 자연적 질서를 파괴했고, 파괴했을 뿐만 아니라 그 질서가 무의미하다고 신인간을 만들어낸다. '버튼을 누르고, 원하는 대로 고르면, 아이큐 190 키도 190인 푸른 눈의 장동건이 태어나, 하버드 거쳐 신밧드 담요 타고 할리우드로 가는 내 아들'이 되는 시절에 자연인이 편승하고 있다는 역설이다.

이제 '나오미 캠벨처럼 늘씬한 당신 뱃속에서 아기를 키우는 것이 아니라 주문하면 되고, 사이보그처럼 뭐든지 알아서 척척인 저 유전자를 사오기 위해 아기자판기 버튼을 힘차게 누르면' 되는 것이 첨단문명사회에서 취해야 할 문명적 태도인 것이다. '배아복제'의 시대에 아이는 '베이비 디자이너'에게 맞춤형으로 주문하거나, 간편하게 자판기를 누르면 다 해결이 된다는 사실은 신의 능력을 능가하는 신인간상을 증명하기에 넘치는 조건이라는 풍자다.

눈으로만 사겠다는 게 아니예요 백화점에 아이 사러 갔어요 휴대용 현미경을 써도 되나요 고객의 권리잖아요! 맨 왼쪽 알의 우윳빛에 마음이 끌리네요

헐—, 속고만 사셨나요 보시는 것처럼 건강한 아들 둘 딸 둘이예요, 수정란 네 개를 내어놓은 여종업원, 한 뼘도 넘는 예쁜 입 삐죽거리며 몇 가닥 안 남은 머리칼을 또 뽑아대네요

난 축구광이예요 깊은 눈빛과 볼우물을 가진 내 사내아이가 각도 큰 프리킥을 쏘는 걸 보고 싶어요 뭐라고요? 베컴 형 우량종은 할부가 안 된다고요? 어지럽군요 내 왼쪽 뇌를 3분간만 빼주세요 좀더 싼 것 없나요…… 말끝 흐리던 내 붉은 혀가 길게 빠져나가 거울에 비친 여종업원 대머리에 얹혔어요 아가씨는 연둣빛 두피가 참 어울려요, 또 거짓말을 했어요 혀를 말아 들이며 색깔을 붉은색으로 다시 바꾸는데 눈물이 핑 돌지 뭐예요 제조일자 맞나요 홍채(虹彩)사인 빨리 하세요 흐미, 흐미,

연둣빛 두피의 악마 같은 여종업원 또 쫑알거려요 내 미모를 한눈에 알아보셨기 망정이지 운 좋은 줄 아세요 사실 걔는 줄을 섰었어요 질병에 걸릴 확률 제로예요 조기탈모, 근시, 알코올중독, 약물중독, 폭력성향, 비만, 나쁜 인자들은 모두 제거했어요 마이 달링, 코 벌름거리며 엉덩이 씰룩거리며 집 앞까지 따라오지 뭐예요 무서워서 골목을 이중삼중 잠궜지요

눈에 드는 녀석만 사서 키운다는 얘기예요 우리 집엔 호날두 앙리 지단 루니 박지성 무럭무럭 자라는 꿈나무가 많아요 사실래요?

양해열, 「아이쇼핑」 전문
－배아복제 8

자연적 관계로써 아이를 낳는 일이 인간이 탄생하는 조건이 아니라, 베이비 디자이너나 자판기 외에도 백화점에 가서 쇼핑하는 방법도 있다. 오직 하나만이 전체주의적으로 옳은 것이 아니어서 첨단 문명이 인간에게 자유를 가져온 것은 사실이다. 더 이상 생사를 넘나들면서 아이 낳는 일을 할 필요는 없으며, 백화점에서는 아이, 엄밀히는 수정란이 상품으로 나와 있으므로 선택은 자유다. 자유는 투쟁으로 얻어지는 것이 아니라 인간의 머릿속에서 성사된다. '호날두 앙리 지단 루니 박지

성처럼 눈에 드는 꿈나무 녀석만 사서 키우면' 되는 것이다. '조기탈모, 근시, 알코올중독, 약물중독, 폭력성향, 비만, 나쁜 인자들은 모두 제거했으므로, 질병에 걸릴 확률은 제로'이다. 해야 할 일은 오직 선택의 실수를 줄이기 위하여 사전에 아이쇼핑을 충분히 해 두는 것뿐이다. 아이쇼핑이 자본주의적 주된 일거리가 된 현실에서 꿈나무들의 수정란을 쇼핑하는 일이란 즐거운 일중의 즐거운 일이라는 양해열의 역설적 풍자가 자연적 인간형인 독자를 슬픈 웃음의 세계로 유인한다.

'베컴 형 우량종은 할부가 안 되고, 왼쪽 뇌를 3분간만 빼놓을 수도 있고, 좀 더 싼 것을 사기 위해 흥정을 할 수도 있고, 제조일자가 맞나를 확인하여 품질을 확인할 수도 있고, 홍채(虹彩)의 색깔을 선택할 수도 있어서' 웃는 웃음이 '흐미, 흐미'라니, 즐거운 웃음인지, 슬픈 웃음인지는 모르겠으나, 인간의 웃음이라면 슬픈 웃음일 것이고, 신인간의 웃음이라면 웃음일 수도 있고 아닐 수도 있을 것이다. 그러나 즐거움의 하나가 색다른 것을 만나는 데 있다면, 신인간 풍속도는 분명히 즐거운 일임에 틀림은 없다고 풍자한다.

14시, 게놈지도를 훑어본 보험설계사는 청약서에 ×표를 쳤다 붉은 십자가가 기울자 우울증이 심해졌다 탈모가 일어나고 비곗살이 많아지고 시력이 나빠질 게 뻔하단다 우성인자를 복제하지 않고 자연 임신을 선택한 엄마가 오늘따라 더 밉다 왜 유전학자를 안 믿고 하느님을 믿었나요?
또 취직에 실패했다 인사부장은 근로계약서를 화면에서 지웠다 진짜 이력서는 내 핏속에 있었다[2] 1년 안에 조증에 걸릴 확률 50%, 상사 폭

---

2) 앤드류 M 니콜 감독의 영화 '가타카'의 대사에서 인용.

행 60% 집중력 상실 70%⋯⋯ 양극성장애를 관장하는 내 11번 염색체,
빌빌 꼬인 불멸의 코일3) 탓이다 15시 정각의 비행기가 3초씩이나 연착
했을 때부터 조짐이 안 좋았다

16시, 게놈지도를 위조하려던 극악무도한 놈과 유전자가 비슷하다는
이유로 오늘도 불신검문에 걸렸다 세상에나, 제 몸의 설계도를 바꾸려
는 놈이 또 있다니! 귓불이 따가운 건 둘째 치고 요즘은 피 한 방울도
아깝다 유진 머로우4) 피도 이제 몇 팩 남지 않았다

맞선 본 17시는 차라리 치욕이었다 공부 못하는 유전자를 가졌다며
비너스처럼 못생긴 여자에게 퇴짜 맞았다 요즘도 아이를 낳으려는 여자
가 있다니! 텅 빈 동물원에나 보낼 인간, 아냐 아직까지 그 여자, 사타구
니에 캐스터네츠를 붙이고 있는 지도 몰라

양해열, 「재수 없는 날의 오후」 전문
—게놈지도 5

이제 신앙의 대상은 신이 아니라 유전학자라는 풍자다. 신이 이루지
못한 평등한 인간사회를 유전학자인 인간이 이루어낼 수도 있다는 풍
자인 것이다. 그러나 유전학자들이 만들어내는 신인간 역시 그 모델은
자연적 인간에 있으므로, 평등하기란 여전히 불가능해 보인다. 때문에
신인간의 풍속도 역시 자본적 불평등의 풍경이 주도한다. 오히려 더 증
가 일로에 있음을 은유한다. 신인간을 맞춤주문 하기 위해서는 그에 준
하는 대가가 필요하므로, 신인간 역시 지속되는 자본사회 혹은 후기자
본사회의 주체인 까닭이다.

---

3) DNA를 구성하는, 한 쌍의 이중나선 형태의 뉴클레오티드 사슬을 일컫는 말.
4) 영화 '가타카'에 나오는 우성인자를 가진 주인공 이름.

때문에 보험설계사는 여전히 보험을 설계해야 하나, 단지 다르다면 게놈지도를 참조하는 것이다. 아직은 선택의 기회가 열려 있어서 '우성인자를 복제하여 태어날 수'도, '자연 임신을 선택한 엄마에 의하여 태어날 수'도 있다. 유전학자를 안 믿고 하나님을 믿은 엄마의 자궁에서 태어난 '나'는 재수 없는 '내'가 될 수도 있는 혼합형 시대인 것이다. '재수 있는 날'은 비가시적인 신의 가호가 있어야 도래하는 것이 아니라, 가시적인 유전학자를 믿을 때 '재수 있는 날'로 확실해진다. 그러므로 확실한 것과 불확실한 것 사이에서 어느 쪽을 선택할 것인가의 가능성은 아이러니하나 아직은 열려 있는 혼합형 시대라는 풍자다.

밤새 통성으로 울던 해피, 해가 뜨자 프랑스풍 귀곡성으로 우네요

오토바이 바퀴는 떠나고 척추는 부러지고 끊긴 밤길은 해피 몸속에서 꿈틀거려요 푸들푸들 떠는 푸들종(-種) 해피, 쥐어 짠 마른걸레처럼 눈 툭 불거진 앉은뱅이 금붕어처럼 마비된 그늘에 처박힌 해피,

영영 걸을 수 없어요

제발 일어서봐 한 번만이라도 좋아 끊는목의 메나리조로 사흘밤낮 나도 따라 울었어요 쉿! 密船에 오를 거예요 우리, 목젖에 걸리는 해피의 척추를 위한 밀항은 죄가 아니잖아요

해피의 암호해독은 단돈 천 달러, 24억 쌍 염기서열의 이중나선형 사다리가 무지갯빛으로 펼쳐져요 금실로 짠 침대로 오르는 샹보르성(-城) 계단이 저럴까요 레오나르도 다빈치 씨?
　<chr21 : 32356780>　CACGTCGAGAGATCACAGGTTACA……　RH8 2213454 > a-------A. 111360312.

> 아, 여기군요 바퀴 홈이 찍힌 곳, 막힌 길에 줄기세포주사 한 방 놓을
> 까요? 허벅지에서 떼어낸 살점을 쪼개 증폭기에 넣던 닥터 다빈치, 오
> 우 해피! 상긋 웃네요
>
> 해피가 꼬리북치며 눈물로 달려와요 나도 목 껴안으며 목안엣소리로
> 울다가 눅은목으로 쌉싸름달큼하게 짖어요 해피, 해피, 절창이지요 우리?
>
> 양해열, 「해피, 한 대목」 전문
> ―게놈지도9

'해피'는 영원히 죽지 않는 해피로 내 곁에 있음으로써 '나의 행복' 또한 지속이 가능한 신인간 풍속에 대한 풍자다. 해피가 복제되듯이 행복도 복제되어 불행은 없고 행복만이 영원할 수도 있다. 때문에 아직은 역설적 풍자라는 지시어도 그 의미가 살아있으나, 그 유효기간이 얼마나 갈 것인지는 미지수라고 신인간 풍속을 진단할 수 있다. 가령 위 시에서 "<chr21 : 32356780> CACGTCGAGAGATCACAGGTTACA······ RH8 2213454 > a-------A. 111360312."라는 대목이 눈을 사로잡으나, 대부분의 독자는 이것이 무엇을 지시하는지 잘 모른다. 뿐만 아니라 대부분은 알고 싶어하지조차 않을 것이다.

신인간 풍속이 혹은 첨단문명의 현실이 낯익은 언어가 아니라 이상과 같은 낯선 부호로 우리의 의사소통을 지배하는 시절이 올 수도 있음을 환기시키는 부호다. 이는 전체적인 소통의 시절이 아니라 부분적인 소통의 시절이 이미 도래했음을 지시한다. 또한 미래는 더 이상 불확실한 미지의 세계가 아니라 전시되어 있는 투명체와 다르지 않다는 환기이기도 하다. 때문에 신인간들은 미래에 대한 두려움 없이 안정적으로 투명한 삶을 설계할 수 있다는 역설이 성립한다.

제주공항 로비는 환한 옹기 속 같아요 할머니는 투명유리 속에 오래
된 미아처럼 어둡게 앉아 있었죠 자신을 삼각지 마포종점 라스베가스
런던에 사는 길례 끝남이 스칼렛 필벅이라고 말하는군요

아들을 기다리지 마세요 꼭 돌아온다고 했다면 아마 오지 않을 거예
요 여긴 하늘로 가는 정거장이지 막차가 지나가는 지하철이 아니에요
제발 일어나 봐요 속곳에 몸 푼 똥오줌을 더 이상 뭉개지 말아요 어린
할머니라 부르겠어요

진품 버버리가방에는 내복 두 벌 달랑 요구르트 한 줄, 자신을 자신
이라 내보일 증명서는 어디에도 없군요 다국적 스파이 같아요 가장 가
까운 것들의 이름만 몽땅 까먹은 어린 할머니, 한 시간만 기다려요 깜
박 기억이 지워진 神의 회로 속은 싱싱해서 만지기 좋아요

기억을 되살리는 것은 지우기보다 쉬워요 머릿속에 엉킨 인간의 회
로는 인간이 만든 기계만이 고칠 수 있어요 저벅저벅 소리 내는 검은
망토를 따라 수상한 과거로 가듯 로봇사이버나이프를 천천히 따라오세
요 자, 여기 필름 끊긴 곳 어두운 그림자를 도려내겠어요

이제 풍경이 그치지 않는 비행기를 타러 게이트로 가세요 바닐라초
콜릿 아이스크림이 둥둥 떠다닐 거예요 비가 오면 초콜릿만 사라지겠죠
잊고 싶은 것만 달콤하게 잊을 수 있는 권리를 드릴게요

섬 속의 섬 제주공항 로비는 환한 옹기 속 같아요 어린 할머니를 지
게에 진 가이드 한 떼가 또 구름처럼 몰려와요

양해열, 「新 고려장」 전문
—게놈지도12

'신고려장'은 '고려장'의 되풀이다. "인간의 회로는 인간이 만든 기

계만이 고칠 수 있는” 기계인간의 시대에 비기계 인간들, 곧 자연적 인간의 최후는 ‘고려장’처럼 ‘신고려장’의 풍속 속으로 사라지게 된다는 풍자다. “아들을 기다리지 마세요 꼭 돌아온다고 했다면 아마 오지 않을 거예요”는 고려장의 신고려장이다. ‘제주공항 로비’는 ‘옹기’와 같고, ‘관광 가이드’는 할머니를 지게에 진 고려시대 ‘아들’의 대역이다. ‘꼭 돌아온다고 했다면’에 대한 ‘오히려 오지 않을 것’이라는 해석이 신고려장의 풍속을 역설적으로 은유하고 있다.

새로운 것은 새로운 것이다. 역사는 새로운 것과 함께 과거를 반추하면서 되풀이 된다. 그러나 과거의 그 어떤 것도 추종을 불가하게 하는 ‘새로운 것’으로 과거를 반추하면서 되풀이 되는 현대의 신인간 풍속이 과거적 인간형인 우리를 당황하게 한다는 사실이다. ‘그래도 되는 것인가 아닌가’라는 의구심을 역설적 풍자가 아이러니 속에서 환기시키고 있는 것이다. 이처럼 신인간 풍속에 대한 우리의 촉각을 양해열은 역설적으로 새롭게 일깨우고 있어서 남다른 의미파장을 이룬다.

되다의 집

—윤정구

윤정구의 시집 『쥐똥나무가 좋아졌다』는 '되다'의 시학으로 점철되어 있는데, '되다'의 수사학이 낳은 '되다'의 시학이 '되다'의 문채를 돋보이게 한다. 먼저 시의 제목이자 시집의 제목인 「쥐똥나무가 좋아졌다」는 수사에서 「이제 쥐똥나무를 좋아하게 되었다」는 시인의 심적 변화를 읽으면서, '되다' 시학의 전초를 감지하게 된다. '되다'는 변화가 내포된 수사이고, 변화를 성립시키는 조건에는 시간이 필수적이다. 만물은 시간으로 인해 '무엇인가'로, 그리고 '어떻게' 변해질(변하게 될) 수밖에 없는 숙명에 놓여있는 까닭이다. 시간 속에서 변화 '되어가다', 곧 '되다'에는 '가다'가 함축되어 있으므로, '되다'는 시간의 언어인 것이다.

그러므로 '쥐똥나무가 좋아졌다'란 과거와는 달리 '지금은 변화되었다'는 의미가 내재되어 있다. 과거동사인 '좋아졌다'가 주체의 과거상태를 지시하는 것이 아니라 현재상태를 지시한다는 측면에서 이는 시간이 야기한 인생의 아이러니이자, '되다'의 수사가 지닌 은유적 문채의 깊이다. 이와 달리 '어떤 일이 성사되다'에서의 '되다'의 경우는 주체의 '되다'가 아니라 사물의 그것을 지시한다. 이때에도 '되다'가 시간의 언어라는 점은 주체의 그것과 다르지 않다. 그러나 윤정구 시의 '되다'는 사물의 그것이 아니라 주체의 '되다'이므로, '되다'의 시학은 윤정구의 성찰적인 정신세계를 은유한다.

이처럼 주체의 '되다'에서는 '무엇이 어떻게' 될 것인가가 연상된다. '무엇이 될 것'이며, '어떻게 될 것'인가가 주체의 '되다'를 이끄는 방향인 것이다. 때문에 굳이 언표화하지 않아도 '되다'는 주체의 미래상을 내포한 은유가 된다. '되다'의 과거형인 '되었다'가 주체의 현재상태를 지시한다면, '되다'에는 '될 것이다' 내지는 '되고 싶다'는 주체의 미래태가 함축되어 있는 것이다. 또한 '되다'를 수식하는 부사가 어떠냐에 따라서 '되다'의 위상이 달라지는데, 가령 '잘 되다'와 '잘 못 되다'라는 대립된 위상이 있고, '모르다'에서 '알게 되다, 깨닫게 되다'로 변화된 '되다'의 위상이 있다. 윤정구 시의 '되다'는 '깨닫게 되다, 깨닫고 싶다'가 지배적임으로써 윤정구의 성찰의 정신을 은유한다.

시간 앞에서 자유로운 것은 아무것도 없는 것이 생물의 존재성이듯 윤정구가 시간에 대한 인식을 주체적으로 깨달은 결과이든, 시간의 흐름 속에서 수동적으로 깨닫게 된 것이든 그 선후가 중요해 보이지는 않는다. 중요한 것은 '되다'가 윤정구 시의 남다른 수사학의 문채이자 시학이면서도 보편적 세계를 내포한 성찰의 코드라는 점이다. 이는 「시간의 재생성, 기억들」(강우식의 윤정구 시집 해설에서)로 언명되는 인간의 실존적 근원태를 은유하는 정신세계이다. 윤정구의 시에서 '되다'의 다양한 쓰임새를 만남으로써 윤정구 시의 성찰 깊은 문채를 확인한다.

이 봄 쥐똥나무가 좋아졌다
목련이 지고 난 다음날부터
쥐똥나무가 꼼지락거리더니
잘린 가지 끝 상처 아문 자리마다
연둣빛 보드라운 속살을 틔웠다
가지 끝마다 피어난 새 잎들이
갓 깨어난 누에처럼 꼬물거렸다
쥐똥나무는 빈 자리가 재미있다는 듯
말랑한 손들을 쑤욱쑥 내밀었다
감고 있던 눈을 잠깐씩 떠서
파란 하늘을 쳐다보고는
햇살이 눈부시다고 눈을 감더니
이제 거침없이 햇살을 받아내는
파란 담장이 되었다
쥐똥나무가 좋아졌다

윤정구, 「쥐똥나무가 좋아졌다」 전문

봄은 그 빛이 빛나는 목련으로 먼저 온다는 사실을 "목련이 지고 난 다음날부터/쥐똥나무가 꼼지락거린다"가 지시한다. 봄이 왔음을 먼저 알리는 것은 빛나는 목련이자 개나리고 진달래다. 목련빛에 혹은 목련 뒤에 가려서 잘 보이지 않던 쥐똥나무가 '이 봄'에는 보이고 좋아진다는 언술은 과거와 달리 윤정구의 시야가 넓어지고 깊어졌음을 은유한다. 성찰의 봄은 혹은 윤정구의 성찰은 쥐똥나무를 새롭게 발견함으로써 이루어진(변화된)다. "잘린 가지 끝 상처 아문 자리마다/연둣빛 보드라운 속살을 틔운" 쥐똥나무처럼 윤정구도 상처 속에서 성찰의 봄을 이루고 있음을 의심할 필요는 없어 보인다.

산 위에 올라 보니
땅에 질펀하게 쏟아진 별들이 영롱하다
사람 사는 냄새가 모락모락 올라오는
아득한 벌판 노랗게 익은 별들을 바라보며
나는 새삼스럽게 사는 일이 별처럼
영롱한 일이라는 걸 깨닫는다
지아비와 지어미 짝을 이루어
지지배배 입 벌리는 아이들을 돌보며
하루하루 걱정 속에 사는 일들이
아롱다롱 별이 되어 가는 일이라는 걸
겨울 뒷동산에 올라
묵묵 산소 앞에 서서야 알게 되었다
무성했던 잎새들 다 떨군 나무들 사이로
꿈결처럼 살고 있는 동네 집들이
하난 둘 별 되어 켜지고 있는 초저녁

윤정구, 「별」 전문

윤정구는 "새삼스럽게 사는 일이 별처럼/영롱한 일이라는 걸 깨닫는다"고 말한다. '깨닫는 것', '깨닫게 되는 것'은 시간으로 인한 주체의 변화이다. 이와 같은 변화에 매개된 '별'은 주체의 변화의 방향을 지시한다. "하루하루 걱정 속에 사는 일들이/아롱다롱 별이 되어 가는 일"이라는 우주적 깨달음의 방향이다. 쥐똥나무가 좋아진 것처럼 '사는 일이 영롱한 일'이라는 인식의 변화는 별이 있어서 가능한 깨달음이면서도 시간이 야기한 변화라는 사실 또한 빼놓을 수 없다. 시인이 별을 '지금 처음' 만난 것은 아닌 까닭이다. 그러므로 그 깨달음을 윤정구는 '새삼스럽다'고 새롭게 한다.

우연히 만나 함께 머물렀던 것
서로를 간절히 생각한 것
궁극에는 그대
어딘가 살아 숨 쉬고 있다는

바로 그 한 가지 이유만으로
나는 돌이 되고
풀이 되었다가
다시 새가 되어
망망한 바다 위를 날아갑니다

모두
신비한 시간의 품속에서

윤정구, 「수석(水石)을 바라보다」 일부

윤정구가 되고자 꿈꾸는 것은 혹은 이미 되어있는 것은 "돌이 되고/풀이 되었다가/다시 새가 되어/망망한 바다 위를 날아가는" 현재상태와 다르지 않다. 시간은 우리를 과거의 우리, 현재의 우리, 미래의 우리로 구분하게 하지만, 이와 같은 시간의 구분은 결국 '신비한 품' 하나로 모아진다는 윤정구의 깨달음이다. 시간은 변화하면서 불변하는 '신비한 품'이라는 윤정구의 전언이다. 그러므로 '되고자 꿈꾸는 것'이나 이미 '되어있는 것'이나 '신비한 시간의 품' 안에서는 변화되는 것이 아니라 한 점이라는 윤정구의 깨달음을 수석이 매개하고 있다. 신성한 세계 우주적 세계가 있어서 신비한 시간의 품 안에서 하나임을 깨닫게 된다는 윤정구의 '되다'의 성찰인 것이다. 쥐똥나무, 별, 수석, 우리의 일상 등은 각각의 실체이면서도 하나라는 깨달음이다. 만물의 변화를

이끌면서 하나로 모으는 시간의 품이야말로 '신비 중의 신비한' 힘이라
고 윤정구의 시가 환기시킨다.

> 경주 남산 오르다 보면
> 모롱이마다 낯익은 부처가 계시다
> 아버지 부처 어머니 부처
> 할머니 부처 큰아버지 부처…
> 이장 아저씨도 부처가 되어 있고
> 굵은 안경테 근엄하던 교장선생님도
> 안경 벗고 인자한 부처가 되어 있다
> 굵은 눈썹 이중섭도 무심 부처가 되어 있고
> 술에 취하면 더 익살스럽던 중광 스님도
> 소원대로 개구쟁이 부처가 되어 있다
> 아하,
> 그리운 사람은 모두 부처가 되는구나
> 노여웠던 것 슬펐던 것 다 버리고
> 그리움만 남은 부처가 되는구나
> 우리도 죽으면 굽은 소나무 아래서
> 그리운 사람 찾아오길 기다리겠구나
> 비에 젖고 눈을 맞아도 꿈쩍 않고
> 그리운 사람을 기다리겠구나
>
> 윤정구, 「그리운 사람은 모두 부처가 된다」 전문

윤정구는 드디어 '그리운 사람은 모두 부처가 된다'고 성찰한다. 그
런데 아버지 어머니 할머니 큰아버지 이장아저씨 교장선생님 이중섭
중광스님은 그리운 사람을 그리워하는 부처라는 사실이 그리움의 수사
를 남다르게 한다. 그리운 사람이 찾아오길 기다리는 부처는 그리워하

는 사람과 그리운 사람이 하나임을 은유하고 있다. '그리운 사람은 모두 희로애락을 지우고 그리움으로 남은 부처'이므로 그리워할 수밖에 없는 그리운 사람인 것이다. 시간 혹은 이별이 남긴 그리움이 있어서 산 자도 죽은 자도 헤어진 자도 모두 함께 있다는 윤정구의 성찰이 그리움의 서정을 환기시킨다. 그래서 "이제는 숫제 밭이 되어버린 뒷산 한 끝에/곤한 몸을 눕히신 나의 어머니/낯선 나라의 가을비가 차갑다고/감기라도 들면 어쩌려느냐고/아치다리까지 내 뒤를 천천히 따라오셨다/겨울이 되어가는 낯선 나라의 저녁 무렵"(「낯선 나라의 저녁 무렵」 일부)에 어머니는 그리움으로 남은 부처가 되어 시인과 함께 있다.

이상의 시 외에도 '되다'가 등장한 시행을 얼핏 찾아보면, "단단한 바위가 힘이 되어 지켜 주었다고, 허깨비가 되어 버린 옛일을 생각하다가, 우리 살과 뼈가 다 흙이 될 것을 알고 있다, 낙엽 되어 떨어져서 흙이 된다는 것을 안다, 조선소나무도 되고 바다도 되고 나도 되는, 새로운 시작은 늘 무엇인가의 끝에서 시작된다, 가슴 등불 밝힌 마을 등명에 와서는/모두 따듯한 그리움이 되네, 자작나무 길이 끝나는 마을 등명에 와서는/알게 되네, 한 백 년 만 떨어져서 바라보면 아동바동 걸어온 우리네 살아온 모습도 꿈결 속 노을처럼 아름다운 그림이 되어 있겠지요, 낡아 해어져가는 밀짚모자 해마다 가을이 되면, 어느 순간 그대로 돌이 된다 해도, 해골이 되어서도, 전설 속 강아지라도 되랴, 아끼던 것들 예쁜 것들 흙이 되어 가고 있었네, 고개를 가로 젓는 베드로가 될지/가리옷 사람 같은 달콤한 배신자가 될지, 나도 다시 옷을 바꿔 입고/파아란 물총새가 되어/산당나무 가지에 앉아 보네, 내 안에 한 사람이 살고 있다/언제부터 내 안에 살았는지는 모르지만/그가 내 또래인 것을 보면/함께 산 지도 꽤 오래 <u>되었나</u> 보다, 매화도 댓잎도 될 수 없는 나는/늘 그 녀석 눈치를 본다, 생각해 보면 나도 곧 노을이 될 것이었다" 등인데, 공통적으로 '되다'의 향방이 탈속에 있다.

특히 "나도 곧 노을이 될 것이었다"라는 이율배반적인 시제의 문채는 우주 안에서 인간의 과거현재미래도 그리고 쥐똥나무별수석도 동일시적이자 보편적 존재성에 속함을 지시한다. 이처럼 윤정구 시의 '되다'는 윤정구만의 수사학적 문채를 넘어서 보편적 세계를 아우르는 '되다'라는 점이, 곧 깨달음인 '되다'가 서정의 미학을 깊게 한다. 그것은 시의 근원을 환기시키는 '되다'인 까닭에 그러하다.

기이한 견자

―강만수

척박한 일상을 건너는 고독한 견자

버려진 물품들이 태산을 이루는 후기산업사회의 한 모서리에서 인간은 타자로서 더욱이 소외계층은 모기소리만한 목소리조차 은폐하며 끊어질 듯한 호흡을 간신히 유지하는 삶을 이어간다. 버릴 수 없고 끊을 수 없는 척박한 일상을 시인의 시선은, 특히 강만수의 시집『기이한 꽃』은 '기이한 꽃'처럼 기이하다거나 특별하다고 채색하면서 각각의 생명을 불어넣으며 소중한 것으로 되살아나게 한다. 이는 강만수의 시선이 유독 기이한 까닭도 있고 특별한 까닭도 있다. 그 특별함은 후기산업사회 그리고 첨단문명이 지배하는 정보사회에서 시인의 존재이유는 무엇보다도 이와 같은 데 있어야 하는 것이 마땅하다는 그의 남다른 인식에 있다.

강만수도 첨단문명사회에서 타자가 된 인간이며 게다가 시인이라는 소외계층민으로서의 삶을 건너는 고독한 존재이다. 소외계층이라서 고독하며 타자라서 고독하고 근원세계와 단절된 근대인의 실존 조건 속에서 더욱더 고독하다. 그러나 아이러니하게도 고독한 견자의 시선에 포착된 척박하고 남루한 일상이 척박과 남루를 초월하고 있어서 강만수의 견자로서의 고독과 특별함을 돋보이게 한다. 그의 고독한 시선이 척박한 일상을 특별한 것으로 그리고 있는 것이다. 고독은 그의 실존적 본질이므로 그의 시선에 포착된 사물 역시 고독에서 벗어날 수는 없으나 그것은 새롭고 독특하게 각색된 고독이라는 측면에서 강만수만의 견자적인 새로움을 부각시킨다.

기이한 시선

왜 왜라고 묻지 않았습니까
왜 왜라고 묻지 않았느냐고요

왜 왜라는 의문을 품지 않았습니까
왜 왜라는 질문을 던지지 않았느냐고

그건 당신이 먼저 알고 있습니다.
왜라는 질문에 대한 답을 듣기 두려운 마음

그 마음 때문에 당신은 왜라고 묻지 않았음을
대답은 이미 나와 있습니다, 왜라는 물음에 대한 명쾌한 대답

왜 왜냐고 당신에게 묻진 않겠습니다,
이 봄 당신이 떠날 것을 이미 알고 있기에

묻지 않았습니다, 왜 내 곁을 떠나느냐고 묻지 않으렵니다.
입이 퇴화하면 좋겠습니다.

강만수, 「왜」 전문

강만수는 척박한 일상에서 벗어나는 견자로서의 시선을 무엇보다도 '왜'라는 의문의 시선에서 시작한다. '왜 묻습니까'가 아니라 "왜 왜라고 묻지 않았습니까"도 아니고, 그에서 한 발자국 더 나아가 "왜 왜라고 묻지 않았느냐고요"라고 따지는 듯한 질문은 일상에서 더욱더 멀리 벗어나야 한다는 강요조차 내포되어 있는 '왜'의 시선이다. 자문자답의 질문은 일반적인 질문유형에 속하면서도 강만수의 외골진 사색의 길을 내재한 질문이다. 거기에서부터 진부하고 구태의연한 고정관념에서 벗어날 수 있는 견자의 고독한 길 파기가 시작된다.

비록 「왜」가 의도한 '왜'가 봄날 떠나가는 연인에 대한 아쉬움으로써 '왜'라고 해도 '왜'는 "입이 퇴화하면 좋겠습니다"라는 역설 속에서 '왜'의 기표에 국한하지 않고 견자의 특별한 사색을 담아낸다. 그것은 "이 봄 당신이 떠날 것을 이미 알고 있기" 때문이며, 그러므로 "묻지 않았습니다, 왜 내 곁을 떠나느냐고 묻지 않으렵니다"라는 역설적인 다짐에까지 이르고 있다. '왜'는 일차적으로는 '당신을 향한 질문'일지나 근원적으로는 기이한 견자로서의 고독한 사색의 길을 대변하는 것이다. 때문에 '왜'는 일상적인 '왜'를 벗어나 근원을 향한 질문 기호로 새롭게 살아난다.

황새들 다리만 바라보다 황새의 긴 부리와 눈알 깃털들
눈알과 부리 깃털은 어떤 색깔과 모양으로 이뤄진 그래

> 갑자기 그런 것들이 궁금해져 황새의 부리와 눈알 깃털
> 황새들 생김새를 찬찬히 톺아본다 논고랑과 물풀 사이를
>
> 때로는 한 다리로 선 채 깊은 명상에 든 그러다 날아오르는
> 황새의 커다란 날갯짓을 보았다 논둑을 들고 퍼들껑이던 새
>
> 강만수, 「황새」 전문

특별하면서도 고독한 견자는 그동안은 '황새들 다리만 바라보다'가 새삼스럽다는 듯이 '황새의 긴 부리와 눈알 깃털들, 그리고 그것들의 색깔과 모양'이 궁금해져 '찬찬히 톺아본다'. 나아가 '논고랑과 물풀 사이를', 때로는 '한 다리로 선 채 깊은 명상에 든 그러다 날아오르는 황새의 커다란 날갯짓도 본다'. 이때 중요한 것이 '톺아본다'는 시선이다. '톺아보는' 견자와 그렇지 않은 견자의 사이에 있는 '톺아'는 견자의 사색을 외부로 유인한다. 내부의 견자가 외부의 견자로 선회하는 것은 물론 황새 때문이다.

삳삳이 살피며 톺아보는 황새는 논고랑과 물풀 사이의 황새를 넘어서 날카로운 견자의 시선에 포획되어 해부되고 있는 피조물이자 '깊은 명상에 든' 견자의 자화상이다. '한 다리로 선 채 깊은 명상에 들기도 그러다 날아오르기'도 하는 황새는 고독한 일상의 강만수의 자화상이면서 소외된 시인의 특별한 초월 또한 은유한다. 시는 그 자체로 존재하면서도 인간의 그리고 시인의 유한성을 초월하게 하는 유일한 매체일 수 있다. 때문에 「황새」를 타고서 고독한 견자는 고독하면서도 특별한 초월에 이른다.

이층집에 페인트칠을 한다

아래층부터 칠하려다
위층부터 푸른색으로 칠을 한다
흰색 위층이 푸른 색으로
바뀌는 모습이 멀리서 먼저 보이게끔
위층에 사다리를 걸쳐놓고 페인트칠을
아래층부터 칠을 하지 않고
위층부터 푸른색 칠을 해나간다
위층 먼저 푸른색으로
칠을 해놓고 보니 반은 푸른색에
반은 흰색인 푸른색과 흰색이
위층과 아래층으로 나뉜 그런 집
한 눈에 두 가지 색깔이 들어오는
사다리를 내려놓고 페인트칠을
아래층마저 푸른색으로 칠하려다
흰색으로 아래층은 그냥 두기로 한다
멀리서도 위층 푸른색은 잘 보인다

마치 피카소의 청색시대인 양

강만수, 「Blue House」 전문

"이층집에 페인트칠을 아래층부터 하려다가 위층부터 한다"는 시의 출발이 심상치 않다. 그러하듯 "위층 먼저 푸른색으로/칠을 해놓고 보니 반은 푸른색에/반은 흰색인 푸른색과 흰색이/위층과 아래층으로 나뉜 그런 집/한 눈에 두 가지 색깔이 들어오는" 그런 집이 새롭게 탄생한다. 푸른색은 견자의 내면의 색이고 흰색은 견자를 둘러싼 외부의 색이다. 견자의 내면은 현실을 초월하는 힘이며 시인의 근원이다.

견자의 상상력은 마침내 "사다리를 내려놓고 페인트칠을/아래층마저 푸른색으로 칠하려다/흰색으로 아래층은 그냥 두기로 한다". 그것은 '멀리서도 위층 푸른색이 잘 보이기' 때문인데, 이는 '멀리서도 위층 푸른색을 잘 보이게' 하려는 의도에서 비롯된 결과가 아니라는 데 '푸른 색의 이층'과 '흰 색의 아래층'으로 채색된 「Blue house」의 특별함이 있다. 기이한 채색으로 평범한 일상의 이층집이 피카소의 「청색시대」인양 새롭게 탄생한 것이다. 견자의 시선은 일상의 이층집조차 피카소의 「청색시대」를 닮은 특별한 집으로 변화롭게 탄생시킨다. 강만수의 기이한 시선에 사로잡힌 사소함은 사소함을 넘어서 특별함에 이르고, 그 특별함으로 고독한 견자는 척박한 일상을 물 위를 걷듯 건너간다.

척박한 행복

어디에요 당신 어디야 라고 묻는 아내에게
어디에요 아빠 어디에요 라고 묻는 아들과 딸에게

어디에요 삼촌 어디에요 라고 묻는 예쁜 조카에게
어디야 어디냐고 살갑게 묻는 친구에게

다 왔어 곧 도착한다고 말했다
그렇게 말할 수밖에 없다 약속장소에 먼저 도착해

그를 기다리다가 어디냐고 물어준 그들
아들과 딸 조카와 친구가 있어 행복해 한

다리 위에서 피우던 담뱃재가 강물에 먼저 떨어진 뒤

강물을 내려다보던 그는 난간에 구두를 벗어 놓았다

아주 천천히 밥을 먹다 본 식당 텔레비전에서
아홉시 뉴스에 나온 중년 사내를 생각했다

강만수, 「행복이란」 전문

점차 견자의 행보는 척박한 일상의 나날을 추적해 나간다. '행복이란 무엇인가'에 대해 개념적 정의를 넘어서 사건적으로 정의하는 견자의 정의는 척박한 일상을 들어올린다. '어디에요 당신 어디야'라고 묻는 아내가 있고, 마찬가지로 '아빠 어디에요'라고 묻는 아들과 딸이 있으며, '삼촌 어디에요'라고 묻는 조카도 있으며, '어디야 어디냐'고 살갑게 묻는 친구도 있어서 척박한 일상은 '행복이란 이와 같다'고 고양시킨다. 이는 사건적으로 보아 틀림없는 행복이다. 일견 견자는 가족과 함께하는 행복 속에서 고독한 실존으로부터 탈피하는 것으로도 보이는 것이다.

그러나 그것은 모두에게 해당하는 일상의 행복이 아니라는 데 '아내가 있고, 아들과 딸이 있으며, 삼촌이 있고, 살가운 친구'가 있는 행복한 일상에 대한 정의는 극단적인 불행을 내포한 역설적 정의를 야기한다. '아주 천천히 밥을 먹다 본 식당 텔레비전에서' "다리 위에서 피우던 담뱃재가 강물에 먼저 떨어진 뒤/강물을 내려다보던 그는 난간에 구두를 벗어 놓은" '아홉시 뉴스에 나온 중년 사내를 생각함'으로써 행복한 일상도 행복한 일상일 수만은 없게 된다. 그러면서도 한편으로는 '뉴스에 나온 중년 사내의 불행'으로 인해 가족과 함께하는 일상이 행복한 일상으로 부상하는 아이러니가 탄생하는 것을 외면할 수는 없다.

불행한 현실이 기이한 견자를 아이러니한 견자에 이르게 한다. 물론 기이함과 아이러니는 양성구유와 같다.

　　　삶에 대해 운명을 또는 누군가에게 말하고 싶지 않은
　　　말해서는 안 되는 비밀스런 일들을

　　　삽자루와 곡괭이 대신 펜을 들어 펜을 꾹꾹 눌러
　　　펜 끝에 파인 고랑을 더욱 깊고 넓게 파기 위해

　　　농부가 땀 흘리는 논이나 밭이 아닌 원고지 빈 칸에
　　　쌀과 고구마 감자와 가지 옥수수를 소출로 얻지 못하는

　　　원고지 빈 칸에 삶을 참아내고 견뎌내며
　　　말해서는 안 되는 비밀스런 외경들을 담기 위해

　　　그는 선택했다 호미와 낫 곡괭이 대신 펜을 들고
　　　삶과 운명에 대한 의문을 갈아 나가기로

　　　농사일이 고되다

강만수, 「펜」 전문

　‘행복이란 무엇인가’라는 질문에 대한 대답은 일반적인 데 있는 것이 아니라 개별적이듯 ‘삶이란 무엇인가’라는 질문에 대한 대답도 그러하다. 이때 ‘삶이란 무엇인가’에 대한 강만수의 대답은 ‘일’로 정의된다. 강만수에게 삶인 일은 운명과 같은 일이어서 ‘삶이란 무엇인가’라는 질문은 ‘운명이란 무엇인가’라는 질문으로 가름된다. 때문에 운명과 같은 삶이란 결국 운명이 무엇인지 뚜렷한 해답을 찾을 수 없듯이 삶의 해답 또한 명약관화할 수 없음을 암시한다. 행복이 개별적이듯 운명도 개별적이며 삶 또한 그러한 까닭이다. 고독하고 기이한 견자의 시선에 포착된 삶이므로 그러할 수밖에 없다.

‘펜’으로 은유되는 시인의 운명적 삶은 ‘호미와 낫 곡괭이’로 농부가 농사일 하듯 펜으로 짓는 농사다. “누군가에게 말하고 싶지 않은/말해서는 안 되는 비밀스런 일들을” 원고지 빈 칸에 ‘참아내고 견뎌내며’, “펜 끝에 파인 고랑을 더욱 깊고 넓게 파기 위해” 혹은 “비밀스런 외경들을 담기 위해” 의문을 갈아 나가기로 선택한 농사인 것이다. 펜으로 원고지를 가는 농사일이라는 시인의 운명적 삶은 그러나 “쌀과 고구마 감자와 가지 옥수수를 소출로 얻지 못한다”는 점에서는 농부와 다르다. 그럼에도 펜으로 밭을 가는 농사일은 농부처럼 소출로 얻는 행복은 없어도 ‘고된 농부의 운명’과 같이 척박하고 고독한 운명이라는 점에서는 같다. 견자의 척박한 행복은 고독 속의 행복이라는 아이러니에 있다.

벽돌을 쌓습니다 벽돌을 왜 쌓나요
땅 주인이 쌓으라니 쌓을 수밖에요

벽돌을 쌓고 있습니다 벽돌을 왜 쌓는 건가요
하루 일당을 벌기 위해 쌓을 수밖에요

벽돌을 쌓고 있습니다 벽돌을 왜 쌓는 건가요
하늘 아래 가장 아름다운 집을 짓기 위해 쌓을 수밖에요

벽돌을 쌓는 세 사람이 대답했습니다
그들 벽돌공들에겐 꿈이 있을까요

한 사람에게만 꿈을 그리는 능력이 있습니다
꿈을 이뤄낸 사람들에게는 공통점이 있습니다

그들에겐 자신이 원하는 것 되고 싶은 것을
그려내는 힘이 있습니다

그림에 소질이 있어야만 합니다

강만수, 「벽돌공」 전문

펜을 운명적으로 선택한 시인의 일상도 농사일을 운명적으로 선택한 농부의 일상도 아닌 벽돌공의 척박한 일상은 '땅 주인이 벽돌을 쌓으라니 쌓을 수밖에 없거나, 하루 일당을 벌기 위해 벽돌을 쌓을 수밖에 없거나' 해서 운명적인 일이 아니다. 그러면서도 '하늘 아래 가장 아름다운 집을 짓기 위해 벽돌을 쌓을 수밖에 없는' 벽돌공을 선택한 벽돌공도 있어서 이때는 운명적인 시인과 같은 운명적이면서도 행복에 이르기도 하는 아이러니한 벽돌공이다.

벽돌공을 운명적으로 선택한 벽돌공은 하루 일당을 위한 벽돌공이기도 노예와 같은 척박한 벽돌공이기도 하면서 때로는 이와 달리 '가장 아름다운 집을 짓기 위해' 벽돌을 쌓기도 하는 아이러니한 벽돌공이다. 그것은 고독할지라도 선택한 길이라는 아이러니면서 "원하는 것 되고 싶은 것을 그려내는 힘"이 있는 운명적인 화가와 같은 길이다. 때문에 척박한 일상 중에서도 선택한 일상은 척박을 초월하게 하는 힘이 된다. 선택이 낳은 아이러니한 초월인 것이다.

즐거운 상상력

양복점에서 몸에 잘 맞게 양복을 맞춰 입었다
양복을 맞춰 입은 뒤 양복점 주인에게
감사하다는 말과 함께 돈을 받았다

불고기 요리를 잘하는 식당에서 불고기를 맛있게
먹은 뒤 식당 주인에게서도
또 오시라는 간곡한 말과 함께 돈을 받았다

구두와 모자 넥타이와 시계 필요한 모든 것들을
최고급 명품으로 취한 뒤
가게 주인들에게서 빠짐없이 돈을 받았다

가게에 들어가 물건을 산 뒤에 쇼핑 수고비로
돈을 받는 그런 나라는 없는 것인가 돈이 없어
고생이 필요 없는 물건 값을 지불할 일이 전혀 없는

그런 나라 국민으로 즐겁게 살고 싶다

강만수, 「즐거운 나라」 전문

시의 초월적 상상력이야말로 척박한 일상의 우리를 온전히 일탈하게 하여 순간으로 혹은 지속적으로 행복에 이르게 하는 힘이다. "양복점에서 몸에 잘 맞게 양복을 맞춰 입은 뒤 양복점 주인에게 '감사하다'는 말과 함께 돈을 받은 것"처럼, 또 "불고기 요리를 맛있게 먹은 뒤 식당 주인에게서도 '또 오시라'는 간곡한 말과 함께 돈을 받은 것"처럼 허무맹랑해 보이기까지 하는 강만수의 즐거운 상상력은 우리를 척박한 일상에서 무한히 초월의 세계로 잠시 유인한다.

즐거운 상상력은 '가게에 들어가 물건을 산 뒤에 쇼핑 수고비로 돈을 받는 그런 나라는 없다'는 사실 때문에 아이러니한 초월이다. "돈이 없어 고생이 필요 없는 물건 값을 지불할 일이 전혀 없는 그런 나라"는 상상력으로, 특히 강만수의 시선 속에서만 존재하는 나라이므로, 우리는 잠시 「즐거운 나라」의 국민이 되어서 행복에 빠진 후 '돈이 있어 고생하는 우리의 나라'로 돌아와 불행을 확인한다. 즐거운 상상력은 어쩔 수 없는 우리의 한계를, 곧 우리가 불행한 고독자라는 사실을 이중적이면서도 역설적으로 강조하는 풍자다. 풍자의 즐거움은 즐거움 이면의 역설을 캐내야만 하는 아이러니한 즐거움인 것이다.

> 셋이 먹기에도 부족한 밥
> 그러나 천명이 먹어도
>
> 서로 먼저 먹겠다고 다투지 않고
> 양보 한다면
>
> 셋이 먹기에도 부족한
> 작은 솥에 지은 밥이라고 해도
>
> 천명이 모두 먹고도
> 남을 수 있다
>
> 부족함은 양보로 채울 수 있다
>
> 강만수, 「양보」 전문

「즐거운 나라」가 '돈이 없어지기를 바라는', 곧 있는 것이 없어지기를 바라는 구조라면, 「양보」는 이와 달리 '부족한 것'이 채워지기를 바라는 즐거움이다. '셋이 먹기에도 부족한 밥이 천명이 먹어도 서로 먼저 먹겠다고 다투지 않고 양보하는' 즐거움이며, '셋이 먹기에도 부족한 작은 솥에 지은 밥이 천명이 모두 먹고도 남을 수 있는' 즐거움이다. 양보가 있어서 '부족함은 더 이상 부족함이 아니게 된다'는 즐거운 상상력의 초월적인 힘이다. 양보없는 세태를 풍자하는 즐거운 양보의 역설인 것이다. 역설과 풍자가 낳은 즐거움이라는 양보의 아이러니다.

꿈속에서 눈앞에 보이는
거대한 빌딩을 번쩍 들어 빈터에 옮겼다

꿈에서 깨어 일어나 칠십 층 빌딩을 원래 있던 곳에
다시 번쩍 들어 옮기려 했지만

빈터에 옮겨놓은 빌딩이 보이지 않는다.
꿈속으로 돌아가 빌딩을 옮기려 했지만

꿈으로 들어가는 입구 보이지 않는다.
꿈으로 들어가는 입구는 어디에 있는가.

램프의 요정이라도 불러야 하나

강만수, 「입구」 전문

즐거운 '꿈으로 들어가는 입구'를 찾기 위한 상상력은 척박한 현실의 초월과 초월할 수 없는 현실을 대비하는 것으로 보이나, 그 현실은 여전히 꿈을 닮은 현실이어서 꿈과 다르지 않다. "꿈속에서 눈앞에 보이는/거대한 빌딩을 번쩍 들어 빈터에 옮겼다"는 꿈속의 상상력이 '꿈에서 깨어 칠십 층 빌딩을 원래 있던 곳에 다시 들어 옮기려 한다'고 하나 그 꿈은 깨어난 꿈이 아닌 것이다. 여전히 꿈속에서 이어지는 꿈과 현실이라는 이원론일 뿐이다. 그것은 '칠십 층 빌딩을 다시 번쩍 들어 옮기려 한다'처럼 여전히 꿈속의 상상력으로 이어지고 있다. 척박한 일상에서 외부로 향했던 견자의 시선은 즐거운 상상력에서 다시 내부로 향한다. 황새와 Blue House를 향하던 견자의 시선은 척박한 일상을 거쳐 다시 출발지였던 내부 깊숙한 꿈으로 환원하고 있다.

때문에 꿈속에서 길을 잃기도 하고, 꿈속에서 '꿈으로 들어가는 입구가 어디냐'고 절망적인 목소리도 내게 된다. 빛은 꿈 속에서나 존재하고 희망 또한 그러하나, 빛과 희망을 향한 꿈으로 가는 입구조차 찾을 수 없는 어둠 속에서 고독한 견자는 역설적이게도 고독한 초상을 그릴 수밖에 없다. 길을 잃은 꿈길은 더 이상 행복한 세계가 아닌 것이다. 그러나 '램프의 요정'을 찾는 즐거운 상상력으로 불행의 이면에 행복이 있음을 잊지 않고 알려준다. 꿈길은 척박한 세태를 풍자하는 불행 중에도 여전히 즐거움을 담지한 초월의 세계인 것이다. 이는 강만수의 특별하고도 기이한 시선이 낳은 역설적이자 아이러니한 행복이며, 척박한 일상을 건너는 고독한 견자의 초월이 낳은 부드러운 울림이다. 기이하지 않고서는 건널 수 없는 삶에 대한 강만수의 아이러니한 대응이 『기이한 꽃』을 다채롭게 수놓고 있다.

동행의 실존

―김승기

낯선 시간 속에서 꿈꾸는 동행의 밀어

김승기의 시집 『역』은 삶이 낯선 시간, 낯선 길 위에 내던져진 채 누군가와 함께 혹은 무엇인가와 함께 그 낯선 것들을 녹여가는 동행의 과정이라는 것을 은밀히 표상하고 있다. 김승기의 시적 발현은 이와 같은 그의 삶에 대한 실존적 태도에서 혹은 이와 같은 그의 체험에서 비롯되고 있어서, 단지 시를 위한 상상력을 넘어서 그의 실제가 구축한 상상력이라는 점이 돋보인다. 그의 '역'은 삶이라는 낯선 시간 중의 지점들일 수도 있겠고, 낯선 길 위의 상처와 고통과 슬픔들일 수도 있겠다. 낯선 누군가와의 만남이 '역'으로 은유된 것일 수도 있으며, 낯선 세상의 모든 것이 낯설면서도 한편으로는 반갑기도 하는 '역'으로 이중적 혹은 다중적인 은유일 수도 있다.

이와 같은 낯선 세상의 모든 역은 시간과의 만남, 인식의 만남 속에서 동행의 밀어로 채워지며 김승기 시의 근원으로 작용하고 있어서 그의 시학을 다채롭게 한다. 삶이란 혹은 실존이란 만남에서 출발한다는 동행의 시학이다. 누군들 이와 같은 만남의 삶과 무관할 수는 없을 것이나 동행의 시학이 김승기만의 시적 표상성으로 특징적인 까닭은 포착된 모든 것을, 그리고 헐벗고 추락하며 상처를 내는 실제를 그가 포용하는 데 있다. 호불호에 따라 취사선택한 대상이 아닌 것이다. 때문에 동행하는 실존의식은 그의 과거와 현재, 너와 나를 이어주는 가교이며 현재를 극복하고 미래 또한 꿈꾸게 하는 은밀한 가교라는 데 김승기의 시적 특장으로 작용하는 까닭이 있다. 김승기의 동행의식은 외적인 대상과의 관계 속에서만 빚어지는 것이 아니라 자아의 안과 밖이 교류하며 어둠과 빛이 교류하고 과거, 현재, 미래가 교류하는 그의 실존적 면모이자 어둠과 상처와 남루함을 포용하는 그의 세계관을 은유한다. 이는 고통스런 삶의 철책들을 뚫고 나오게 하는 힘으로 작용하며 어둠 속에서 빛의 길에 이르도록 인도하는 힘으로 작용한다. 그것은 표내지 않는 은밀한 힘이다.

　　나목裸木이
　　무너지듯 기댄다

　　옆에 있던 헐벗음이
　　그 무게를 온전히 받는다

　　자신도 고개 떨구고
　　못내 같이 기댄다

누가 먼저랄 것도 없이
둘은 서로의 상처를 핥고

그렇게 겨우
새살 돋은 아침

자신의 무게를 빼내어 절룩절룩
다시 세우는 길

그래그래, 뒤돌아보지 않기
자꾸 돌아보며 울지 않기

김승기, 「동행」 전문

'무너지는 나목'과 '헐벗음'이 서로를 기대는 「동행」은 일견 너와 나인 두 사람 간의 만남일 것이라는 선입견을 멀리 벗어나고 있어서 낯선 시간을 건너는 김승기 시의 신선한 시야를 대변한다. 나목은 무너지고 무너지는 나목을 온전히 받아주는 것은 헐벗음뿐이라는 동병상련 같은 삶의 좌표에 김승기의 시선이 이르는 까닭은 '서로의 상처'에 있으며, 이와 같은 동행의 궁극적인 목적은 외적 만남을 넘어 내적 만남으로 확장하는 데 있다. '둘은 서로의 상처를 핥고, 그렇게 새살 돋은 아침에 다시 새우는 길'을 위하여 '무너지는 나목'과 그를 온전히 받는 '헐벗음'이 동행하며, 더욱이 '그러해야 한다'는 김승기의 무언의 신념이 견고하게 뒷받침되고 있다. 그것은 낯선 시간의 역을 건너는 친밀하고 은밀한 동행의 길이자 궁극에는 상처의 치유에 이른다는 메시지를 동반한다.

내가 추락할 때는 항상 네가 있었어. 너를 본 적은 없지만, 다시 일어날 수 있을 만큼에서 늘 나를 받아주었어. 언제나 미안하고 고마웠는데, 오늘 보니 너는 바로 나였어. 나의 무게를 온몸으로 받아내느라고 움푹 파인 곳. 나보다 먼저 겁에 질리고, 나보다 먼저 일어나고, 나 보다 먼저 달려갔을, 그 가파름이 기둥 되기까지, 튼튼한 마루 되기까지.

그 시간을 쓰다듬네. 파인 곳 다시 아파서 자꾸만 자꾸만 쓰다듬네.

김승기, 「바닥」 전문

김승기에게 낯선 것은 낯설지 않다. 그것은 '너를 본 적은 없지만, 내가 추락할 때는 항상 네가 있었기' 때문이고, '다시 일어날 수 있을 만큼에서 늘 나를 받아주었기' 때문이라는 동행의식에서 비롯된다. '바닥'이라는 '너'는 바로 '나'의 다른 모습이며 그것은 상처의 다른 얼굴이다. 그러나 그 상처는 상처에 멈춰있는 것이 아니라 '기둥 되고 튼튼한 마루가 되어서 그의 무게를 온몸으로 받아내는 근원'으로써 극복의 힘으로 탈바꿈한다. 어둠이 빛의 근원인 것처럼 존재란 변신이고, 변화하며 동행하는 까닭이다.

이처럼 김승기에게 낯선 것이 낯설지 않은 까닭은 "나의 무게를 온몸으로 받아내느라고 움푹 파인 곳. 나보다 먼저 겁에 질리고, 나보다 먼저 일어나고, 나 보다 먼저 달려갔을 그 가파름"이라는 동행의식에 있다. 그렇지 않고서야 돌아오는 것은 영원한 추락일 것이라는 신념의 버팀목이다. 그러므로 '파인 곳 다시 아파서 자꾸만 쓰다듬는다'는 그의 밀어는 고통과 희망이 교류하며 빚어진다. 고통스런 바닥인 낯선 역은 오히려 꿈조차 꾸게 하는 고통의 동행을 은유한다.

희망과 동행하는 낯선 시간

> 잎사귀 하나가
> 가지를 놓는다
> 한 세월 그냥 버티다보면
> 덩달아 뿌리 내려
> 나무가 될 줄 알았다
> 기적이 운다
> 꿈속까지 따라와 서성댄다
> 세상은 다시 모두 역일 뿐이다
> 희미한 불빛 아래
> 비껴가는 차창을 바라보다가
> 가파른 속도에 지친 눈길
> 겨우 기댄다
> 잎사귀 하나가
> 기어이 또
> 가지를 놓는다

김승기, 「역驛」 전문

'기댄다'는 기호는 김승기의 포용의 세계관을 은유하면서 동행하는 실존 시학을 대변하는 기표다. 나목이 헐벗음에 기대고 둘은 서로의 상처에 기대고 추락과 바닥이 기대고 가파름이 기둥과 기대듯이 잎사귀는 나뭇가지에 기댄다. 아니 그렇게 '기대야만' 하는 것이 존재의 근원적 원리라는 깨달음을 김승기 시는 희망의 동행으로 은밀히 표상한다. '나뭇가지는 잎사귀 하나에서 비롯되며, 한 세월 버티게 하는 근원이고, 궁극에는 뿌리내려 나무가 된다'는 신선한 상상력이다.

흔히 나무의 근원이 뿌리에 있다는 인식을 뒤집고 '잎사귀 하나'에

있다는 인식의 신선함은 낯선 시간의 역 위에 걸린 희망의 잎사귀를
꿰뚫는다. 희망의 잎사귀가 있어서 가지도 뿌리도 궁극에는 나무도 가
능하다는 것은 '꿈속까지 따라와 서성대며 우는 기적'과 같다는 인식이
며 존재한다는 일은 희망의 잎사귀에 내재된 기적과 같은 일이라는 김
승기만의 남다른 실존인식이다. 그래서 낯선 시간의 역 위에서 서성이
며 지친 시인의 시선도 지친 시선을 내려놓고 고된 시간의 철로 상에
서 짧은 안식에 이를 수 있다.

> 막다른 골목에 서면 세상은 언제나 신기루 같은 길 하나 열어 놓더
> 라. 약시弱視의 내 손에 낭만의 크레파스 한 통 강제로 들려주더라.
> 일단 붉은 양귀비즙에 취한 듯 하늘은 넓고 푸르게, 될 수 있으면 포
> 복해 있는 어둠은 숨기고 살모사 같은 원색으로, 희미해지는 시야는 굵
> 은 선으로, 길 끝에는 무지개를 세워두는 거야.
> 까치발 같은 이 마지막 방어선이 허물어지면 낯선 하루가 서 있곤 하
> 더라.

김승기, 「희망이라는 것」 전문

삶은 '막다른 골목'과 마주하고 있는 것과 같은 때를 자주 만나게 한
다. 이때야말로 낯선 시간의 낯섦이 더욱더 깊어지고 깊어지리라. 그러
나 그 막다른 골목에서 '신기루 같은 길 하나' 열려있다는 희망의 동행
은 '약시의 손에 낭만의 크레파스 한 통 강제로 들려주는 것'과 같은
힘으로 작용한다. 비록 강제로 들려진 '낭만의 크레파스 한 통'일지라
도, 그리고 '까치발 같은 마지막 방어선'일지라도 이와 같은 희망의 동
행이 있어서 '하늘은 넓고 푸르며 길 끝에는 무지개'를 세워둘 수도 있
고 낯설면서도 꿈이 익어가는 낯익은 시간이 열린다. 그렇지 않고서야

삶은 낯익은 시간조차 낯선 시간이 되게 하는 끝없는 절망의 역일 것
이라는 역설을 읽는다.

사랑이라는 적극적 동행

사랑이란
골백번 사랑한다 말하는 것이 아니다
그 사람의 쓸쓸한 시간 속으로 걸어 들어가는 것이다
그곳에 욕심 없는 작은 집을 짓고
서로를 향해 한껏 크고 겸손한 창窓을 다는 것이다
항시 불이 켜져 너무 환한 그 집
마침내 그렇게 서로의 밝은 언어가 되는 것이다
그 언어로 꿈을 꾸고 맑은 생각이 되고
온전히 그렇게 누구의
미래가 되는 것이다

김승기, 「밀어密語」 전문

"사랑이란 그 사람의 쓸쓸한 시간 속으로 걸어 들어가는 것, 그곳에
욕심 없는 작은 집을 짓고 서로를 향해 한껏 크고 겸손한 창을 다는
것, 서로의 밝은 언어가 되는 것, 그 언어로 꿈을 꾸고 맑은 생각이 되
고 온전히 그렇게 서로의 미래가 되는 것"이라는 사랑에 대한 정의에
서 '기댄다'는 기표 외에 '사랑'이라는 또 다른 김승기의 동행의 실존
적 기표를 만난다.

사랑은 '골백번 사랑한다 말하는 것'을 초월하는 은밀한 힘에 있다
는 김승기의 지적은 그의 포용의 세계관에 대한 또 다른 은유이자 '기
댄다'를 확장한다. 적극적 동행은 '그 사람의 쓸쓸한 시간' 속으로 적

극적으로 걸어 들어가야 비로소 열리는 길이며 낯선 시간을 극복하는 '나와의 동행'을 넘어서 누군가의 낯선 시간 속으로 찾아들어가 그 누 군가를 위해 동행이 '되어주는' 실존적 실천이다. 이때에야 보다 적극 적 동행에 이른다. 사랑이라는 적극적 동행은 '나'를 극복하는 동행을 넘어 '너의 쓸쓸함'을 찾아가는 실존적 실천이고 포용이다.

> 마흔 살, 늦지도 이르지도 않은 나이
> 대책 없이 운다
>
> 얼마 전에 친정엄마가 돌아가시고
> 십 년 된 강아지마저 죽었다고
> 이별을 운다
>
> 저 울음에게 무엇을 해줄 수 있단 말인가
> 앞으로도 울 날이 많을 텐데
> 종국엔 자신도 누구의 울음이 되고 말 텐데
>
> 울음엔 항상 속수무책이다
>
> 휴지를 빼준다
> 휴지나
> 빼준다

김승기, 「휴지 빼주는 남자」 −진료일 일지, 전문

사랑하는 대상이 누군가에 따라서 김승기의 적극적인 실존적 동행은 여러 갈래로 나눌 수 있으리라. 가령 '누군가의 울음을 위해 무엇을 해 주어야 한다'처럼 치료를 위한 의무가 동반된 사랑도 있다. 비록 사랑할 수 있는 일이 '휴지나 빼주는 일'밖에 없을지라도, 그것 또한 적극적 동행인 사랑의 실존적 실천이다. 서로를 향한 쌍방 간의 사랑이 아니라 일방적인 관계로 형성된 사랑일지라도 이 또한 '그 사람의 쓸쓸한 시간 속으로 걸어 들어가는 것'과 같은 실존적 사랑이며, '그 사람의 밝은 언어가 되는 것'과 같은 실존적 사랑이고, '그 사람의 미래가 되는 것'과 같은 사랑이다. 적극적 동행인 사랑의 실천이라는 점에서는 차이가 있을 수 없다. 낯선 시간 속에 내던져진 우리에게, 더욱이 진료실을 찾아든 상처입은 영혼에게 사랑의 동행이야말로 희망을 안고 꿈을 찾아가게 하는 적극적 동행의 치료인 것이다.

'나의 상처와의 동행'이 '너의 상처와도 동행해야 한다'로 확장되는 김승기의 동행의 시학에서 시를 통해서만이 그 시인의 본연의 모습을 만날 수 있다는 신선한 감동을 새삼 확인한다. 낯선 시간의 역에서 빚어지는 상처의 만남이 아니고서야 낯선 시간을 건널 수 없다는 김승기의 무언의 신념은 낯선 역에서 맞닥뜨린 쓸쓸한 두려움을 걸어가는 은밀한 힘인 것이다.

역락비평신서 편집위원

서경석 · 정호웅 · 유성호 · 김경수